且将锦瑟忆流年

郑洁尘 著

春风文艺出版社
·沈阳·

图书在版编目（CIP）数据

且将锦瑟忆流年 / 郑洁尘著. -- 沈阳：春风文艺出版社, 2024.8. -- ISBN 978-7-5313-6771-0

Ⅰ. I217.2

中国国家版本馆CIP数据核字第2024PC7797号

春风文艺出版社出版发行

沈阳市和平区十一纬路25号　　邮编：110003

四川科德彩色数码科技有限公司印刷

责任编辑：孟芳芳	责任校对：张雨菲
版式设计：书香力扬	幅面尺寸：145mm×210mm
字　　数：223千字	印　　张：9.125
版　　次：2024年8月第1版	印　　次：2025年1月第1次
书　　号：ISBN 978-7-5313-6771-0	定　　价：68.00元

版权专有　侵权必究　举报电话：024-23284292

如有质量问题，请拨打电话：024-23284384

序·流年总是把人抛

品稚

那天答应洁尘给他的作品《且将锦瑟忆流年》作序时，我的内心是忐忑不安的。原因是我是个迎春一样的"二木头"，本就不甚灵光的大脑，经过这几年岁月的摧残，更凡事慢三拍，钝了不少。几番搜肠刮肚冥思苦想之后，才东拼西凑出以下这些文字。

还是先说说我和他的渊源吧！我们相识于微时，在内蒙古太仆寺旗宝昌镇第三小学共同度过了黄金童年。我在1982年、他在1989年分别跟着父母回到了老家常德、淮北。感谢那个车马邮件都很慢的年代，凭着鸿雁传书，我们一直保持着儿时的友谊，成为无话不说的好朋友，算起来到如今已有半世的缘分。

这几年微信聊天时，感慨最多的，就是光阴流逝是如此让人猝不及防。你还没意识到，仿佛只是在眼睛一闭一睁之间，就朱颜辞镜花辞树了。现在想想我们的童年、我们的青春，无不恍然一梦,如若隔世。岁月改变了很多,也教会了我们很多,我们不禁慨叹明天和意外不知哪一个先来,我们能把握的只有珍惜自己,清楚地看见自己的内心,知道自己是谁,要去往何处。

吴敬梓在《儒林外史》中有云:"有人辞官归故里,有人星夜赶科场。"早在2019年,洁尘就辞去令人艳羡的政府部门职务,办理了内退手续。赋闲在家的他,仍然保持着书生本色,旅游、阅读、写作,做自己喜悦的事。

于是,在"书香怡苑""黄河赛纳""楚风作家"等微信公众号上,我们能经常读到洁尘的文字。最近他把这些文章收集起来编辑成册,是为总结,也是纪念,因此就有了这本《且将锦瑟忆流年》。《且将锦瑟忆流年》分三辑,第一辑《归去来兮》,收录的大多是关于亲情和友情的散文;第二辑《一方烟火》,是洁尘看了一些非常好看的影视剧之后写的观后感;第三辑《人间》则是选择的六篇小说。

我是洁尘的粉丝,他的文字,有三点让我赞叹不已:一是他语言运用的能力出神入化,犹如一溪流水,叮叮咚咚地一路欢唱着奔向远方,叫你读了就停不下来,然后自己还默默出神。二是他的知识面之广,这一点在游记中体现得淋漓尽致。看过的那些风景和人文,相关的名人逸事以及此地的前世今生,洁尘无不了然于胸信手拈来,不愧是博览群书的历史系高才生,越来越有大家风范。三是文章的结尾,总是那么恰到好处地戛然而止又韵味无穷,随便摘录一段:"当我们快要离开的时候,寺中经课刚好开始,宽敞的经堂里,整整齐齐坐满了修行的僧徒,他们视回廊上来来往往的游人为无物,虔心于各自面前案上的那一页经书,伴着缓缓的有节奏的钟磬,悠扬的诵读声仿佛令窗棂之外的荷塘都有了特殊的精神。步下石阶的那一刻,我看到,莲花池中刚才还脉脉绽放着的一枝白莲,这一会儿开始在隐隐的微风中轻轻摆动起来,随着几只盘旋飞掠的白鸽,飘落下一瓣花叶,盘旋在轻柔流水中,自在而去。"读之是不是有欣赏吴冠中水墨画的感觉?淡雅清新,静谧美好,令人肃然起敬又心驰神往。

洁尘在小小说作家培训班学习期间,创作了不少构思巧妙、反映真实人生、赞美人性美好的短篇小说,《薄荷茶》和《人间》就是其中的佼佼者。

《薄荷茶》的故事发生在一个叫申家浜的江南小镇,以顾阿婆的薄荷茶为线索,写的是霜鬓中年的"我"对青春、对青春里爱情的感怀与追忆,风格很像当年黄磊和刘若英在乌镇拍的那部电视剧《似水流年》。它既有小说的结构,又有散文的诗意,始终笼罩在一种有如夕阳残照般朦胧梦幻的氛围里,淡淡的喜悦,淡淡的忧伤,像极了我们的一生。

《人间》是缩小版的《人世间》——我非常喜欢的一部年代剧。洁尘结构的铺排极为巧妙,他把时代的风云变幻、人物的悲欢离合以及世道人心,都浓缩在一部篇幅并不算太长的小说里。故事在"我"观看电视里直播的一场特殊的线上音乐会,王菲和常石磊演唱的《人间》歌声中结束,那一刻你也许会很恍惚,极有现场感。尤为亲切的是,小说中的主人公,聪明能干、美丽爽朗的"兆澜阿姨"和憨厚善良的"宝昌叔叔"不在别处,他们就在童年时妈妈同事和朋友中的"她"和"他"们中间。当看到"西乌旗的奶粉""东乌旗的奶糖"和"太仆寺旗的麻油月饼"这些小时候的最爱时,很多往事像时光万花筒旋转而至。感谢作者的妙笔生花,让我又一次回到了无忧无虑的童年,那再也回不去的从前……

  为了写好这篇文章，我把这本书的电子版从头到尾读了好几遍，我发现，有一个思想贯穿始终，那就是作者对生活的态度。洁尘在《一方烟火——我们都在的人世间》的结尾，温情而笃定地写道："坦然面对人世间的苦难坎坷，也不忽视人世间的温情浪漫，这就是我们眼睛里的人世间！"我想，这不仅仅是他，也是我们很多人给出的答案。

  流年总是把人抛。但我们总可以做点什么，红了樱桃，绿了芭蕉！无论历经多少风雨，我们的生活肯定还是要继续，明天的太阳还会照常升起。

2023 年 6 月 23 日

目录
CONTENTS

第一辑　归去来兮

风和日丽　/　002

春如线　/　012

猫　宁　/　015

忽有故人身前过，回首山河已是秋　/　023

行到黄里处，坐看云起时　/　030

江　南　/　034

古城·秋江·月夜　/　039

飞雪连绵忆鹿城　/　044

从留园到苏博　/　047

那座阁，那汪潭　/　053

月到中秋话竹里　/　057

归去来兮 / 060

独留明月 / 074

青春祭 / 082

秋　韵 / 086

冬　至 / 090

望春风 / 094

危情七日 / 097

从军记 / 102

味　道 / 115

姊妹仨 / 119

班主任 / 124

半生缘 / 129

只为你如花美眷，似水流年

　　——那些我们记忆中的"年" / 135

雨季，不再来 / 142

追忆如烟影事 / 148

家车记事 / 154

锦书来 / 160

寂寞，让她如此美丽 / 165

读书记 / 170

读书日里话读书 / 174

异乡如梦

  ——写在张爱玲百岁诞辰前 / 177

出现又离开 / 180

关于爱情的 N 种说法 / 185

忆"布衣" / 188

第二辑　一方烟火

温暖的小红花 / 192

一方烟火

  ——我们都在的人世间 / 195

黎明前 / 200

最冷的湖，最长的桥

  ——观影《长津湖》与《水门桥》 / 203

一样的月光

  ——观《后来的我们》有感 / 208

我们都走在爱情的道路上 / 210

香　消 / 214

"爱"就一个字

  ——那些光影世界里的慈母 / 219

第三辑　人间

薄荷茶　/　224

恋恋风尘　/　233

人　间　/　242

工作群　/　263

酒过三巡　/　267

一盒茶叶　/　271

跋·随遇而安
　　——从任先生说起　/　276

归去来兮

第一辑

我们老百姓生活的理想就是这样，简简单单，平平安安，如果能一直都有这样的感觉，那该多好！

风和日丽

1. 一场说走就走的旅行

从淮北往武汉方向是有两条路可以选择：一条是出城向南经蚌埠走合肥，然后向西进入湖北；另一条就是我们这回走的先向河南方向，然后南下进入湖北。殊途同向，最后在临近中午的时候，我们十八人的"大部队"在合肥西高速服务区同另外六人的"小分队"完美会合。

与十年前到武汉的路途相比，现在的省际高速已经修整得非常通畅，沿路近十个小时，只有两处不到十公里的距离，因为车辆事故稍稍出现了堵塞，但也是真的没有想到这六百公里竟然走了九个多小时。当车子终于驶下高速，多数人已经坐得晕头转向。

今年初，计划是在 5 月份组织一次河南焦作和林县的活动，人员都联系好了。不料，4 月下旬开始，各种意料之外的事不断发生，活动临行前无奈取消。本次武汉活动也是在省外行悄然放开之初，我们即开始商议。淮北几年来尚未有过民间团队自发赴中共五大会址开展红色教育，我们如能成行就是第一家，这种为他人先的优越感，让我们迅速决定不再等。

组团外出线路经费这些琐事倒也不算什么，最头疼的是人员确定，从发出通知到截止报名，一周时间内，有意参与的会员从十五到二十五再到二十二，然后几乎每天都在变动，不是个人事务突发，就是公司业务缠身。直到临行前一晚，还有一位团员无奈退出。每个人都生活不易，很多时候身不由己。我们作为旁观者除了理解就只有面对不断出现的各种问题并及时解决，这种"杞人忧天"般的紧张状态往往都会持续到发车前十几分钟。

6月24日早上6点半，我们在淮北体育场东边的高登酒店门口集合。带团的王导游是多年合作伙伴，也不用我们再怎么费事去叮嘱，便已充分了解我们的需求。她天不亮就联系准备好早餐，送到每人手上的是温暖的一杯南瓜小米粥和荤素小笼包一份。

在十八名同行人中，陈总是从三十公里外的段园镇赶过来，她籍贯凤阳，长在上海，远嫁福建。人到中年，总是开开心心越活越年轻的幸福模样。这次她特意带来一大盒冰鲜仙居杨梅，颗颗通红硕大，粒粒酸甜舒爽，这真的是给我们的旅途开了一个非常愉悦的好甜头。

武汉是中国有名的夏季"四大火炉"之一，不少人对我们选择在炎热的6月出行抱有否定态度，我们当然也知道酷暑难耐。幸好看到武汉近日天气预报，刚好有一场连阴雨过去，短时间里气温尚且不会升得太猛。果然当我们进入江城时，路面上还可以看得到一汪一汪的积水，整个长江上雾气弥漫，江畔因雨涨水而显出一派"极目楚天舒"的舒朗。

因为路途上有所耽搁，我们抵达武汉的第一件事从入住宾馆，临时改成先用午餐。人家饭店正常收工时间是2点，我们一队人进入大厅时候已经是 1 点半都多了,但是准备好的第一餐湖北饭还是博得了满"队"彩:蒸的武昌鱼,煮的汉水虾,拌的碱水面,一大桌子首先就在色泽上夺人眼目。到底是自成体系、独为一档的荆楚人,在美食色香味的搭配和设计上随随便便就很拿得出手。

2. 那座楼与这餐饭

我们入住在武昌区首义广场东侧的快捷酒店,隔着彭刘杨路的一个三岔口,北侧是 1911 年湖北军政府所在地"红楼",当初辛亥革命军就在此推举从床底下揪出来的黎元洪出任了武昌起义军大都督;南侧则是 2011 年为纪念辛亥革命一百周年而新建的首义广场,广场正中央竖立起一组反映辛亥革命起义军将士奔赴战场的铜像,铜像的背后就是呈巨大几何造型的辛亥革命纪念馆。

出门站在宾馆台阶上向西北方向望去,可以看到黄鹤楼高耸的飞檐,黄彤彤的色彩在正午的艳阳下更显得辉煌炫目,这也是我们此行重温传统,打造诗友联谊新文化的开端。

历史上黄鹤楼几度兴衰,仅在明清两代就焚毁七次、重建十回,最后一次塌毁于光绪十年(1884 年)。1957 年建设武汉长江大桥时,占用了黄鹤楼旧址。如今的新黄鹤楼竣工于 1985 年 6 月,位于距离旧址约 1000 米的蛇山峰岭之上。

作为江南三大名楼之一的黄鹤楼,早就与诗词曲赋和文墨风流融为一体。黄鹤楼最早的记录出现在三国时代的吴黄武二年(223 年),当时仅仅是作为夏口城瞭望守戍的战备楼,三国归晋之后,失去军事价值的黄鹤楼渐渐向着文化楼演变,官商文人"旅必于是""宴必于是",留下了《黄鹤楼》《黄鹤楼送孟浩然之广陵》等千古绝唱。重建之后还新增了一幅巨大的《长江万里图》长卷，就悬挂在最高层。

现今的黄鹤楼已经没有酒水提供，成了纯粹的登高怀古之地，倒是每一层都有各色冷饮出售，很应景的是一款"黄鹤楼"牌子雪糕，有巧克力和香草两种口味，雪糕的样子就是黄鹤楼正面的大全景。想想看，在黄鹤楼里一口一口啃掉飞檐、廊柱和台阶，是有点煞风景，但是听着身边的朋友们你一句我一句吟诵着那些关于黄鹤楼的历史文字，抒发着幽情和感慨，还是颇有点古意。

黄鹤楼四面临风，挂着牌匾的为正楼，西向是滚滚东去的脉脉长江。武汉长江大桥在此有个漂亮的转向，多数人都挤在这里拍照，有江有桥有高楼，一"网"打尽。其实如果可以多走几步路，左下角有一个小亭子，无论横着竖着，周边的江桥楼景亦都可以轻松入境，最妙的是游人不多，还可以认认真真拍出一幅夕阳下黄鹤楼最美的全景图。

半日车行和半日攀登，最大的收获就是一夜沉睡。自然醒时已经是第二天的5点。想想来武汉前做的个人攻略最大的一个字就是"吃"，哪里还能躺得住，必须要去实地体会一下何为武汉人津津乐道的"过早"。听导游介绍，曾经赫赫有名的户部街如今已经沦落成了武汉的"外部街"，只有靠名气吸引东来西往的游客，做些一次性的买卖，本地人基本绝迹。而我曾有耳闻的老通城和四季美，据说一个因为市政改建而停业多时，另一个则距离遥远，即使叫个外卖也需要等待一个小时以上。而附近最有名的就属蔡林记了，这也是武昌一间老字号，尤其是热干面似乎还是排在头名。看看导航，最近的一家走过去也就十几分钟，于是

- 归去来兮 -

005

匆匆洗漱出发，来到店门口的时候还不到 6 点，探头一望，里面已经有几位上了年纪的早客坐在那儿认真吃着。

我点的是一份二两三鲜豆皮、一份热干面和一杯白米粥。

看着豆皮的制作过程真的是一种视觉享受，眼见雪白的糯米、青绿的豌豆、紫红的火腿和着金黄的鸡蛋液与灰褐色的绿豆汁经过搅拌、煎摊和烙制，随着师傅手法娴熟的转换腾挪，在那平锅里的颜色逐渐丰富起来，米香和豆香就缓缓浓郁升腾起来，即将出锅的瞬间，师傅飞速撒上去的葱花会迅速激荡起一股瞬间弥漫的幽香，禁不住深深吸上一口气，这五块钱二两的价格亲民实惠，外焦里糯的口感也确实不负盛名。然而，同样慕名多年的热干面却是有点令人失望，或许是地域口味问题，我连着问了几个尝过的朋友，都说油乎乎香腻腻，闻起来还是有些诱惑，可几口咽下去真的就此绝了这份念想。

3. 红街，417

我们来得非常巧，位于武昌区都府堤 20 号的中共五大会址刚刚结束近半年的闭馆修缮。1927 年会议召开时，这里是国立武昌第一小学，前后由大小七栋清末民初建筑组成，整个院落呈"回"字形，正中间是一个绿草悠悠的大操场，操场正中还有一个复原的主题台，这是当年武汉工人运动蓬勃开展时期进行户外交流的场所。整个五大会址文物保护区也是中共历次代表大会现存旧址中保存最完好、规模最大的场所。

曾经有一部对中共五大有直观反映的电影《建军大业》，我们坐在电影实景拍摄的那个原址会场上，听着纪念馆讲解员详细的分析。如今，中共五大会址所在的这条 417 米的街道，经过武汉市多次统筹打造，连同周边的陈潭秋故居、毛泽东旧居和湖北农民运动讲习所旧址，已经形成了全国范围内最集中的一片红色教育示范基地。

我们是一大早过来排队的，等我们9点从第一个参观点出来的时候，眼见着周边的几个旧址和纪念馆门口都排起了长队，绿树荫荫之下，人来人往之间，当年中国共产党人在烽火岁月中用流血牺牲换来的太平盛世，终于在这风和日丽的季节，完美地呈现在我们眼前。

4. 历经千年的炫音与剑影

参访湖北省博物馆是此行最值得期待的行程。

坐落于东湖西畔的湖北省博物馆，其前身是建于1953年的湖北省人民科学馆。1960年，时任中华人民共和国副主席的董必武来馆视察，亲笔题写馆名，一直沿用至今。2022年"国际博物馆日"中国主会场活动就设立在湖北省博物馆。

博物馆占地面积8万多平方米，从大门口要经过一个下沉式的天井才能来到展厅入口。不要轻视这一小段距离，它的设计极为精妙，每个参访者在一步一步走近这座呈现出硕大无比"品"字形建筑的时候，都首先会欣赏到浅灰色花岗石装饰的外墙和深蓝灰色琉璃瓦铺装的屋面，整体建筑面积近5万平方米的博物馆主体，以高台基、宽屋檐和大坡面屋顶的三足鼎立格式，构成了一个典型的"中轴对称""一台一殿""多台成组"楚国建筑群。

1978年发掘的湖北随州曾侯乙墓藏品，构成了湖北省博物馆的精品典藏，最著名的当属被首批列入永久不得出境的重点文物——曾侯乙编钟。

曾侯乙编钟展厅是位于一楼正中央的一个独立展厅。在略显昏黄的光影下，我们可以透过巨大的玻璃幕罩，从各个角度清晰地欣赏到编钟沉默却古雅的姿态。全套六十五件编钟分成三层八组，按照原始出土的形式和位置悬挂在近八米长、三米高，呈曲尺形的铜木结构钟架之上，虽经历千年之久，出土后的每件钟仍能奏出呈三度音阶的双音，整套编钟音域可跨五个半八度，能演奏出五声、六声或七声音阶的乐曲。专家认为，曾侯乙编钟的出土，改写了世界音乐史。

湖北省博物馆每逢整点会有一场编钟演奏会。后来我想如果当时不去听就好了，那就能更深层次地保留一些对于这套绵延千年古乐器的神秘感和崇拜感，而一旦真的坐在台下，看着身着楚服的表演者们，操纵着钟锤，在一整套编钟仿制品之间，来来往往，进进退退，像模像样地叮叮当当演奏出据说是考证出来的楚国宫廷音乐，并没有听出几分悦耳，反倒颇有些莫名其妙的尴尬。

同编钟享有同等展览地位的另外一件馆藏珍品就是在初中历史课本彩图中收录过的越王勾践剑。

提到越王勾践难免会联想到美人西施，可惜，这把剑背后的故事与那些美好的想象却没有什么联系。1965年，越王勾践剑出土于湖北江陵望山一号楚墓。出土时插在漆木剑鞘里，拔出鞘时仍然寒光闪闪，其剑刃薄而锋利，能够一次轻松地划开20张白纸。这把青铜剑长55.6厘米、宽5厘米，剑首向外翻卷呈圆盘形，内铸11道精细的同心圆，剑身满饰神秘的黑色菱形花纹，剑格的正面和反面分别用蓝色琉璃和绿松石镶嵌成美丽的纹饰，在剑身正面靠近剑格处还写有两行鸟篆铭文，即"越王勾践自作用剑"。

　　二楼三个展厅当中，围观人数最多的就是越王勾践剑，简直就是里三层外三层。我好不容易挤进去，从一个侧角靠近了玻璃展柜。在特殊的四角光照下，这把跨越千年的利刃静静地横架在展柜中央，金黄色的四格花纹，流线型的剑身，仿佛充满了生命力，随时可以让主人持着闻鸡起舞，征战沙场。

　　我非常想辨别一下那道著名的伤痕——1994年，越王勾践剑出国赴新加坡展览，不料在撤展期间，因为新加坡工作人员操作不当，剑身被展品有机玻璃防护罩边棱划出了0.7厘米长的一道破损，最关键的是，这道损伤，以世界现有的技术水平不可能被修复。

　　从此，越王勾践剑也被列入禁止出境展览名册。

5. 古德寺的诵经声

　　武汉最知名的佛寺应该是归元寺。那里的除夕夜香火之繁茂堪比北京的雍和宫和上海的静安寺。所以头一回听说武汉还有一座曾经接待过两任印度总理的古德寺，而且是一座在中国寺庙建设形制上独树一帜的阿兰陀风格寺院，世界范围内也仅存两座，就不免好奇心起。

　　古德寺处在江岸区黄浦路闹市。从我们住的地方开车过去，本来只需要十分钟左右的时间，不巧赶上修路，走走停停，半个小时还没有到。导游介绍，2020年开始，市政建设一直都在抢时间，武汉本地居民都有一种感觉，仿佛旧城在一夜夜消失，而新城则在一天天成长。

　　车子最终只能停在一个路口，我们步行经过大约百米的施工现场，来到了古德寺非常简陋和平凡的园门，这里既不收费，也不推香火，甚至在从门口进入到园中央时，我都没有看到一个身穿袈裟的僧徒，这倒有点出乎我的意料。

古德寺院落并不宽敞，在东方和北侧，寺院之外的各种高层建筑重重叠叠，更使得整个寺院略显局促。最先映入眼帘的就是在小广场正中心那尊著名的四面神佛像，这是由爱国人士张紫珊出巨资从泰国请到寺中。佛的四面代表着慈悲、仁爱、博爱和公正。佛像供奉的镂空塔同样也是泰国风格，四檐飞挑，四面呈冠，庭柱细微处饰以红绿宝石，衬托着金黄的佛像，光泽灵动且飘逸。

古德寺始建于清光绪三年（1877年），取自"心性好古，普度以德"之意。1911年，因寺内僧众自发救助武昌起义受伤军人，掩埋革命烈士的义举，受到民国政府的嘉奖，孙中山先生为此曾专程来到寺中凭吊。

受属地限制，古德寺只从北向南斜斜地开辟有一处礼佛通道，右侧是正方形的圆通宝殿，单层殿堂高达16米，门廊处呈三角形，向上分为两层逐渐朝后收拢升高，在顶部幻化为高耸的山花，这种古罗马建筑的表现手法，营造出一种神秘感。再从外向内巡视，则整个殿堂郁郁葱葱呈向上飞挺状，这又充满了哥特式教堂的上升感。

佛道左侧是九座佛塔连在一起的经堂。这九组佛塔建制高度一致，流线型塔身，精美的花卉、兽头装饰，清晰地再现了东南亚帕纳瓦建筑的风格，最上面的那96个莲花方墩，寓意"国之四维，天圆地方"。这种融汇大乘、小乘和藏密三大佛教流派于一身，并具备多元化建筑风格的场所，在汉传佛教中实属罕见。

1954年，印度总理尼赫鲁和女儿英迪拉·甘地（后来也担任过印度总理）参观此寺，尼赫鲁对武汉竟然拥有一座印度风格的群塔寺院而感到十分亲切和惊讶。

参观古德寺有一种说法，如果两个人去一定是因为爱情，而如果一个人去，那就一定是遗憾，这或许指的是风景，或许也是因为看风景的心情。当我们快要离开的时候，寺中经课刚好开始，宽敞的经堂里，整整齐齐坐满了修行的僧徒，他们视回廊上来来往往的游人为无物，虔心于各自面前案上的那一页经书，伴着缓缓的有节奏的钟磬，悠扬的诵读声仿佛令窗棂之外的荷塘都有了特殊的精神。

步下石阶的那一刻，我看到，莲花池中刚才还脉脉绽放着的一枝白莲，这一会儿开始在隐隐的微风中轻轻摆动起来，随着几只盘旋飞掠的白鸽，飘落下一瓣花叶，盘旋在轻柔流水中，自在而去。

春如线

　　昨夜，听到窗外淅淅沥沥下了整晚的雨，心下以为，这初春的脸怕是又要变了。待到天蒙蒙亮，掀起窗帘，推开还沾点着些许雨滴的窗，迎面缓缓拂来的竟然是颇有些暖意的春风。
　　春天是真的来了！
　　淮北的春天向来有些散漫，来去从不会跟我们打招呼。细想一下，每年不知不觉感受到的那第一丝春意，似乎都是从相山峰顶慢慢萌发，随之便向城市的四面八方辐射而去。
　　淮北四面环山，这些绵延的山脉虽然海拔和体量都不算大，却是蜿蜒曲折达数百里，从江苏的徐州一直伸展到安徽的宿州。淮北境内这几段，经过几十年来不间断的封山育林，昔日岩石裸露的山体，已然披上了一件逢春早知的绿"蓑"衣，如今我们倘若有心情驱车或步行于其间，竟然也有了些苍翠与神幽的氛围。每每冬春转换，远远地你就可以看到，在山峰之上，随着一日又一日春风吹起，从开始的星星点点绿意，渐次勾连伸展，那些鲜艳的属于春天的颜色，便缓缓地舒展起来，水一般地向着周围流淌而去。
　　淮北地处安徽最北端，地貌虽说也有些山峦起伏，但更多还是黄淮流域一马平川的平原。每逢季节变化，南北冷热气流在此交会，往往都会有一段时间呈现出你拉我扯的"推手"现象。民间所谓"立冬不是冬，深秋要伸腿"的谚语，就是指冬初南下的冷空气，推进到这里时，气力稍有不足，与尚在当地盘旋的温暖气流形成短暂对峙，秋高气爽的好天气往往会一直延续到12月上旬；同样，"立春"节气在淮北这里也不过是老百姓心理上的春天。每一个人都晓得，寒冷的日子才不会那么迅速地撤离，肯定还会安稳悠然地持续几天，那些穿了一冬的厚衣服尚不能打叠起来。就如同今年，最冷的时节恰恰出现在立春之后的一周里，一场多年不遇的大雪飞降，虽然吹着东风，却不见丝毫暖意，两天一夜里，白茫茫的雪粒形成了漫天漫野的混沌世界，真有点草原上白毛风的凛然，就连地面上凝结出的冰霜，十几天之后才渐次消融。

直到风消雪止，太阳一大早拨开云彩，那明媚的阳光便不再仅仅是一抹亮色，洒在身上是真的开始有点暖洋洋了，我们的脸上也少了那种因为寒冷而被动出现的紧致。小区里面，"蛰伏"一冬不曾露面的几个老姊妹，纷纷推着助力小车，相互招呼着，绕着楼角小径，开始一圈一圈活动起来。

春天的温柔也少不了在枝头绽放。杏花开罢是桃花，梨花和樱花也紧紧跟进，生怕迟一步就凑不上季节更替的热闹似的。东边老李家把一棵已经长了几年的无花果树刨起来送给西边的老张家，自己又按着心情，重新栽下一棵枣树和一棵石榴，这园子里的事，就是以让自己快乐为主，也算是响应了节气，都说：这个时候，就算插到地里一根筷子，都有可能长出一片竹子，何况是一棵漂亮的果树？

搭着午后的暖阳,相山公园步道上遛圈的游人明显地多了起来。站在庙窝大平台抬眼望去,半山腰处的迎春花已经烂漫起来,小天池畔的几株垂柳新绿正栖上旧枝,曲径通幽之处,消声良久的各种山鸟发出了低吟浅唱,到处活跃着孩子们欢乐的身影,跟在他们身后跑起来的爷爷奶奶姥姥姥爷们,棉衣扣子都不由自主地松开,每个人的额头都汗水微渗。

也只有到了这个时节,春天才算是在淮北真正铺开。

淮北的四季,数春天最短暂。如果黄里的杏花节算是一个开篇,那南山遍野的油菜花就是尾声了,还没等中湖的水绿到透彻,相山顶上就已经是一片荼靡开遍的盛夏光景。

虽说淮北的春色总是来去匆匆,却始终显得从容安静,那些该有的风光景物,依着灿烂的阳光,遁逝的水流,都很轻易地寻找到属于自己的此起彼伏。就像《牡丹亭》里唱的那样:"袅晴丝吹来闲庭院,摇漾春如线!"这世间多少情来怨往的故事,经过这几番自然而然的季节交替,能留下来的不过是寻常里泛出的几缕淡泊,而淡泊中最亮的那一点就是我们对未来生活都有着春天般的希望。

猫　宁

九月是我们给它取的名字。这是一只六个月左右的小蓝猫，流浪到我们小区的时间正好是9月初。谁也不知道它是从哪里过来的，只是听小区北边超市的老板娘说，这只小猫咪一连两天都跑进了她的店里，因为超市有食品售卖，按照规定不能寄养宠物，所以都被她撵了出去。后来还是这楼上的一位女士，晚上散步的时候，看到这小家伙在楼下溜达，一副无处安身的可怜样，一喊它就跟了过来，于是便抱回了自己家，给它喂了水和火腿肠，留它住了一夜。但是这位女士没有时间和条件收养它，所以当晚就在业主微信群里贴出来这只小猫咪的照片，希望能给它找个家，如果没有人愿意收养，她就只能再放它出去继续流浪了。

我看到了消息，那照片上的猫咪好小好小，圆圆的大眼睛，一副懵懂无辜的样子，让人不由得心动，于是就在第二天中午拎着一个笼子把它接了回来。刚来到新家的小猫，难得的是不认生，谁把它抱在怀里，它都乖乖地一动不动，倘若再轻轻抚摸它几下，就开始发出呼噜呼噜的回应。

也不知道小蓝猫在外面流浪了多长时间，身上的毛都有不同程度的打结，但它很爱干净，刚放进大猫笼里，就坐在那里开始舔毛梳洗自己，也看不出来急躁，对新环境的适应出奇好。

我们下午先带它去宠物店洗了一个澡，还做了体内体外驱虫。老板说，这小家伙还挺凶，洗澡的时候想咬人，幸好戴了手套；还说，这小家伙很镇定，毛发吹干的时候很淡定，不害怕电吹风的声音，像见过世面的猫咪，应该是家养的走丢出来。

洗过澡的小蓝猫，浑身香喷喷，抱在我怀里很快就睡着了。等它醒来，我们开了一袋猫粮，它就大口大口吃了起来，再把我家原住民猫咪不吃的两款猫条撕开试试，它也毫不挑剔，吃得香甜，吃得带劲，吃完喝完又到新给它准备的猫砂盆里解了大小便，真是一个好养活的"小姑娘"。

妻说，9月接来的，就叫它"九月"吧。

我们连着叫了它两天，小家伙就有所反应。当你喊"月月"或"九月"的时候，如果它躺着，会把尾巴摇一摇；如果它正在溜达，会停下来瞅你一眼；倘若再看到你手里有什么东西，就会颠颠地跑过来认真地闻一闻。

说起来，小九月是这一年多时间以来，跟我们有过"缘分"的第五只猫咪了。

2022年的秋天，我在小区东边菜市场旧公房的楼拐角看到了一窝猫咪。一只成年橘色大猫带着五只花色各异的小崽。这楼里有位大姐用旧的电动车风挡给它们一家做了个简易猫窝，旁边还有一个扣过来的铁盆，当有路人走近，那几只小猫猫就你拥我挤地藏到盆底下。若是低头去看，就能瞅见好多亮晶晶的小眼睛。

冬天来了，天越来越冷。但凡有太阳的日子，都能远远地看到猫妈妈带着它的孩子们躺在那里晒太阳。遇到刮风下雪的时候，我也曾特意过去看看，猫咪都不见了，也不知道它们是怎熬过一个漫长寒冷的冬夜。

等到春天再见到它们的时候,猫猫都长大了,五只小家伙每天都在一起打打闹闹。我经常在散步的时候,看到它们从旁边拆迁待建的旧庭院中,你追我赶地跑到我们小区院子里。一开始看到我还躲得远远的,喂了它们几次以后就渐渐不那么紧张了。其中有一只小三花猫,还开始尝试着主动接近我们,每次见到我们路过,便会喵喵叫上几声。又过了一阵子,我们只要在园子里喊几声"花花",它就会从藏身的地方飞快地跑出来回应。

时间长了,我发现流浪猫的"社会"里同样也有"霸凌"和"歧视"。本来是五只猫的小团体,渐渐开始有了分化,那只猫妈妈似乎只对其中一只小狸花猫很关爱,走哪儿都带着它,而对剩下的四只就很不耐烦,一开始不过是不理睬,后来就动爪驱赶,最后干脆带着心腹仔一走了之。

四个小崽崽也就是在三四个月大的时候,被迫开始了独立生活,它们经常一起玩耍一起出入,但是到了吃饭的时候,还是会你争我抢,互相打斗。花花很弱小,每次都争不过三个兄弟,只能远远蹲着,一边梳理着自己的毛发,一边等着人家吃饱后,凑过去把剩下的几颗猫粮一扫而光。

但是花花很聪明,打过几次"交道",它就能感觉到我们的善意。在一个下雨的清晨,我们还没有打算出去喂它们,就突然听到窗户外面有很微小的猫叫声,探头一看,竟然是花花,也不知道它到底是怎么找到我家的窗户的,乖乖蹲在窗户外面,有些犹豫,有些惶恐,直到清楚地望见我们的脸,听到我们叫它"花花",它才好像一块石头落了地,开始大声喵喵叫起来,那意思有点像:"我可把你们找到了!"

— 归去来兮 —

从那天起，我们就不再用出去找着喂它们，每到饭点，花花就颠颠地自己跑来，没过几天，在它后面又跟着来了一只橘色小猫。两只小猫形影不离，只要看到花花，橘色小猫肯定就在附近，这就是直到现在还在我窗外就食的黄黄。

花花是不幸中又幸运的，我这么说，是从它后来的经历总结出来的。本来，从小被猫妈妈遗弃，可怜兮兮地四处流浪，过着朝夕不保的生活，不过才六个月大就怀上了宝宝，真的是又弱小又可怜，而且未待生产，就发现"她"肚子里有虫，并且伴有先兆流产的症状，有几天经常看到"她"虚弱得走不了几步就歪倒在路旁喵喵叫。幸运的是，花花很亲人，对伸出手救助"她"的人很信任，当我们把猫包冲"她"敞开的时候，花花毫不迟疑地进去了，很安心地跟着我们去了宠物医院。

经过七天的救治，花花的孩子虽然没有保住，但是花花自己很快就恢复了健康。而更幸运的是，有位已经养了两只猫的小伙子听说了花花的事，找到我们说愿意领养花花，能够找到一处安稳的家，这才是流浪猫最"强"的出路。

花花有了温暖的新家，让黄黄落了单。那天一大早就看到它蹲在跟花花一起吃饭的地方，颇有些失落，似乎还有很大的疑问：花花姐姐哪里去了？也似乎有更多期待：花花姐姐还会回来吧！

花花没有回来，灰灰来了。

灰灰是一只狸花猫，比花花和黄黄都要小，胆子也小。刚来的时候也就四五个月的样子，灰白黄相间的"肤色"，头顶处有清晰规则的狸花纹，总是喜欢眯着眼歪着头看着周围，是个很洋气的"小女生"。我们喊它"灰灰"，它竟然也能记住，开始几天总是躲在冬青树丛中，只有当我们放下猫粮走开之后才会跑出来用餐，很快它就跟我们熟悉了起来。因为灰灰小，有时候我会单独给它开个小灶，喂它点猫饭或者火腿肠，它就开心极了，一边吃一边发出快乐的哼哼声。偶尔，我们晚上在小区散步的时候，灰灰也会前后左右欢快地跟着跑上一大圈。

一开始，黄黄胆子也小，我去喂它吃饭的时候，经常被它"哈"，而且它还会像拳击手一样左右晃着跟我们周旋，可这种虚张声势的"威慑"，一点也掩盖不了黄黄平庸的战斗力，但凡有过路流浪猫来抢食，落荒而跑的肯定是黄黄。所以有一阵子喂它吃饭的时候，我们还得站在附近当保镖，它才不至于吃一口抬一次头，能安安心心多吃一会儿。

黄黄长大了，也开始找"女朋友"。但很奇怪，灰灰就是只小母猫，两个却很不来电，只是一起吃饭，吃完就一拍两散，有时间还互"撕"一阵子。

中间，黄黄最长曾经有十一天失联，就当我们以为它肯定是出小区玩耍时遇到意外，颇有些伤感的时候，它又在一天中午奇迹般地回来了。本来黄白相间干干净净的身上，也不知道在哪里抹拭得灰不溜秋，连耳朵里都是黑灰，站在窗外发出从没有过的嗷嗷叫，有委屈有心酸有开心，我拿了火腿肠、猫条和猫粮出来，它不断地围着我蹭、转、叫，好像在说："我终于回来了。"

我们后来猜测，它很有可能是晚上到车库里，跑到人家车底盘上面睡觉，结果被车主人开车带走了，而这十几天中，黄黄凭借着猫咪天生出色的嗅觉，慢慢又摸回来了，如果真如我们想象，那黄黄的这段回家之路肯定非常艰辛和不易。

-归去来兮-

灰灰看上去很温顺，却始终保持着高度的警惕。它倒是不害怕过路猫，甚至有时候还会出手驱赶，但它对周围的人一直都保持着"安全距离"，我喂了它半年，前不久还照样被它拍了一爪。

灰灰很聪明，它来了没多久就发现我们住的房子有很多窗户。所以，只要它饿了，前面找不到我们，它就会绕着房子一个窗户一个窗户找，蹲在那里，仔细看窗户里面的人是不是投喂者，确定以后就细声细气地喵喵叫。

黄黄似乎还有其他的去处，很多次吃过午饭之后，就玩彻夜失联的戏码，我们在小区范围到处找它，都看不到它的踪迹。到了第二天早饭时间，它又会如约而至。但是它的那个另外去处看来也是颇多风险与竞争，好几次回来的时候，都似乎经过惨烈的搏斗，甚至有一次左边后腿都是瘸的，跳着用三条腿跑来，我们把消炎药拌在猫条里给它吃下，那两天，黄黄很老实，就在我家窗外待着，哪儿也不去，一直到它腿好了，才又恢复了猫生日常，继续偶尔彻夜不归；还有一次黄黄回来，似乎是跟什么猫吵了一晚上的架，嗓子都是哑的，见了我们叫都叫不出来。谁也不知道这小东西短短的猫生里都在经历什么。我们曾想收养黄黄，可它对进到室内极度恐惧，只要一关门，它就激烈挣扎，只好看着它又匆匆忙忙消失在夜色里。

皮蛋出现在小区里的时候，比灰灰还要小，也就成人一个拳头的大小，顶多出生一个月。它怎么来的，从哪里来的，都是一个谜。

它被发现时，正蹲在垃圾桶旁边，精神委顿。邻居姐姐喂它猫粮和水，它吃得很认真努力，一颗都不放过，吃一颗的时候，爪子会护住另外一颗,吃饱了就自己跑到草丛里睡觉。第二天再跑出来时浑身沾的都是草籽。它很有趣,几个喂它的女邻居一接近它,它就躲到车子底下,可我过去看它,它就跑到我脚边蹲着。我看它实在太小了,小区的其他野猫和狗狗都有可能威胁到它,就把它捧到黄黄灰灰吃饭的窗外,那里搭了一个简易的猫窝,它似乎很适应。每天早晨我出来给它们放粮的时候,它就跟夹在黄黄和灰灰之间迎接我,我甚至希望,黄黄灰灰能照顾它,把当它成自己的宝宝待,那该多和谐。

灰灰对小家伙是无视的,黄黄却似乎不喜欢它,甚至有点嫌弃它过多地得到我的关爱,目光里分明流露出嫉妒的神色,一起喂饭的时候,经常会"哈"它。有一次挤在一起吃的时候,甚至一挥爪把小家伙打了一个跟头。但是这小家伙生存能力很强,被打翻在地也不过是抖抖头,继续挤进去强吃,半点也不畏惧。

转眼又是一年冬天来临,天越来越冷。我把新来的小猫崽带回家,给它洗了澡,做了驱虫。它对沐浴吹热风表现出极度的享受,不吵不闹,很淡定地接受我们的服务。清洗干净之后就变成了一个活泼的小毛球,又经过一夜休整,便满血复活,不停地在屋子里东突西进,精力旺盛,皮得不得了。我们就开始喊它"皮蛋",它也很快就知道是在唤它,只要听到呼唤就一步三蹦地出现在你的视线中。

十天之后,小皮蛋有了新家。市区一家小超市的老板接它去看店,狸花猫天生就是抓老鼠的能手,放在我这里有点委屈它的天性。刚送走的那几个晚上,我还是挺想它,想它在我读书的时候,趴在我的腿上样子,看着我一页一页翻书,它的小手就会伸过来够我,心里肯定是想让我跟它玩。我睡觉的时候,它也会老老实实回到自己的绒垫上,看一会儿窗外的星星和月亮,圆圆的眼睛,在黑暗中亮晶晶。

九月留在家里的时间比皮蛋长。其实我一直都想有一只蓝猫,蓝猫有一种猫界独有的聪慧和厚实感。九月也很聪明,刚来的时候,极尽温顺,就喜欢让人抱着。渐渐熟了,小脾气也开始暴露出来,在它自己玩的时候,谁也不要想去打扰,不然它就开始快狠准地咬,当然不是真咬,就是提示你不要干涉本喵正在进行的玩耍。

九月的新主人,是北京的一个爱猫男孩。在九月还没启程的时候,他就开始天天筹备着与九月的相聚,买了九月喜欢吃的猫粮、猫条,准备了生活用品和玩具。

九月离开淮北的时候,我送它上的车。小动物可能是有灵性的,九月被放到车上就开始趴着车窗看我,平时这种时候,它该着急地叫或者挣扎,可这天,它除了盯着我看,一声不吭。车开后,我听说它一直坚持着望向走的方向,等到上了高速,它才长出一口气坐下来,开始安静地睡觉。一千多里路程,小九月不吃不喝,默默地奔向一个未知的城市。

我在写这篇回忆的时候,九月已经在新家安顿下来。新主人很喜欢它,它刚到新家不熟悉环境,在新买的猫抓板上尿了,那男孩子立马到宠物店给它新买了一个,九月带去的逗猫棒应该还有旧时的味道,它经常会坐在旁边默默地审视。猫咪也应该有记忆,我经常想,如果有一天,我们还能相见,九月会不会记得我。我喊它的时候,也许它会迟疑一下,然后颠颠地跑过来。

忽有故人身前过，回首山河已是秋

"天阴起朔风，浓寒入肌骨，念兹远行人，平波突起伏。足疾已否痊，寒衣是否备？孤眠谁爱护，是否亦凄苦？书信不可通，欲问无人语。恨无双飞翔，飞去见兹人。兹人不得见，惆怅已无时。心怀长郁郁，何日复重逢。"这首题为《偶感》的诗，作者是杨开慧。1927年9月，毛泽东领导秋收起义之后，带领工农革命军上了井冈山，从此，杨开慧和丈夫天各一方，在收到一封通过秘密渠道传递过来的书信之后，她于一张毛边纸上写下了这首《偶感》。

当我们读到它的时候，距离作者牺牲已经过去了五十二年。七十余年来，杨开慧故居历经多次修缮，其中有三次在不同位置发现过杨开慧的遗物。1950年初，在故居前院桂花树下挖出一个青花"囍"字瓷坛，里面藏有杨开慧的部分手稿，这批遗物于1950年5月，由回乡为母亲扫墓的毛岸英带回了北京。1982年3月，修缮杨开慧板仓杨家老宅卧室的时候，在后墙离地面约两米高处的泥砖缝中又发现了一沓杨开慧的手稿，手稿共十二页，用毛笔从右至左直行书写，共四千二百余字，《偶感》就在其中。最近的一次是1990年8月，修缮人员从故居卧室门右上角的砖缝中再次发现了四页杨开慧的手稿,依旧是行草竖排,一千余字。这些书信的原件现均藏于湖南省博物馆,也是我们此次湖南行的一个重点打卡地。

10月初,我们到达长沙的时候,正赶上高温之后的温度大幅跳水,隔着车窗都能感受到暴风雨过后的那种渗入筋骨的秋凉。接站的师傅调侃着:"长沙天气好,一年就两季,出了夏天进入冬天!"车子驶过湘江大桥,橘子洲就在不远处呈现,那里有一尊青年毛泽东的头像,据说他的目光正是投向和杨开慧热恋的故乡——1930年11月14日,杨开慧牺牲的时候只有29岁,噩耗传到井冈山,毛泽东写下了"开慧之死,百身莫赎"八个字!

刚安顿下来,就接到品稚的信息。她上午从常德赶来长沙,我们自1982年秋天内蒙古一别,已经三十九年。现在还清晰地记得,品稚父亲退休前,母亲带着两个姐姐押着家居行李先期回了湖南,那时正好是暑期放假,她和父亲就借住在宝昌教师进修学校的一间办公室里。在他们父女俩确定离开宝昌的前一天中午,父亲带着我去为他们践行,陈伯伯亲自下厨烧了一桌湘菜,他们几位老同事把酒话往昔,我们两个小孩子"不知愁滋味",根本就没有分别的概念,更不会想到,当日一别,再见面竟然隔着这么漫长的岁月。

晚餐的地方叫作朱砂记。大隐隐于市,小隐隐于野,朱砂记是一处闹市中寻得的静谧别致优雅所在,沿着路侧竹丛背后的台阶登上去,蒙蒙细雨中的江南园林陈设,正适合笼在一片昏黄的灯影之下。我刚到门厅平台,就见迎面走来一个娇小的身影,岁月的痕迹瞬间飞逝,用不着多余的分辨,彼此就知道来者何人!

戴雯是这晚的东道。我们虽然是第一次见面,但对于这位品稚多年的闺密,却一点不陌生。早在三十年前的中学时代,经由品稚从中推荐,我们就成为"笔友",那些厚厚的信件如今依旧存留。学习之余,我们谈天谈地谈青春谈梦想,不知不觉中,送走了多少日月晨辉。如今,我们都已经是退休干部,繁华落尽,不约而同地步入了人生的下半场。

朱砂记主打湘菜,剁椒鱼头红潺潺的一汪,几道时鲜做调味,最后是炖得略略稠密的汤汁。久别重逢的欣喜一开始还是多少有些疏离,好在我们都是把相见作为期待的旧友,待回到戴雯家中茶座时,已经把几十年的千里之隔淡化成一盏温润的黑茶——品稚多次给我寄送过这款湖南特产,所以细细品味,那种熟悉的感觉又回来了。

我们第二天要去的地方是橘子洲。在路上接到品稚信息,她搭乘中午的班车赶回常德,言语中颇多的感慨,匆匆一晤,恍若一梦,三十九年的时光,穿越一样出现,穿越一样离开,留下短短几个钟头的记忆,希望不要再用三十九年的时光来冲淡吧!

橘子洲被誉为中国第一洲。最早记载见于晋惠帝永兴二年,为激流回旋、沙石堆积而成。到清初时还是上洲、中洲、下洲三岛,"望之若带,实不相连",如今已经成为相连的一串长岛。郭沫若曾经形容其形状就像一艘不沉的航空母舰。橘子洲以盛产味道甜美的橘子而闻名,沿路两侧随处可以见到橘树和柚树,足有上千株,虽然硕果累累,却无人采摘——摘一个要被罚款十元。

此刻正值深秋,江面沙鸥点点,洲畔柚黄橘红,空气里洋溢着清香一片。沿着江边的跑道走不多远,就来到了全中国最大的毛主席雕像旁。雕像以1925年青年时期毛泽东形象为艺术原型,高32米、长83米、宽41米。雕像中的青年毛泽东目光炯炯,英气勃发,正回应了"恰同学少年,风华正茂,书生意气,挥斥方道"的诗意。洲头面江处耸立着一块巨型汉白玉纪念碑,上刻毛主席手书"橘子洲头"四个大字和《沁园春·长沙》全文。

立足江处放眼望去,远处是绵延南岳衡山七十二峰之尾的岳麓山,背靠高楼林立的时尚长沙城,湘江水自远及近向东流去,油然而生一种"独立寒秋,湘江北去,橘子洲头"的历史沧桑之感。橘子洲交通便捷,地铁和公交都在停车场旁边,即便是步行,看看湘江大道沿街的琳琅店铺,一路走到五一广场去领略人潮汹涌的繁华,也并不觉得寂寞。

"茅斋定王城郭门,药物楚老渔商市",一千二百年前,栖居长沙的杜甫就这样形容过这个长沙最繁华的商业圈。如果要给这种"热闹"找一个最佳代言,那非"茶颜悦色"莫属。进到坡子街来,短短的六百多米,人头攒动间,走不了几十米,就能看到一家"茶颜悦色"——招牌是红黑底色的窗花 logo,画面中一个中国传统古典美女执扇而立,那种现代与古典的完美结合,在温暖灯光的加持下凸显出一种安静的美。

没到长沙之前就曾听闻过关于"茶颜悦色"的传说,到了长沙高铁站就可以随处看到关于这款"传奇"奶茶星星点点的广告。我们是在第二天傍晚于步行街入口不远的地方排上了队,这倒成了长沙城里一幅日常的风景,无论一条街左左右右有多少家"茶颜悦色"门店,每一家门口都会排着不长不短的队,都会听到店员们相互喊着"现萃现泡""坚持原创"的口号,宛若一个不厌其烦的老友,让等候中的每一个"茶友"都不会觉得无聊。我们五个人点了四杯,幽兰拿铁、芊芊马龙卡、抹茶菩提和桂花弄。据说,卖得最好的就是"幽兰拿铁",它强调的是"中茶西做",用现萃锡兰红茶为底,配以纯牛奶制成奶茶,在上部盖上厚厚的奶油顶，再撒上一层酥脆的碧根果碎，喝这杯奶茶的时候，要先用一种特制的扁平吸管挑着吃上面的奶油与果碎，接着再喝一口奶油下的茶，最后将奶油、果碎与奶茶搅拌一起喝下。至于味道，那只有各人自知，我觉得营销者对于这款奶茶的宣传文案做得是极其到位，听听那些品名，再瞅瞅店铺里各色伴手礼，从颜色到图案，都有种亲切的感觉，就跟满大街味道鲜香的湘菜一样由不得你不动心。

湘菜的魅力就是极度下饭，在韶山冲毛家饭店，坐在我旁边的朋友惊讶地看着我一连吃下去三碗米饭。坡子街的这晚，我们是在炊烟小炒黄牛肉吃的晚饭，按照大众点评榜点了一桌子的菜，其中主打的毛氏红烧肉和小炒黄牛肉都要了双份。我看到楼上楼下足足四十多张桌子全部坐得满满当当，已经过9点半了，店门口还是聚集着不少等着翻台的食客，对面的长沙连锁店费大厨辣椒炒肉亦是如此，欢天喜地的广告声伴着心急火燎的等桌客，整条街都洋溢着过年一样激动人心的气氛，这一片都属于火宫殿美食圈，据说真的热闹还是要从夜晚10点以后才开始，很多人，下了飞机、高铁，行李都不去安放，就会约朋唤友赶到这边解馋。

长沙人的生活安逸，在吃上表现得很充分。众多网红饭店，想要当天订到桌都几乎是不可能完成的任务。我们在一盏灯吃湘菜，在文和友吃龙虾，都是头一天就开始联系，去文和友那天下午是湖南大学培训结业仪式，蒙蒙细雨中，本计划是派出两位资深学员赶过去占位，不料我们这边下了课，两位老同志竟然还站在楼下，很奇怪的是明明打着一把伞却看上去淋得稀里哗啦。问起原因，一个原因是两位都不会滴滴打车，偏偏这一会儿一部出租车也没拦到；另一个原因则充满了喜感，原来光顾着候车，直到

— 归去来兮 —

淋得透湿才想起来包里还有一把伞。即使是这样的阴雨天，也一点不耽误文和友几层楼里乌泱乌泱的食客，倘若真的迟一会儿，恐怕还就真的找不到位置。

湖南大学以开放式校园著称，地铁、公交直接就通达到教学区，从主教学楼步行到岳麓书院也不过十分钟路程，千年学府的往事跟着导游娓娓讲述，每一幅字，每一处景，都有着重重叠叠值得回味的故事。经过书院北门可以直达爱晚亭下，曲曲折折之间，你会在很多边边角角处看到真的有很多大学生在这里温习功课，学校如果少了学生就会显得疏落，湖南大学在这点上把位置、环境和人文调配得非常得当。

最后的打卡地，也是期待良久的湖南省博物馆。1972年发掘的马王堆，至今仍旧是传奇未完的故事。在这片浏阳河水冲击而成的平原上，历经千年竟然接近完好地保存了西汉初年长沙丞相利苍夫妇和儿子的墓葬，当年出土的文物轰动了世界，这些文物构成了湖南省博物馆最重要的藏品，甚至整个博物馆的基调和结构都是围绕马王堆设置而成。1972年日本首相田中角荣访华，实现了中日邦交正常化，当时有个小插曲，田中向中方提出过一个请求，希望得到几根一个叫作辛追的女人的头发，结果却被中方拒绝了。这个辛追夫人就是刚刚从马王堆汉墓中出土的"利苍妻子"。这具女尸出土时软组织有弹性，关节能活动，连血管都清晰可见，为世界考古史上鲜见的不腐湿尸。如今的"辛追夫人"享受着博物馆顶级的保护和看顾，安安静静躺在最下层的一间独室水晶棺中，带着关于她自己众多的未解之谜日复一日迎接着数以万计的游客。

摆设在二楼主展厅的素纱蝉衣，不仅仅是因为它那只有49

克的分量,也不仅仅因为它的仿制品直到 21 世纪才勉强成功,更多的是关于那次国宝失窃案:一个 17 岁的少年独自一人潜入博物馆,盗走了两件素纱禅衣,其中 49 克的直裾素纱单衣在追回之后修复成功,而 48 克的曲裾素纱单衣则遭到了严重损坏,至今都无法展出。当然还有那两幅 T 形帛画,历经千年,依旧色彩斑斓。上中学的时候就是从邮票上认识到这件有趣的文物,寥寥的笔画,简单的构思,就把一个人从生绘到死,从天蔓延到地,看上去,无论是栖息在扶桑书上的太阳,还有人首蛇身的精灵,飞天入地的人与神,都是开心的、舒畅的、放松的样子,古人对待生命轮回的坦然远比我们今天认识到的要自然得多。很少有像湖南省博物馆这样能把千年历史和现代发展看似随意实则有心地组合在一起。

  湖南是近代中国变革的温床,从戊戌变法、辛亥革命、抗日战争,到解放战争,然后湘西剿匪、土地改革直至改革开放,湖南总有掀起波澜引领方向的动力。开国元勋里,湖南人占据了很大的比例,新中国的两位主席故居韶山冲和花明楼仅仅相隔三十多公里,两位主席青年时期的爱人杨开慧和何葆贞亦是闺密,四位追求真理的年轻人,1922 年在长沙清水塘 22 号的板房里一见如故,就连两位夫人的命运都极为相似,何葆贞跟随丈夫参加革命,也曾生育了三个儿子,1934 年,她牺牲在国民党的监狱里。湖南省博物馆收藏的革命历史文物丰富且深沉,那些发黄的纸张和流畅的字迹,很多都是二三十岁的年轻人写就,那些本来是国民党案件卷宗中的文件和图片,恰恰保留了那一代人激扬的文字和对美好未来的憧憬,他们是故人,他们也是我们心头眼前的不败鲜花,他们和蕴藏着人文与历史的岁月精品一样都是我们心中永恒的国之瑰宝。

行到黄里处，坐看云起时

　　黄里与相山公园只不过一山之隔，却难得能在喧嚣声中守得住一份幽静。

　　沿着一条曲曲折折的小路，穿过村落闲居，渐行渐密的就是路两侧一直漫到山坡上去的各种果木。我去的时候正是四月芳菲尽的季节，放眼望去，满山满树都是红的粉的鲜花，人从林间过，便会有几朵似乎通了人性的花朵知情善意地垂下来送到你的脸前，像是殷勤的问候，亦是温暖的欢迎！

　　春天里，黄里最有名的就是杏花，用"杏花开时动相城"来赞誉也不为过。上千株杏树枝丫百态多姿，彼此交叉又映衬在蓝天之下，叠累繁复的花朵就会越发体现出别样的艳丽和热情。如果我们的脚步足够从容，也会听到山野林间各种鸟儿在欢快地啼鸣。举首扬眉间，或在高大的松树上，觅见有几只可爱的松鼠飞来荡去。隐隐约约，从挂着酒幌的山林深处，几缕暗雅的箫声断断续续传来，随着微风流溢出几许"花谢花飞飞满天"的淡淡忧伤。

　　我们聚会的农居就隐在黄里山洼里，依着山势在西和南侧高低错落建起了七八间木制的民宿房，每间房子都不算大，但是每一间房子的视线都是开阔的，都会在日出以后很长时间里有不间断的阳光洒进来，推开四面的花窗，可以毫无遮掩地感受到春天的艳香，整个人有种像花一样绽放的舒展和愉悦，舒舒服服的，真是希望时光可以走得慢一点，让我们可以多体会一下"暮从碧山下，山月随人归"的惬意。

山不在高，有"仙"则灵，黄里也有属于自己的"仙气"。位于黄里西山坳砦山南麓幽谷之中的天藏寺，为唐代始建，背依凤凰山，东临寨墙山，西面石佛峪，群峰环抱，风景秀丽。据记载，天藏寺历史上经过明、清及民国先后共四次扩建与重修，最兴盛时大殿层檐高达一丈五尺余，材质尽用江南杉木，雕梁画栋，金碧辉煌，塑有如来、文殊、普贤三佛，栩栩如生，远近闻名。

百余年来天藏寺历经风雨岁月，原有的大殿早已不复存在，现存的四间念佛堂和十三间斋堂，均为1987年后筹划重修。在古殿遗迹之后供有天然石佛像一尊，佛像东边存有石井一眼，相传北宋时期，有一位云游僧人卓锡来到天藏寺，看到僧众苦于无活水可采用，遂于临行前在石壁上手书了"天一"两个大字，不久竟然有泉水自石上翕然而出，汇集成井，且资用不竭。

石井向上不远处还有一石窟，一尊观音抱子像安坐其间。寺的西边还有一棵著名的千年古银杏，树干可以十人围抱，树冠辐散五间庭院之广。黄里当地有首民谣传唱至今，道是："树上有一庙，庙上有一井，井上又一庙，一步两庙，三块砖盖个庙，一丈二尺高的神。"

黄里的山势并不高，自东向西缓缓舒展，这极是方便阳光早早惠及。漫山遍野的杏树桃树石榴树，好像一把把撑开的花伞，轩轩笑笑，摇摇摆摆，勾勾连连，一直平铺到山的那一边。黄里山坳深处还有着皖北地区面积最大、株数最多的古柏树群，在这树丛山影之间，看得见几栋二层结构的黄色小屋子，点缀在一片花海林海里。我们捧着一盏茶，沐浴着暖暖的阳光，品味着"却顾所来径，苍苍横翠微"，便感觉自己与这片山这片花融为一体了，时不时有几只叫不出名字的鸟儿，鸣叫着从果木之间飞出，在阳光下倏然一闪，又灵活地跃入林海，没有了踪迹。

临近中午，山坳一侧来了一群春游的小学生，穿得花花绿绿，随风飘来叽叽喳喳的孩童嬉戏声，居然能够瞬间回忆起自己少年时的好多快乐，仿佛时空在这里凭空又多了一分交错。这村里村外的散养鸡鸭是农家乐推销自己的最大"噱头"，喝的是山间清泉水，吃的是天然五谷粮，真不知道这些黄里的鸡鸭哪辈子修来的福气，在闹市之间，居然还有这样一片天地可以任意游走、觅食，甚至可以飞跃到楼梯围栏附近，懵懂地看一眼这个车来人往的世界，即使看到陌生人，它们也只是咕咕咕叫上几声，再不慌不忙钻回去，自由自在的生活环境，让这些家禽羽毛映衬着阳光，都散发出缎子一样的光泽。

黄里丰富而独特的自然景观和人文景观，随着城乡建设的发展，越来越受到周边市民的喜欢。不但原有的笆斗杏和软籽石榴在品质上有了提升，而且在开发果蔬深加工产品上也有了进展。品质最好的冰糖石榴，"颜色鲜美，气味芬芳，粒大籽软，汁甘而浓"，多次入选安徽省农业展览馆地方优良果品展，远销南京、上海等地，"黄里石榴笆斗杏，青汤菠菜都进贡"的说法，又开始广为流传，春天来看杏花，秋天来品石榴已成为淮北市民的一大乐趣。

我们的饭菜食材多是采自山野中，佐料也很简单，寥寥烟火间最多的是一种城市里少见的天然气息。最后端上来的是一只硕大的砂锅，沸沸腾腾，蒸汽袅袅，一只肥嫩的仔鸡伴着各色春的鲜笋、夏的腌香、秋的干菜、冬的菌菇，随着时有时无的微风，给这间不大的房间里添了几分四季的弥蒙。生活里其实就是有很多偶然的奇妙，相见与离别不过就在一念之间，就像此时此刻，隐隐的箫声又缓缓传来，我一边侧耳静听，一边在笑语欢声中挑了几丝春笋压压酒意，心里其实还在惦记那盏尚且温热的清茶。

江　南

　　风景旧曾谙，原来最后一个"谙"字读的是平声（ān），我却一直都以为是四声，来来去去竟也念了几十年，这一回查了《说文》，弄清了音调，知道"谙"原来是"熟悉、精通"的意思。朗朗上口这么些年，真的仔细回味这几句词还是在 2018 年 9 月浙江大学学习期间——浮云流水人如隙，不知不觉江南就在眼前，江南就在窗外，江南就在潺潺的记忆逝水之中。

　　二十年前曾有过的一次杭州游简直就是非常败兴。恰逢第一次全国国庆黄金周，放眼望去，整个西湖就是一个大的水上游乐场，我们在岸上看人，水面的人在看我们，导游除了不断地提高声量，就差拎个竹竿子把游客东迎西赶。好容易裹挟在人流中上了花艇，瞬间左左右右挤满了这辈子不会再见到第二次的陌生人，想到百年修得同船渡，不知不觉就成了笑话。大家齐心协力看那导游信手指着北说"那是断桥"，我们"哦"，导游又指着南说"那是雷峰塔"，我们又"哦"，这样"哦""哦"了大半天，回忆起来，怕是只记住了大白天的三潭印月石碑，竖在一个同样是石材搭起来的小亭子里，所有途经此处的人都会停下来排队，挨个扒着石碑举起剪刀手留下"到此一游"的照片，谁都顾不得背景里脏兮兮的湖水和那灰蒙蒙的三只鼎足。

临末了还被杭州火车站的小贩摆了一道。我们买了五份盒饭，明明看的时候是菜肉缤纷，还真费了半天劲点这个菜点那个菜，可等到火车开动，打开饭盒时，共同傻了眼，只有最上面一个盒饭摆了菜，其余几个竟然在我们眼皮子底下被偷梁换柱，都只是白米饭！杭州空气真的很好，江南软语确实动听，这些奸商却极不可爱！

人生就是如此，经历一晃就成回忆。在北方时经常想象江南应该具有的温润和繁华，不承想，仅仅是一条淮河之隔，两岸的景致就迥然两异。火车过黄河的时候，车窗外该怎么冰冷就还是怎么冰冷，连黄河大桥也是冷冷的、硬硬的感觉，一旦经过了黄淮，就会瞬间看到春风的魅力，就是隔着一道坎，这边的绿意到了4月份就已经浓得化不开了。

听说淮安的名字很久，尽管是江苏城市，但是在淮河之边，运河两畔，弯弯曲曲和安徽的很多城市就像堂姊妹一样，画出来的眉眼总有几分近似。虽然还不算地道的江南，然而，淮安近几年凭河临水，水乡的味道越来越重，尤其是古淮扬运河淮安段的夜色，依着慈云寺的香火，从闸口码头顺水逆流，穿清江闸、中洲岛、清江浦楼、石舫船、龙亭、越秀桥、济安水龙局、青隆桥、再回到原地上岸，也就在一个小时的时间里阅尽了里运河的千年沧桑。

里运河是京杭大运河最早修凿的河段，北接中运河，南接江南运河，流经江苏省淮安市和扬州市，自清江浦至瓜洲古渡入长江。明、清两代，朝廷在京杭大运河的枢纽部位，里运河、中运河与黄河故道（即古淮河）交汇处——淮安府城中心专门设立了漕运机构，里运河的辉煌终究是照耀过淮安古城，"千帆过尽皆不是，斜晖脉脉水悠悠"，汤汤里运河的水，绵延不息，我们这些没经过梅雨的北方人不知不觉中就感觉到了江南。

淮安到南京只需要两个多小时。南京倒是到过多次，有时盛夏，备感火炉的炙热让人呼吸难畅；有时金秋，紫金山的美丽又是夺人心目——长长的林荫道，随随便便可以走上一两个小时，曾经在去福州涌泉寺的山路上也有过类似的感觉，不过，福州鼓山沿山普植松柏，遍山苍翠，紫金山路则是法国梧桐为主，遮天蔽日，无风自凉。还有正对着中山陵的听琴台，二十年前，游客可以攀缘其上，如今再去，已经锁在栏杆之间，同一个地点感受岁月带来的异与同，颇有点夜雨听风的寂寞，还掺杂几多凄凉。很多很多时候，我们回不去了。

第二次到杭州就是自南京出发，夜幕下途经楼外楼，灯火通明中，旧朝古都的沉迷色彩一缕一缕散发出来，衬得一路之隔的西湖水都有些迷蒙，距离楼外楼不多远就是西泠桥，桥畔有苏小小墓，上覆慕才亭。

六朝南齐时家住钱塘的歌伎苏小小，貌绝青楼，才技超群，常坐油壁香车，当时莫不称丽，可惜年方二十三咯血而死，终葬于西泠之坞。美人生前辛苦，身后哀怜，墓碑几经损毁，直到2004年杭州市政府决定重修苏小小墓。园林专家孟兆祯根据老照片反复推敲后重建了该墓。重建后的苏小小墓用泰顺青石雕琢而成，由六根方柱支撑，高3.15米，墓径2.6米，券高0.9米。重建后的慕才亭内有十二副楹联，邀请了沈鹏、马世晓、黄文中等十二位书法家题写，西泠桥头平添了更多的人文底蕴，也给这汪湖水延续了一份传奇。

对于我来说,苏杭就是江南的象征。苏州是个"天上掉下来的林妹妹",美则美矣,略显做作,尤其是不太喜欢苏州园林,总觉得绕来绕去,不是移位换景,就是错落有致,杜丽娘平生最爱是天然,可她却是"不到园林,哪知春色如许",这园林的春色,又有哪一点论得上天然?所以对于苏州,我更喜欢虎丘,据《史记》记载,吴王阖闾葬于此,葬后三日有"白虎蹲其上",故名虎丘。虎丘山高仅三十多米,却耸壑绝岩,有着江南难得的凌厉杀气,幽碧剑池下据说就是吴王墓穴,却是几经勘测几多难解,遂为千古之谜,池畔的千人石留有"生公讲座,下有千人列坐"的佳话,整个环境颇为开拓豁朗,虽在江南深处,却有着北地风华。

　　二十年来,两过苏州,三进杭州,江南的印象像冷萃咖啡一样,初始静寂,渐行渐有浓浓的味觉意境出来。也就越来越体会到必须要静下来、住下来、慢下来,江南的氤氲才能感觉出来。

　　曾在皖南的山里留住,只觉得山林愈深,溪水愈清,花草愈奇,呼吸也会愈来愈松弛,夜里的竹风飘逸拂来,竟与杭州有几分相似。

　　每次到杭州,都不会觉得这个线装起来的旧城有多少能挑逗起心情的地方,多数时候还是因为时间仓促,往往从众心理,去的都是人多的地方,为的不过是大伙都说要去的好地方,也就像多年前火车站卖盒饭的,很可能不是本地人,很可能就是一面之骗,很可能这一遭就毁了你对杭州永远的印象。

　　所谓天堂无非就是可以安静地醒来温暖地睡去。杭州的确是有那么一点点意思,三十年来三次体会,恰巧都是九十月间,人山人海的断桥,喧嚣热闹的楼外楼,本地人都少得可怜,看是少不了咱去看的,但是不能去爱!往灵隐寺去的山路不好走,晨跑的人却不少;幽静巷里的本帮菜,价格不贵,味道也是家常,却会让我来了一次会想下一次;许多旁边人介绍的小去处,更适合一个人在夜深人静时去翻翻阅阅,它们多的是真实的生活氛围,没有那些白日里的功利在里面,真到了这个点,我就会觉得有点坐在家门口听市声的眷恋,这也许就是江南最贴近人心的地方。

古城·秋江·月夜

"北平遥、南凤凰",这是游人口口相传的关于天下古城的传说。而相比平遥的规模宏大却空间封闭,凤凰所具有的豁朗青翠和亲民色彩,更应该是源于川流不息的沱江。走遍中国的新西兰记者路易·艾黎,始终认定凤凰就是他见过的最美小城。

十年前来到凤凰,那还是个不需要门票的时代。进得城来,去的第一个地方就是久闻的虹桥。这座桥始建于明洪武初年,相传和尚出身的朱元璋,听信一位阴阳先生的逸言,说沱江南侧的南华山是一条龙脉,而凤凰古城所在地就是龙头,总有一天这地方会有人出来问鼎中原。朱皇帝岂能允许潜在的对手存在,于是朱笔一勾,在此修建了一座虹桥,虹桥的三个桥拱就像垂落的三把宝剑,斩断了龙颈,改变了风水,凤凰再也出不来皇帝了,但是沱江之上从此多了一座提升古城风韵的风雨桥。这款木结构吊脚楼,两侧各建大小相等的十二间木房,中间是行人通道,顶部装有雕刻精美的花窗,既可采光,又疏散空气,在桥面两头各立拱牌坊门一座,上书"虹桥"二字。

湘西风雨楼,从此便有了它较为完美的形制。

凤凰一年四季都有着不同的美丽,而沱江最美的季节则是我们恰恰赶上的十月金秋。登上虹桥，推开风雨楼特有的木制"灯笼"式雕花门窗，极目远眺，沿山层林尽染，流水潺潺深幽，秋日暮阳之下的沱江由远及近呈现出渐变的翠绿色，桥下的两个水车咯吱咯吱地转着，顺流而下的竹筏，伴着撑舵人的湘西小调，故意不走那条直渠，弯弯折折送到对面一家古法酒作坊去了，隔着萦萦绕绕的一汪江水，隐约可以听到嬉嬉闹闹的品酒声，凤凰老乡就这样把生意和游戏轻松地勾连在一起。

我们是天刚亮的时候，从怀化出发奔凤凰去，沿途的高速跟一位哮喘发作的老人一样，时断时续，加上湖南省道岔路又多，我们问路时听到的湘西口音，基本上一半都要靠猜。而2010年的车载导航也是非常任性，几次明明没有路，却坚持让我们冲，好在我们几个人运气不错，下午3点多一点，凤凰到了。

我是通过QQ旅游订的线路，那个时候微信还没有开发出来，开旅行社的小哥是个上海的大学生，见到他的时候他也就是二十六七岁，腼腼腆腆一个人，租了一座小楼，上上下下八个房间，一个人里里外外独自打理。

他告诉我们，前几天刚下过雨，沱江的水量正是好时候，但不建议我们坐竹筏，价格既贵时间也短，纯粹就是一个噱头，没什么大意思，倒不如自己顺着江边慢慢溜溜，可以从城里的石板街走过去，也可以就直接到虹桥上看风景，反正凤凰的深秋季节，无论怎么看、无论看哪个方向，都是极其漂亮。再有两天就到中秋节，可以有机会预先看看准圆月之下的凤凰夜景。

凤凰城里的回龙阁石街，始建于清康熙四十三年（1704年），说是主街，不过也就是用普通石板铺就，时间久了，石板被岁月的风霜雨雪耐心打磨，远远看去，洒过水一样都透着光亮；石街的两侧店铺林立，一半以上都在叮叮当当敲着响，声音清脆的是银器店，声音发闷的则是在制作一种类似于麦芽糖的甜食。银器店里有着昏黄的射灯，大白天都亮着，几个小师傅趴在挡着玻璃罩的工具间手指翻飞地精心雕琢，似乎每个这样的店里都会有一位年纪大些的老人斜躺着，他们多数着黑衣，有的还有罩头，旁边的小矮几上，放着茶杯，还有我们很少见的水烟——我也只是在电影电视里见到过这东西，仿佛时光倒流回去了一样。

做糖的大多数是中年壮汉，赤着上身，皮肤黝黑紧致，手里握着木桩不紧不慢地捶打着石臼里的一团膏料，几下之后便会用力挑起，这时候，那种附加在糖内里的香甜酥腻就会挥发出来，整条街都弥漫起来。在人来人往之间，还掺杂着数不清的经营着各种民间工艺品、杂货土特产的店面，上方还挂着新旧不一的灯笼和红色油纸伞。很有湘西特色的吆喝，轻言细语的讨价还价，宛若一幅流动的凤凰版《清明上河图》。

有很多小巷枝杈是从石板街向两侧伸展进去的，每一个巷子都非常近似，里面的内容也都大同小异，除了银器店、糖膏店，更多的是湘西民族服饰，还有一些想着法子堆砌出来的各种各样看上去不错实际毫无用处的小摆件，专门用来迎接八方来客。我们几个人穿来穿去没一会儿就迷糊起来，分不清东西南北，只有给那个大学生打电话，他就笑，然后让我们向上看，说应该可以看到最高的地方有个城楼，如果看不到的话，就问身边的人，找"壁辉门"或者叫"北城门"，再走过去就会重新回到石板街主街。

走回到北门码头跳岩处，已经是快掌灯的时辰。这跳岩是两排单独的石块，一排只能单人逐个通过，跳岩临水的部分，水流变得光滑圆润起来，当江水淌过就形成了薄薄的水片，还略有弧度，片片相连，延伸到沱江的另一畔，像一条宽宽的白玉腰带，体体面面地穿戴在江面上。

这时候，对面的吊脚楼也开始渐次明亮起来，听得到熙熙攘攘的人声，很多民宿就在那里，价格可是我们住的好几倍。这其中，最醒目和出彩的要数夺翠楼，它是画家黄永玉先生的画室，湘西独具的歇山式屋顶，长脚踏水、楼台凌空、四翼高飞，配着传统套隔方式的花窗，周遭均以桐油饰成铜色，与上下左右原有的旧式吊脚楼浑然一体，且背依天马山，面对着虹桥，自然是凤凰城里最有气质的"豪宅"。

常有人说"世人知道凤凰，了解凤凰，是从沈从文开始的"，我很小的时候看过的一部电影，叫作《边城》，讲的就是湘西凤凰的故事，后来知道这就是根据沈从文的同名小说改编的。我们从虹桥下来，就看到了沈从文故居的指示牌，中营街离得并不远，可惜时间太晚，已经停止接待游客。

晚饭之后，出门就看到挂在城楼一角的圆月，几缕薄云在清清凉凉的月光中若隐若现。按照店主小哥的指点，我们出了城东门，走不多远就到了听涛山，此时月光如水，把山道照得清清楚楚、干干净净，向右拾级而上，没几步就看到路边一块竖长的石碑，上面刻的碑文："一个士兵不是战死沙场，便是回到故乡。"这是黄永玉为表叔沈从文题写的。

沈从文先生墓地建在一块狭长的草坪上，清幽静谧，并没有设坟冢，只是竖立着一块巨石，据说这是一块有 6 吨重的天然五彩石，清冷的月光下，可以辨认出，巨石的正面镌刻着沈从文先生的手迹："照我思索，能理解我；照我思索，可认识人。"石的背面则是民国闺秀张充和的撰联:"不折不从,星斗其文;亦慈亦让,赤子其人。"其联句尾四字"从文让人",透射出先生一生的高风亮德。

凤凰的夜是最热闹不过的地方,沿着沱江南岸,贴近水面开着几十家酒吧,各色店铺歇业也就是他们开张的时候,每一个灯光绚烂、五彩缤纷的吧厅里都有着一位精力爆棚的DJ,唱跳并举,声嘶力竭,这和白天谦逊低调的古城相比,瞬间换了一副天地。

清晨4点,天蒙蒙亮,石板街经历了一夜的喧嚣,正在清洁工一下一下清扫中慢慢恢复安静的模样。沱江上的薄雾,一层一层排着队似的从吊脚楼前飘过去,跳岩那里,已经有游人在尽着昨日未尽之兴。现在可以看清楚,沱江南岸的那堵用紫红沙石砌成的古城墙,典雅而不失雄伟,东、北两座城门楼,虽然历经沧桑,却壮观依旧。微微而起的秋风,吹动沱江清澈的河水,水流悠缓舒展,随着天色渐明,可以看到绿波里招招摇摇的水草,沿沱江边而建的吊脚楼群从虹桥一路列位到跳岩附近,轻灵细脚地伫立在沱江畔,看上去就像是一幅隽永的风景画。

飞雪连绵忆鹿城

又到了飞雪连绵的冬日。

三十多年前，我离开包头时也是这样的季节。印象最深的是包头师专大门两侧那长长的一排杨树，落尽叶子的树枝就像强健舞蹈中的勇士，充满渴望地向天空伸展着臂膀，正午阳光下我能感受到草原冬日的暖阳，不仅温柔还格外耀眼。记忆里，包头的天空永远都是深远的蓝。

包头源于蒙语"包克图"，意思是"有鹿的地方"，大约远古的时候这个地方水草丰美，到处可见美丽的鹿群，所以称之为"鹿城"是很有些历史悠久的味道。但是让包头名声更响亮的恐怕还是包钢的品牌效应，我们这代人很小的时候就知道包头是座草原钢城，据说城中有条钢铁大道是全国仅次于北京长安街宽广的城市主干道，这是一座集合了全国力量建设起来的草原新城，是几代内蒙古人的骄傲。除了工业，包头的教育事业也是走在内蒙古前列，在20世纪很长一段时期里，包头因为有一所包头师专而闻名，我上学的时候，很多学科老师都是毕业于这所学校，包头师专的名气在我们那个小地方一点也不逊色于内师大，所以，1988年秋天，我能考进这所学校，也是非常值得自豪和激动的事情。

  刚入学的时候，包头师专南区正在扩建，那栋设计有很多边边角角的图书馆还没有正式启用，孤零零地"长"在乱糟糟的还没有来得及清理整齐的工地中，我们经常在有阳光的下午围着这楼溜达几圈，因为这里有着难得的清净，蛮适合体会愈重愈浓的冬意。

  学校里南北校区都有食堂，南区宿舍楼向西不多远是新食堂，因为离宿舍比较近，所以虽然饭菜味道非常一般，却从来不愁卖，而且除了周末，每餐饭都要排长队。在教学楼区东边也有一溜两座旧食堂，师专的老师们多是在这里用餐，这里就餐环境比较陈旧，但是饭菜味道要好很多。旧食堂最受欢迎的活动倒不是因为饭菜，而是每逢周末定期举办的学生舞会，来此交谊的师生要远远超过来就餐的人数。

  包头市下辖三个区，人口最多的老城区东河区，讲包头方言的也最多，我们有一位老师授课全程都是包头话，声音高低错落很有戏剧感，模仿他说话也成了我们宿舍里的一项很受欢迎的才艺表演；经济最发达的政治中心在昆区，包钢所在地，那边有一片规模很大的自由市场，似乎卖什么的都有，热闹的程度超出我们想象；学校所在地是青山区，应该是个教育文化区，始终都是干干净净，却也是冷冷清清，尤其是冬天，天一黑，想买一碗面都找不到地方。

  那时候，我们都说包头可真大，从青山区到东河区要坐一个多小时公交车，沿路少见人家，就跟在草原上跑长途一样的感觉，地广人稀是很多人对包头昔日的留念。

  离学校不远的地方建有包头的城市标志——鹿碑，三只飞跃

- 归去来兮 -

的小鹿充满了生机。离开包头之前，我在此留影多张，却没有想到再次见到这座城碑竟等了三十多年，当年的钢铁小鹿也披上了金装，朋友开玩笑说："如今咱包头也有钱了！"

三十年弹指一挥，再见包头，它已经成为一座崭新的城市，整体形象有着脱胎换骨般的升华，成片的高楼大厦早已经将三区连成一片，各种类型的城市广场和文化公园体现出草原城市特有的豁达和宽广，原来感觉体量巨大的第一工人文化宫现在依旧在那里，却也显得更加柔和、低调和亲民，包头师专早就升级为包头师院，校园的建设更是让我们情不自禁地发出一连串的感慨。

更感到惊艳的是看到了包头在城市环保和发展之间筹划得和谐而且亮丽，最具代表意义的就是赛汗塔拉公园。这座城中草原，三十年前不过是区际之间的漫漫草滩，经过规划扩建，草坪、森林、步道交错有序，夏日里绿意弥漫，冬日里空旷高远，真的会有天苍苍、野茫茫，风吹草低见牛羊的历史沉淀质感，给包头这座高速发展的城市保留下来了一处温婉栖息的人文港湾。

匆匆忙忙，秋去冬来，虽然已经过去了三十多年，我却依旧记得在包头遇见第一场雪的那个黄昏，在昏黄的灯影下，雪花由小及大由疏及密，有着想把灯光都遮住的静谧。也正巧，我那天下午刚刚得知消息，学期结束之后，我就要离开包头，那种欲走还休的心情就如同我眼里的飞雪黄昏，说不清地稠密，说不清地犹豫。

这一景象，时隔三十年，依然在眼前。只是颜色已经慢慢褪去，添加了一层淡淡回忆的金黄色。如今，又到了飘雪的季节。和每年一样，看到雪就会想起从前，就会有种对相见的期待。

从留园到苏博

二十年前，曾与苏州有过匆匆一面，留有最深印象的就是留园。位于苏州阊门外的这座始建于明万历年间的私家园林，1961年就被列入了全国第一批重点文物保护单位，曾经的主人早就随着岁月流逝湮灭于风花雪月之间，但作为苏州园林构架的一种代表，留园在有限的空间里充分利用抄手游廊的断续与勾连，七百米左右的长廊两侧，不求规则地开成形状各异、朝向分别的二百多个漏窗、空窗和洞门，使得园中山景和水景呈现出既错落有致又丝扣相接的情形。游人漫步其中，曲曲折折间便能欣赏到园中山水树石自然而然装饰成的一幅幅动态风景，颇有韵律天成之感。

那年，我甚至还记住了留园的另外一个名字——"寒碧山庄"，源于园中那无处不见的丛丛梧竹，色泽清寒，据说月影之下，会有波光澄碧，入目心凉之感。可惜，我们时间仓促，未能有所领味。

同属四大名园的拙政园则与留园不同，历史传承要复杂得多。它的"开创"者王献臣，24岁即中进士，同时期的江南名士唐伯虎考中解元之时已经29岁，而那时，王献臣已经成为出使朝鲜的朝廷大员。"成名要趁早"往往也不见得是件好事情，正德年间，因涉及东厂内监权力之争，王献臣仕途开始出现多次起伏，他也终于灰心隐退，开始回乡建园，那一年他不过40岁。

从拙政园的取名就可以看出，主人翁心底深处还是有些对官场隐隐的不甘和反讽。拙政园从形制和体量上看，在当时就已经是苏州名园，它的设计者正是王献臣的好友，与唐伯虎并列江南四大才子的文徵明。

拙政园的最大特点就是闹中取静，于繁华之间得山林知性，同留园刻意追求山奇水逸不同，拙政园在治园方式上更追求安逸和委婉，无论是自西路顺水而行，还是依东畔拾级而上，整体观感舒缓自然，更多的是有种隐逸脱俗的质感，春夏秋冬四季变换，园中风物均有应时体现，也难怪，拍摄电影版《红楼梦》黛玉葬花一节时，置景师从上海一路寻到苏州，最后一眼看中的就是拙政园倚玉轩西侧的小桥流水，既有生活味道，也不缺书卷气息。

很巧的是，我们这次预订的酒店就叫作拙政别苑，想必离拙政园不会远，看看导航距离也仅一千米左右，预计步行半个小时足够。不承想，一行人高铁站出来就被"高科技""大数据"堵住了。难就难在坐地铁要付现金零钞，我们谁的手边都没有四块钱，只好去扫那个"苏e行"，这款程序设计得比较复杂，苹果系统和安卓系统还不一样，出站之后的人们三三两两聚集研究，终于有茅塞顿开的"聪明"人，开始四下里指指点点，耽搁了二十多分钟，我也长吁一口气，听到了地铁闸机通关认可的滴声。

这些年，苏州的城市保护与发展，似乎始终行进在新与旧之间的"互搏"中，一直都在追求和谐与均衡的道路上执意寻找着最佳契合点。苏州工业园和金鸡湖开发区眼下俨然已经是一幅蓬勃发展的新兴都市模样，然而拙政园所在的老城平江区，道路也好，建筑也罢，二十年过去，虽然粉饰了墙体，修缮了沿街，却依旧摆脱不掉陈旧和狭窄的霉味。

很久都没有遇到过旅游点三五成群兜售景点门票和"一日""两日"游的"掮客"，这应该都是属于20世纪刚刚开启"黄金周"时期的初级做法，没想到竟然在苏州完好持久地保留了下来，我们一路行来，随处可见：拙政园和寒山寺一日游，叫价100元；单去拙政园，门票只要40元，市面上淡季的价格也要70元，便宜得令人生疑。

拙政别苑原来就在拙政园的出口。苏州最大私家园林的名头绝对不是虚顶，火辣辣日头下面，整整一个中午，我都可以清晰地听到各路导游引导客人的呼唤声：下一站狮子林，下一站寒山寺，下一站虎丘，唯独听不到诚品书店的名字。

出租车拒载，成了我对苏州第二个深刻的印象，你拉开车门，司机根本不问你的去向，直接就说：观前街！

听我说了诚品书店的名字，很诧异很失望，伴着一连串的摇头，还有不服气的开导："大白天去那边看什么，金鸡湖要看灯的，晚上去好了！"

殊不知，我看的与再美的灯都无关，我是来看书的哦！

1989年，吴清友在台北开了第一家诚品书店，秉承的是"人文、艺术、创意和生活"理念，寄希望于经济腾飞的中国人总归会给书香留有一角"余地"。2011年，吴清友邀请台湾著名建筑大师姚仁喜操刀设计，择地苏州被誉为皇冠上的钻石之地——金鸡湖畔，开始打造苏州的第一家诚品书店，四年等待之后，2015

年11月苏州诚品书店正式开业,自此成为多少心里有书人的打卡圣地。

同样,我第一次踏入亦是心怀满溢的期待与激动。

震撼的感觉从诚品书店入口就开始了。一眼望进去,自厅堂到顶层,有一路长长的、宽宽的、起伏缓缓的、一直通向开放式楼顶的步行梯,豁朗且直接,瞬间就把门外流淌着的燥热与阴郁按捺下去。读者拾级而上的过程,竟然会渐渐沉淀萌生出一种朝圣的心洁之感,整体环境的米白主色调更在无声无息之中加深了这种感觉。

书店的"主咖"自然是读者,诚品是坚持把为读者考量放在第一位的,新书展示迎面而来,每一册均有细致的展示阅读版本,珍惜的被覆以专业的透明书衣,你可以随意翻阅,你也一定要爱护它们。上千平方米的书店里,尽可能多地安置着各种书柜,对翻阅和浏览者来说,方便穿行的通道,明亮的采光,高矮适中的书刊布置,只会有一个结果:流连忘返。

右行向东,内侧台阶之上,固有设置的诚品咖啡并没有如它外在名声那般喧哗与明悦,只是安安静静地一盏一盏被送到同样安安静静的读者面前。我找一个位置坐下来的时候,不由自主地深深呼吸了一下,貌似很久很久没有享受过这样醇厚绵长的静谧时光了。

诚品书店每晚10点打烊,而苏州博物馆正灯火通明,夜游博物馆成了这个暑季苏州新推广的一项广受欢迎的文化活动。

2006年,苏州博物馆开馆时,英国媒体用了这样一句话评论:"这个伟大的华人建筑大师重建了他的家族失落的精髓!"他们指的是出生于广东的贝聿铭实际上乃是苏州望族之后。据说从

20世纪90年代,苏州方面就开始与贝聿铭接触,希望由他来设计苏州博物馆新馆,但是一直到2002年,贝聿铭已经85岁高龄的时候,才下定决心,将生平最后一部作品留给了苏州。

贝聿铭倾注了最大的心血,无论是建筑的尺度、方位,还是展品的陈列、细节,包括每一株树的选材,还有代表苏州特征的湖石,他都要亲自挑选,最终的"成品",虽然也受到过多多少少的质疑,但是设计的最初理念"中而新,苏而新"得到了最完美的体现。

其实我们在找宾馆的路上,隔着川流不息的人流就看到了苏博那错落有致、黑白交织,包含着诸多苏州古建筑斜坡式线条元素的屋顶,但真看进去,就会发现那每一根触目的线条,更多蕴含的是另一种你完全可以读懂的简洁和流畅。而且很神奇的是,无论你站在博物馆周边哪个方位,总会感觉到有一片博物馆的光影正对着你站的地方。跟几乎所有苏州园林一样,贝氏没有设计出来一个显赫的博物馆大门,只是简简单单的青瓦白墙,据说,那种黑中带灰的花岗岩非常奇特,淋上雨水就会呈现深黑色,日光一晒又会恢复成灰色,几何图形加上黑色色变,现代和传统就很生动地体现出那种苏博一直追求的"苏州"味道来。

跟我去过的很多其他博物馆不同的是,苏博把一半庭院面积设置成游客可以随意穿梭途经的转换场所,这样的好处是庭院深处每一个展厅能够比较容易控制人流量,毕竟,上溯千年的藏品也应该是有生命的,它们也需要空间呼吸!而庭院里的叠山假石、亭台楼榭、曲水流觞,恰恰是贝聿铭藏在心里的苏式景物写真。

我最喜欢的是庭院中心那片水景,面积并不大,大约只有一米深，但是用了几幅曲折兜转的石桥，把空间在贴近水面的部分间断分隔开来，顿时就有视线开阔之感，抬头是对面不远不近的几株桂花树，俯首即有触手可及的锦鲤游来悠去，沉浸在这样的氛围中，苏博那四万多件藏品怎能不平添几分神仙气韵呢？

那座阁，那汪潭

青弋江是长江下游最大的一条支流，源出黄山北麓，于周家坦注入太平湖，出湖后再流经泾县。其间有一段水面豁然开朗，沿江古居俨然，便是到了桃花潭镇。

汤显祖《游黄山白岳不果》里有一句"一生痴绝处，无梦到徽州"，而他其实没去过徽州，很多人跟他一样，粉墙黛瓦的徽州印象全都来自想象，那应该是一种意境的延伸，是一种感觉中的风姿绰约。

桃花潭镇南临黄山、西接九华，水系勾连太平湖，而其之所以闻名，源于一个美丽的"追粉"故事。唐时泾县史官汪伦是诗人李白的"迷弟"，一个偶然机会听说李白旅经南陵，遂抱着一线希望修书一封，曰："先生好游乎？此地有十里桃花；先生好酒乎？这里有万家酒店！"李白游兴酒意大发，欣然而至，汪伦惊喜之余不免尴尬，不得不坦承："所谓桃花者，实为潭名；而万家者，乃酒店店主姓万。"李白听后并不以为忤，反而被汪伦盛情所感动，在小镇居留到次年春暖花开，并在临别时题下《赠汪伦》这首千古绝唱："李白乘舟将欲行，忽闻岸上踏歌声。桃花潭水深千尺，不及汪伦送我情。"

如今，踏歌古岸依旧，诗仙、史官已随风远逝，然桃花潭却因这个传说流芳千古。位于古镇万村里的汪伦衣冠冢，据传其碑文"唐史官汪讳伦也之墓"为李白所题，但真伪早已无从考证。

我们今番出发时已经是芳菲尽的四月，本来尚有青弋江畔觅油菜花的念头，不承想，今年春季升温异常，油菜花期提前了将近一周，一路行来，渐行渐显的都已经是稀稀落落。正巧碰上阴天，青弋江上雾气迷蒙，伴着平缓的水流，还有沿江两岸朦朦胧胧的徽派民居，正是那种想象中徽州古韵的感觉，完全是另外一番"任它无情也动人"的美。

桃花潭镇，古称南阳镇，如今还存有七百余处明清古民居，临近江北的一部分开发成商业街，打眼的黄金位置，大多是经营宣纸毛笔的各色商铺。这里的家家户户都有自己的生意在做，徽州有句民间谚语称"前世不修，生在徽州，十三四岁，往外一丢"，原因就在于徽州地区山多地少，人烟稠密，素有"七山一水一分田，一分道路加田园"的说法，当地人具有很强的生存危机感，很小的年纪就开始外出谋生，一条徽杭古道，就是徽州人不怕苦不怕累走出来的。如今，大多数人对于安徽另一个印象就是有鼎鼎大名的徽商，"贾而好儒，商而兼士"是徽商的追求，杭州著名药房胡庆余堂就是徽州商人胡雪岩创建，已经成为徽商的一个传奇。

小镇往南走进深处，还有一些稍微僻静的巷道，但是本地人居住的已经非常少，多数是开成了民宿和酒吧，黄昏时分，我们走在湿漉漉的石板街上，远远地能看到一长串挂在屋檐下的红灯笼，"近水楼台"客栈的招牌有点俏皮的字体就在巷子尽头出现，回过头来，另外一家"先得月"酒吧就在暗影之间"微笑着"，很多门上都贴着诗词曲赋的对联，或许这就是当地人对"读书"二字的切身体会吧！

出石板街西门就是东园古渡，一千三百年前的大诗人李白就是自此告别汪伦登舟远行。现今门楼上"踏歌古岸"四个大字，是安徽省政协原主席张恺帆于1984年重修古阁时所书。古阁的位置在渡口和南阳镇正街之间，出阁正好面对豁然开朗的清澈潭水，可以沿河观景，徐徐登船过渡，入阁则是南阳镇正街，亲身感受古镇的千年烟火气息。

拾级踏步登上楼阁，选一处安静的角落小憩，透过窗棂可以看到桃花潭水在薄雾淼淼中缓缓流淌，几叶扁舟泛游其上，新绿微波，点点涟漪，真的会有"千尺潭光九里烟，桃花如雨柳如绵"的感叹。潭水的另一边是垒玉墩，上有李白醉卧的彩虹岗和吟诗唱和的谪仙楼，从踏歌岸阁门洞中望去宛若一框清冷净洁的山水画，在绵绵绿色中向北舒展而去；倘若有心回望，便是弯弯曲曲通向南阳镇的卵石路面，是更老旧的古屋，错落有致又和谐相生，踏歌岸阁两侧的仆仆风尘，更显出古村落原始的自然和安静。

桃花潭镇分为万村和翟村两处。潭畔建于清乾隆三十二年（1767年）的文昌阁，是昔日翟氏宗族共同捐款建成，为的是家族子弟科举兴盛，在清朝早期，文昌阁每年都要举行一次文昌会，入会者皆是家族科第士子，兴旺之势有如今日桃花潭一年一次的赛龙舟大赛，文昌阁成为当地兴会讲学之重所。自明嘉靖进士翟台之后，翟氏一门共出了七位翰林、九位文进士、四位武进士，成为当之无愧的泾邑望族。

潭对岸的万村则要比翟村陈旧得多，路上依旧是不规则的鹅卵石，窄街两侧的墙壁显得陆离斑驳，却也有一种繁华落尽的沧桑之美。万村的原住民基本上都迁出了，如今最热闹的去处除了彩虹桥外，就该数那座忽悠过大诗人的"万家酒店"遗址。房主告诉我们，这家酒店最兴旺的时候占据了大半条街，楼上楼下两层，灯火通明的夜晚，江上行舟都可以看得到，如今只有几家商铺挂着桃花酒的幌子，在冷冷清清的石板街上回味着昔日的繁华。

都说桃花潭的傍晚与清晨才是最美的，所以我们在夜游古镇之后就在桃花潭民宿住了一宿，次日清晨出发，正好沿江而行，竹影清风中，有薄雾缓缓自江面拂来，在潭水之上悠闲弥漫，对面的群山时隐时现，潭上的小舟成了雾气与山影之间轻盈的点缀，阵阵清亮的白鹭声，带着回音在天地之间绵延回旋，真的像极了一幅生动的水墨写生图。

月到中秋话竹里

昨夜一场暮雨，清晨起来，空气中颇有丝丝凉意，沿着一路已经开始婆娑叶落的梧桐，没走多远，就会看到公园西墙的边角里，不知何时，已经静静探出了几枝金桂，也不过是三五朵细细碎碎地开着，却流云一样袭过这街头巷尾，那隐隐约约的暗香，随着微风或衣影，稍稍一用心就会亲近到你的眉梢眼底。

竹里馆的规矩是朋友来访时，不用柴扉久叩。步入小巷的进口，就可以看到曲径深处那门檐的一角，覆苫之上用的是隔年陈麦秸，虽说是有几分枯黄，但层层叠叠堆砌在一处，竟也渲染出几分经历风雨的陈旧之美。两盏古式街灯，若是圆月之夜，或许也会引来几缕昏黄的月光。

门内是一条弯弯曲曲的原石小径，转过窗前两株石榴树，便是茶室厅门，朝阳下珠帘低垂，显然还沉浸在昨夜的余音里。今年春天里，石榴树花开得繁茂，如今正是果实累累的好季节，个个红彤彤的，像极了《龙凤呈祥》里那一串串报喜的灯笼。

竹里馆最美的就是秋季。赶在中秋月圆，鲜能在这闹市里觅得如此一处闲庭雅室，顺着秋海棠、金桂花、石榴果、柿子树沿袭而来的小径，不知不觉就到了院子深处，入目的是两排东一串西一串挂着深紫色葡萄的藤蔓架，轻轻松松就把城市的喧嚣，心裁别出地隔离在了咫尺墙外。所以，我们几个闲人有事没事，不用谁下帖子，就都喜欢聚到这里来。自己动手烧一壶水，泡几杯茶，聊聊闲话，随着这小小空间里四季变换，也可以把个人的心情舒展舒展。

每逢立秋之后，竹里馆的主人小秋就会把夏日里遮阳的竹帘卷起，隔着一扇竖窗，可以看到金盏草一天一个模样地落了花瓣，结出果子，黄了叶子，谁都不会有意去打理它，任由风吹过，那些熟透的花种就会随风而落，待到来年，春暖花开的季节，便会是又一年崭新的小风景。

院子西侧，置有一间窄窄的琴房，对着琴榻，置了一尾凤尾琴，有好几次夜归途中，隔着院墙就可以听到时缓时急的抚琴声，曲调虽短，心情却很认真。这时候，墙边垂柳的影子缓缓浮动，月色都会带上几分书卷气，缓缓流洒在我的身前身后。当然，我最爱的，还是竹里馆靠南边山墙边上的一丛翠竹，曼妙的身影越是月圆之夜，越会轻盈潇洒。每逢这时，我就喜欢和朋友一起，坐在篱笆旁边，捧上一杯清茶，静听微风拂过竹叶的声音，感受透过竹梢一点一滴洒下来的月光——有朋自远方来，也不一定要看到现在的你，而是更多地希望透过这样的清风明月，和你一起追忆一下那些你们曾经共有的似水年华。

小秋年方二八，清瘦高挑，梳着这个时代女孩子少有的长直发，经常只用一根骨簪松松地挽在肩头，心情好的时候，她的手艺也就极巧，好多看上去俗艳的绢纱一经她的手，置办成披肩、帘幕，就都染上了几份仙气。

小秋自己未婚，却总看到我带着几位有心有意的人来这里相识。她笑道:"竹里馆可以改成西厢记了!"我倒没觉得有什么不妥,人在红尘中,且不用总是去想那些云深不知处的超然吧,最近很是走红的一句话,来自《第一炉香》里乔琪乔说的:"我不能答应爱你,我只能答应你快乐!"快乐就有点像四季的秋,没有春夏的萌发和积累,缺少冬日的萧瑟和悲凉,即使有点秋风惨淡秋草黄的夜长孤寂,也是很有点收获之余略显疲惫的欣慰,可能也就是因为这点,多年以来,我还是喜欢阳光下默默无言的秋。

归去来兮

1989 年 1 月 22 日凌晨 2 点左右，我在从包头开往常州的火车上倏然清醒。身边其他人这个时间几乎都沉浸在梦乡，似乎只剩下我一个人在默默地注视着窗外昏黄灯光下清冷的站台。那个时候不承想过，这一趟车行，再回首竟然是近三十年之后，那种温暖的故乡之念，无论流淌过多么久远，只要想起就会感受到那种夏日正午般的炙热。

1. 舟遥遥以轻飏，风飘飘而吹衣

G112 准时 10 点 44 分开车，中午 1 点 53 分到北京南站，没有一个逗点的耽搁，就在出站口北端找到了挂着内蒙古车牌的接站商务面包车。彼时，车里已经有三位先到的拼车客，胖胖的司机小哥开口招呼我，满满的锡林郭勒盟口音，瞬间花开般地，我沉寂了三十年的内蒙古记忆开始一路北上、一路复苏。

记忆中，北京到内蒙古要经过很长一段曲折往回的坝上公路，由华北平原北上回旋登高到内蒙古高原，短短 320 公里，海拔就由 50 米左右升高到 1500 米。再走，已经是全程高速，一路坦途，感觉不到一点昔日盘旋山路的险峻。路上的车辆越行越少,车窗外的景致也逐渐有了变化,钻天杨一排一排出现在路两侧,田野里庄稼也从条条块块的麦地过渡到了盛开着紫色花朵的马铃薯和飘逸的莜麦穗。三个小时之后,第一块省区交界跨路横牌出现在前方:欢迎来到内蒙古自治区!

终于是日行千里,随风而至了。

宝昌这个小镇,现在颇有名气,据说被环保组织誉为塞上宜居呼吸小镇。这几年雨水丰沛,草场兴旺,特色草原游发展得十分火爆。我们沿路不断能遇到来来往往的挂着北京或天津牌照的旅行大巴。京津冀最热的七八月,天天三十几度高温时候,宝昌的气温也仅仅在25—30摄氏度之间,这段既不十分遥远又格外顺畅的路程,有风光、有凉爽、有异域风情,费用不高,何乐不为?

回想四十年前,我们全家从锡林浩特迁居宝昌的时候,则完全不一样。那时的小镇真是小,南北东西不过两横一竖三条大街,最高的楼房就是三层,春来漫天黄沙,冬接连绵飞雪,环境之恶劣方显得出生之养之于此的人们具有何等坚韧的品性。

我们到的地方过去俗称"一百间房",当年这里是镇上最北的居民区,如今已经人烟繁茂。订好的宾馆是一座独立三层小楼,来之前看介绍就知道宝昌现在很多人家都利用盛夏三个月开办家庭宾馆,乘借草原游的顺风。

晚上就餐饭店的老板,是我的小学同学,在我们这一桌他待了不过十几分钟,但举止言谈的确体现出内蒙古人的豪爽,先是自己喝了一大杯心意酒,然后引吭高歌一曲草原风,欢迎远道朋友回家,临走时又一再表示,因为明天要去呼和浩特,不能尽地主之谊陪我们玩,所以今晚的饭免单以示歉意。

-归去来兮-

午夜时分，月影如钩，风清树静。我们离开饭店后又嘻嘻哈哈、拥拥挤挤来到不远处一家盟味烧烤 KTV，听歌撸串，继续大杯大杯灌啤酒，这也是我头一回吃到烤奶豆腐，酥糯香浓，自有独特风味。

2. 乃瞻衡宇，载欣载奔

清晨 6 点，初洒的阳光丝一样滑过肌肤，宁静中透着清爽。走在八月小镇的街头，隔着绵绵的恬念回头看，天空的幽蓝色原来是比我沉沉思念中的蓝还要更纯粹、更高远。我回来了，可我很快就知道自己已经成了小镇的陌生人。

一个多小时里，我从北到南、从东向西，悚然发现小镇经过之处竟然没有一个地方、一处建筑是我曾经相熟的，虽然这道与那路的方向同多年前相比没有变，然而一切已经物是人非，不由得让失落和茫然汹涌而至。

本以为不会变的第一中学，也确实在原来的地方找到了一所学校，但是校牌已经恍然成了第四中学。看到的瞬间，我还以为自己记错了方位，及问了过路人，才知道，和很多很多记忆中的往昔一样：原来的那些可以说都还在，原来的那些也都可以说不在了！

至于我曾经的家院，还没走到跟前就看到成片的建筑工地，不用说那也只能是属于我对于小镇的某个记忆片段了。还有每次放学回家要经过的二机厂西边大桥，当我再经过时看到的却是斜向西一路北拓而去的街道，桥没有了，连沟都填平了，记忆不过都是风里的滑沙，只有来路，不知归途！

早茶，是锡林郭勒盟这些年很风行的一种休闲方式：一壶热度刚好的奶茶,两盘切好的牛肉、羊肉,三大盘沙葱包子,只需要看同行孩子们的胃口就明白这顿早饭该是如何舒畅!

我们要去的御马苑,即过去很闻名的五星公社牧场。早先的乡村公路早就换代升级,经过近些年旅游开发,深入挖掘了其历史文化的内涵,如今已经成为京津冀区域普遍认同的草原天堂。

展目所及,天的高蓝与流云,地的泛绿与山影,都会在你所能见到的范围内留恋着。不到草原,真是不可想象天地间的宽阔与深远,即使真的到了草原,这种无边无际的感觉也不是马上就可以适应。

昨夜刚刚有过一场雨,草叶上隐隐约约可见到水滴,空气中还残留着掺杂着阳光和青草气息的雨水味道。多年来,我体会到南方雨后更多的是湿润、是凝练,再或就是酷暑间隙的几丝清爽,而在这里则是一种提神和心悦的快乐,是一卷隋唐五代桑皮古画中泛滥出的悠远,是一段会让领略过的人有深深回忆和怀念的往事!

我这也是第一次到五星牧场,第一次不是在车上而是实实在在走到广阔草原上。别看在内蒙古生活十八年,真正走到草原深处的机会并不多。远远望去,为着年度赛马会搭建的观礼台五色缤纷,草原的颜色总是这样极尽炫丽,仿佛不如此就不能与天长地久灿烂的阳光一较短长,蒙古族人的血脉里这种较量的情感还是很深厚的。我们先是到马厩中参观在此培育饲养的优良种马,最珍贵的就是那种土库曼斯坦赠送的汗血宝马,可看上去反而其貌不扬,还不如几匹叫不出名字的高大马匹显得威武。

没走多远,朋友们就喊我看脚下的草根,雨后蘑菇适时出现!个头还真不小,草原上的白蘑菇几十年前就出口,干蘑菇当

—归去来兮—

063

年在张家口市场上不过几块钱一斤,如今早就成为珍品,网上一百多元一斤买到的还不见得正宗。我还记得张家口火车站门口那家内蒙蘑菇干货店,黑黑白白的口蘑用线穿起来,一串一串挂在门口,离着老远就可以闻到特有的香醇味道。老爸那时到北京同学家常带的土特产就有这个,征服了不知多少首都人。据说,某次他到一位同学家,正在聊天叙旧,同学家人回来,一进门就说:好大一股内蒙古蘑菇味道!又有一次,我和老爸从锡林郭勒盟回宝昌途中,恰好也是雨后,班车司机就在草滩上停下车,乘客们纷纷跑下去找蘑菇,有经验的人知道蘑菇喜欢成片成线地生长,没经验的就东一头西一脚瞎转,但是末了多多少少都会有点收获,不虚折腾一回。

鲜蘑菇洗净是要用肉来爆炒,汁多味美,干蘑菇则沙砾比较多,泡发之后务必仔细清洗,然后用来炖肉,飘香辽远,如果再调拌上莜面窝窝,就会越吃越香,堪称草原最具特色的美食。

中午,我们来到一家生态园食府。餐厅对面的玛拉盖庙正在修复之中,山门还没有完工,大殿模样已经出来,在此修行的喇嘛出来热情招呼,邀约喝茶。听他介绍,此庙始建于清康熙末年,系原太仆寺旗左旗藏传佛教寺庙,清朝王室钦命为"咸安寺"。二百多年来,大庙殿堂辉煌,佛经丰厚,清净典雅,四众云集,高僧辈出,闻名遐迩,是北方名刹之一。

餐厅的蒙古包直接搭建在草场上,环绕周围的则是盛开着野韭菜花的草滩,环墙部分在这个季节是掀起来的,光线充足,通风良好,不用电扇就感到清风徐来。中午餐桌上最受欢迎的自然就是鲜蘑炒肉,几个孩子热衷的还有烤牛肉和手把肉。牛肉事先经过酱汁腌制，上桌前放在炭火上炙烤，迅速加热封闭住内层肉质的多汁和鲜嫩，外层也因为腌制的作料而增加了丰富的香辣味道，初入口有点牛肉干的意思，但细品味，新鲜多汁的口感又是牛肉干的干涩所无法比拟。

　　手把肉恐怕是草原最早驰名在外的标志性美食，我们小时候也经常吃，特别是冬天。父母经常买来整只羊的骨架，用口大铝锅一煮一大锅，"敲骨吸髓"这样听起来挺恐怖的事反倒成了一件冬日雪夜围炉过瘾的食事！这次的手把肉是论斤称，四斤重的一份清盘后，大家兴致不减，又喊来老板加了一份。这种成盘端上的还是少了一些手把肉原有的豪放感，比三十年前我们围炉对锅吃得满嘴流油可是文雅多了，如今席间人手一刀，按需割取，吃也许在其次，乐都是在过程中。

　　饭后出来，已是午后，灿烂的阳光不仅仅是明亮，还掺杂舒适的温暖。我们车行向东，从一处"美好乡村"试点村落穿过，一路上村镇公路两旁高大的杨树在风吹中哗啦哗啦摇摆着叶子，我是很久很久没有听到这种曾经熟悉的声音了。记得1998年夏天我曾在天柱山下有过一夜留宿，窗外正是一片竹林，夜来风雨，梦中醒来时竟然有那么一种神归内蒙古的错觉。

　　留恋的地方，总会扣住你的心，自觉不自觉地慢慢浸渗到你的发根，我对内蒙的思念，随着时光的流逝日渐浓郁，似乎看到这几个字眼，都会在眼底泛滥起轻烟。

　　这天的晚饭，在一家莜面馆吃到了地道的宝昌粉条炒羊肉。

　　宝昌的冬天经常有四至五个月处在冰雪的封闭中，能吃到一点绿色蔬菜的确是件奢侈的享受，计划经济时代如果哪个单位能在春节期间给职工分上点绿色蔬菜那就绝对是最优的福利。普通人家冬储菜除了接地气的大白菜、土豆之外最多的就是粉条。那个时候,一进入冬季,街头随时都可以买到现成的,当然也可以自己家"另行秘制"。印象中我家就自己做过一次,因为这个操持过程实在是有些麻烦:必须先要把成麻袋的土豆送到专门的加工厂去粉碎,然后用大桶提回来,这头一道工序就是巨大的体力活。回到家后要把桶口蒙上纱布一遍一遍过滤,直到杂质清除,桶里留下乳白色的淀粉浆汁,静候其自然沉淀,待到土豆淀粉慢慢凝结在盆底,就要把上层的清水舀出来,同时还得保证盆底淀粉有一定湿润度。

做粉条的场面真是有点热火朝天。大灶上烧开一锅水,敞开锅盖任蒸汽满世界自由飞,主力人员开始把压粉条的饸饹床(宝昌人家基本上都有,平时用于压莜面)架到锅边,揉好的淀粉团一块一块压紧在面槽里,另一头的人便用力按下去,成条的淀粉雨丝一般落入开水锅,瞬间由白色变成透明状,另一边的人迅速用笊篱把成型的粉条捞出来浸在凉水里,这就成了。刚做好的粉条要马上盘成一团一团,拿到室外放置,严冬之时,瞬间就会冻得结结实实,我们称之为"粉坨子",最后高高地摞在一起放在冰冷的储物间,这就是冬天里与羊肉汤、红烧肉、大白菜做伴的美食。

安徽这边也有粉条,称为细粉,多数是红薯淀粉,也有绿豆材质,虽与宝昌的粉条只一字之差,味道却全然不同。安徽的粉条又细且粉,下锅即熟,稍等便碎,即使四川火锅谓之宽粉的那种,也少了很多筋而不胶的细微口感。

这个晚上,这顿莜面餐是十分地道的,尤其是烧的羊排和粉条炒的羊肉,沾在舌尖上的味道,三十年不曾有过,也为这次小聚，更添了几分欢喜！

3. 景翳翳以将入，抚孤松而盘桓

抵盟第三天，去的是蓝旗元上都遗址。

元上都遗址距离蓝旗县城东北二十公里，2011年7月开放，2012年6月被列入世界遗产名录。虽然城中原有古建筑早于公元1358年毁于红巾军战火，如今已被广阔的金莲川草原所湮没，但是看看考古发掘出遗存的城市布局、殿堂基筑，还有各种设计巧妙、功能全备的防火、防水及生活设施，也不由得不感慨古人挑战自然、顺应自然的那种生活智慧。最神奇的地方就是这个六百多年前建成的元代都城，其中轴线向南延伸竟然与北京故宫中轴线无缝接续在一起。

8月正是金莲花盛开的季节，满眼望去，这种晨曦为蓓蕾午后现花瓣的金黄色花朵，远远近近、重重叠叠、错错落落，随风轻摇细摆，横溢着万般风情。

当年为了申请世界遗产，本地政府是很费了些力气，附近之前成百上千的牧民被迁移他方，宫门道口原迹被精心封存在钢化玻璃透视窗下，游人走在上面，时空仿佛有了无言无语的交融。多年来被定居放牧断断续续破坏掉的草场正在努力恢复中，还同丽江玉龙雪山下的草原一样专门为游人行走修成了搭建在草原地皮之上的木制栈道，这些技术手段无非是要使得遗址范围之内力求体现出一种最接近原生态的状况，所喜这些努力没有白费，倘若不复加保护，那些土台石柱怕是撑不到今天。

返程途中，我们先在路边的一家私人餐馆吃了简餐，内蒙古人在做生意上比较朴实，几乎不知道怎么招呼客人、如何推销自

己,多数时间是微笑着站在餐台里面,目光里期待你来,肢体上却还是有些矜持。这餐饭中无论是黄豆芽、大白菜还是柿子椒,统统用新鲜羊肉来烧、炒,孩子们一边惊叹这几天来无肉不成菜的草原饭菜,一边毫不客气地一扫光。

蓝旗附近有很多天然水面,我们归途遇到的是桑根达来附近的一处天然湖泊,这里叫作"淖"。今年雨水丰沛,水面明显扩大了很多,一望无际,颇有点海天一色的意思。下午3点多,已经有不少人家驱车来此,正在搭建简易蒙古包帐篷,准备晚上在此野炊篝火。隔着公路的另一边,是一片广阔的沙漠,赤足攀到沙山的最高峰,体验了一把黄沙漫漫、天高云淡的心境。

回宝昌的路上,天空开始飘雨,时紧时缓,快进城时,天色黯淡下来,黄昏从西向东沉甸甸地拉了过来,还没有进到城里,就看到路灯自远及近,次第点亮。草原的8月,但凡有雨,就会萌出缕缕秋意,这一点还是没有变。朋友在一家涮羊肉店坐等我们,铜锅里的清汤已经开始沸腾,一天奔波带来的疲惫随着袅袅肉香倏然而去。听着窗外窸窸窣窣的雨声,我真有点恍惚起来,多少年来就这样期待过能有这样的归来,却是在这样不经意间围拢了过来!

我是暗暗喜欢这样酒菜是作料、人情是氛围的小聚,听身旁的几位絮叨他们之间热衷的话题,毕竟我们已经相隔了三十年,共有的话题仅仅只是遥远的回忆。我在萦绕着往事与现实的雨夜里悠然自得的享受起这种陌生与熟悉的杂糅,看着推杯换盏的老朋友们尽管已经斑白了两鬓,皱纹爬上了眼角,但是话语里每一个音调都还是那么温暖。这个夜晚之后,我们又会离别,再相见不知道是哪段缘分再续时,提醒自己不要难过,然,伤感似蚕丝缓缓地不由分说地开始围着我旋转，不知不觉，雨渐歇，夜更浓。

宝昌到锡林浩特这一路几乎无语，只是默默看着路边的风景，草原、山坡、沙漠、蓝天，一飞冲天的野鸟，一片悠闲的牛羊，还有无数高大威壮的风力发电机，这些曾经熟悉或陌生的景致，如今再看更多的是一种记住它们的心愿，从踏上草原的那一刻就开始滋生的别愁随着渐进的归途越来越浓，我似乎不是来寻旧的，而是来酝酿新的乡愁，这真是一言难尽的矛盾。

11点多一点，车子进入一条长长的下坡公路，锡林浩特市远远出现在眼前，这个草原新兴城市的天际线如今还是显得比较空旷安静，并没有太多的高楼大厦，甚至可以看到记忆中敖包山的远影。司机师傅没费多大劲就帮我们找到了出发之前在携程网上订的陌陌宾馆，原来距离锡林郭勒盟二中非常近，仅仅一个十字路口之隔。

宾馆前台高高瘦瘦的小伙子接待我们，闲聊着得知这家背包客网络宾馆就是他自己开的，来的年轻人居多，几乎都是在这个最美的季节来看草原的，从他名片上的名字"苏赫"即可看出他是个蒙古族小伙。

午后，阳光明艳，我一路步行向西到贝子庙路口，途经盟中学门口，学校大门经过多次整建显得更为宏大，灰色的教学楼改装易容成橘黄色，楼两侧新增的两条彩色哈达装饰更增添了蒙古族特色。

贝子庙广场的台阶，看上去也是最近几年才修葺过，敖包山顶上五座彩色斑斓的敖包取代了原有高耸的灰色人民英雄纪念碑，扑面而来的更多的是民族风情。夜幕降临后，广场被灯光映衬着，似乎瞬间就会转身成为繁华夜市，卖各种奶食和土产的商铺一字排开，还有几条搭成的货架街，展示的全是形状各异、质地不同的巴林石、玛瑙原材和沙漠奇石。

夜色中的敖包比起白天也更显得别致，流光溢彩的哈达映衬着星月与灯光，伴着隐约悠扬的马头琴背景音乐，平添了我心里多少乡情。据说这五个敖包要正着转、反着转各五圈才可以实现心愿，而我的心愿就是下次回来不需要再等三十年吧！

次日不到 6 点就醒来，灿烂的阳光布满房间，我想去看看母校。

陌陌网络宾馆离盟二中很近，过了一个十字路口，就看到学校新建的高大校门，门口的街道经过了拓宽和整理，院子里也数不清有几栋新教学楼，我们当年的那座四层教学楼，已经看不到踪影。

高中三年，离家六百多里，真的是体会到了孤单的滋味。那时开始写日记，絮絮叨叨想着回家种种，还在日记本上画满方格，过一天就划掉一个格子；另外一件重要事就是惦记着每天吃什么，食堂的饭菜开始还马马虎虎，到了高三后半学期，伙食突然变差，玉米面发糕和大馒头交替出现，连掺杂着老鼠粪的大米饭也不见了，水煮的白菜和土豆吃得人浑身难受，似乎永远处在半饥饿状态，这也是为啥高中生涯留下深刻印象的学余乐事多与吃有关：盟中学旁边饭店的肉饼真好吃，我能一气吃八张；敖包山下买的烤红薯太棒了，二斤重一个的竟然不够吃；盟中学南边自由市场门口有一家四川担担面，嚆，红彤彤一大碗，我能毫不犹豫吃个底朝天；还有学校食堂天不亮刚炸好的油条，怎么就那么酥脆，似乎以后再也没有吃到过。

上午要去的地方是柳兰沟和九曲锡林河。

柳兰沟位于207国道五十五公里处灰腾锡勒天然植物园内，是锡林郭勒盟仅有的一处柳兰景点，据说目前全世界只有两处柳兰景点，锡林郭勒盟这一块面积大约有五亩。

车到植物园门口后，再步行二十分钟的样子，便望见在一条百米长的山坡上开满了茂密的柳兰花。柳兰叶长呈披针形，叶片的边缘有锯齿，花瓣为紫色，和薰衣草有点相近，但是比薰衣草更灿烂，远远望去如一片涌动的彩云，在周边绿色草原衬托下分外亮眼，令人很难相信它们居然是野生成片的花朵，同样的草原，也仅有这一处存在。

二十多年前，从桑根达来到锡林浩特，沿线基本被流沙侵蚀，如今走来，景色大不一样，植被茂盛，维护合理，在金莲川有了体会，到灰腾梁又加深了印象。

锡林九曲最早闻名是因为那张邮票小型张，今年却不是看九曲的好时机，听说是因为雨水太多，九曲连成了一汪。

锡林河往年水量都不大，弯弯曲曲注入锡林水库。今年却是个例外，十几年不曾如此，雨水滋润下的草场非常旺盛，没走几步，就已及膝，密密麻麻的野韭菜花点缀其间，宛若繁星璀璨。到了山沿处，果然看到远远的九曲锡林已经成了一大片湖泊，湖畔正有游客搭了帐篷，布好烤架，优哉游哉度假。

回到锡林浩特城里，就已经是中午12点多，朋友找了一家特色肉饼店，很久没有品尝过正宗锡林郭勒盟肉饼了，旧味重温，的确勾起很多味蕾的回忆，孩子们也是对了胃口，儿子在饭后对我说：吃了十张！

-归去来兮-

4. 善万物之得时，感吾生之行休

草原列车准点到达包头站。

车行路上，真让我惊讶于包头这些年的变化，过去只是觉得它的广阔，道路是那种竭尽全力的伸展，建筑也是那种笨笨的苏联式大块头，就像师专南边的第一工人文化宫，那个时候真觉得好壮观。这次又从一宫旁边过，却发现它已经被周围高楼围拢，不再显山露水，换了心情似的安安静静驻扎在那里！那高耸的鹿标依旧高耸，同学告诉我，当年的三只灰鹿如今已经变身金鹿喽！它们身上贴的可都是十足赤金。接下来看到师专的大门，嚯，巍峨得不抬头都看不到门顶，匆匆这些岁月，让我们老了，却让城市更壮美了！

虽然从记事起就听父亲念叨回安徽老家的事情，心里多少早就有举家南迁的心理准备，但是1988年底真的变成现实，却又是格外突然。那个下午我如平常一样去传达室为班级取报纸信件。历史系的信箱在最下层靠近墙的位置，我每次都要弯下腰才能把一大堆报纸掏出来，然后在旁边的桌子上按照班次和办公室分拣好，那天做完这一切正准备锁箱子的时候，也不知什么心理又往里面瞅了一眼，这一看就看到在最里面竟然还遗漏着一封薄薄的电报，当时心里就莫名其妙地一动，掏出来一翻开，它竟然就是发给我的。很简单的一行字：家已调动，学生证改徐州！

一惊之后就是好长一段时间的茫然，接下来的几天，整个人都是晕乎乎的，想着和身边的什么人说这件事，却也明明知道不会有人能理解，而闷在心里只能是愈来愈沉重，像极了那几天阴阴郁郁的天气，在等候着一场雪。

1988年12月31日，阴郁的云色淋淋漓漓着清冷的寒风，华灯初上之时，终于开始飘起漫天的碎雪，教学楼每一个窗口透出的灯光，因为联欢的彩带掩映而显得五色斑斓，欢声笑语随着夜色渐浓而越来越清晰。我看着那些洋溢出快乐的窗口，心里真是百感交集，又是一个离别不知何时才能复来的地方，又是一段记忆中每每回味都有感慨的时间。

　　元旦之后，就是忙忙碌碌的期末考试，那十几天过得飞快，转眼就是放寒假的日子。我要走的消息已经传开了，平时没有多少交集的同学也都显示出留恋，在我的一个摘抄本上，纷纷写下离别寄语，这个本子在后来很长时间里都是我寄托怀念的东西。

　　昔日的校园如今保留下来的东西已经不多了，曾经的田野成了现在新的教学区，原先女生宿舍的位置增建了一栋楼，男生宿舍则是我们看到的唯一保存完好并且仍然在使用的建筑。听说我们是老校友，看楼房的师傅爽快地开门让我们进来，登上四楼来到住过一个学期的房间，却见阳光依旧明媚，可空间和陈设都已经变了"容颜"！

　　固阳春坤山之行，是为这次包头行也是内蒙古行做总结的。

　　不同于锡林郭勒盟的温带草原，固原的草甸草原在空旷上更显得突出，一连几片山地草原被几组专门为游客设置的建筑点缀联系在一起，走得越远越感到天地空明，对面讲话都不能不提高一些音调，在钢筋水泥森林待久了自然觉得别致，亲历了漫天遍野的绿色也能够绿出来不一样的风情。

　　和老朋友们相拥话别，每个人几乎都要泪奔，我是最不想在最后的心影上出现她们或者我的泪眼模糊，我要看清楚每一个远去的瞬间，停留总归是短暂，出发才会是永恒，"走"这个书写起来很简单的字，却真的是人生难以避免的永恒。

-归去来兮-

独留明月

似乎人在年过五十之后，对于过往的那些人和事，回忆起来都会变得越来越清晰，有时候只不过看到一张老照片，或者翻阅起几行旧文字，与之关联的很多事情就像过电影一样开始在脑海中流动。

春节期间，我在抖音上无意中刷到了一个小男孩的视频，他对着镜头开心地说："今天是大年初一，奶奶给我们包羊肉馅儿饺子，奶奶做的羊肉汤和羊肉饺子可好吃了！"顺着小男孩的镜头，我看到的竟然是已经有六年不曾见面的王姐，她站在餐桌的一角，一面揉面一面微笑着在聊天，这样的情景真的是太熟悉了。

我在这条视频下留了言：王姐最拿手的还是清炖羊头，回味无穷啊！

少顷，王姐的儿子回复了我：明年回淮北过年，再来品尝哦！

我早几年就知道，自打王钊主任过世之后，王姐就跟着儿子去了杭州，帮着带带小孙子，或许也是有意回避中年丧夫的伤心之地。

王钊主任是我原先单位的领导。单位很多人习惯喊王主任爱人"嫂子",我却一直以"姐"称呼。从我单身到成家直到后来我有了孩子,那五六年间,因为我们两家住得非常近,我们一家与王姐的接触甚至比到各自父母家走动都要勤。每每孩子幼儿园放学,我爱人经常接上他就直接拐到王姐家去。那一阵子,王主任区里工作很忙,他们的儿子寄宿在合肥乐普生足球学校,早早退休的王姐也喜欢身边有个活泼的小孩子解解闷,往往到了饭点,我们就很不客气地留下。我开玩笑地说:那几年里,我们一家吃王姐做的饭比王主任都多!

转眼二十几年过去了,如今办公室的老同事大多都退休了。偶尔聚会回忆起那段时光,都会感慨王主任走得太早了,刚刚退休,小孙子也就两三岁,正是安享天伦之乐的时候,他却匆匆离去,留下了太多遗憾。

我认识王钊主任是在 1992 年的春天。那时,我刚刚入职一年,适逢全省乡镇新一轮机构改革,我们区里原设置的十个乡镇经过合并和整合,成为一直延续到今天的五个镇(办)。配套机构改革的乡镇机关人员调整,与区直机关部门人事变动几乎是同步进行,我所在的区政府办公室原任的主任、副主任、秘书科长都改任到其他部门去了,新任的办公室主任是从被撤并的钱楼乡乡长位置上转任而来的一位 40 岁出头的部队转业干部,就是王钊。

因为乡镇合并扫尾工作进展缓慢,王主任在任命文件下发之后还是有一段时间并没有到任,只是在宣布调整的时候来到办公室跟大家见了一面。这位新主任,个子不高,身材匀称,一头黑亮的三七开"干部"发型,还有些自来卷,面容红润,未语先

— 归去来兮 —

笑，非常面善。他对于新部门新环境似乎没有一点生分，挨个跟办公室的人员打了招呼之后，匆匆来匆匆去。

一个多月之后，王钊主任正式到任。

那时候，我的组织关系还在区教育局。虽然一天班没在教育局上过，但是工资福利一直都是局里给安排，连宿舍的月租费、水电费都是教育局支付。人家局里花钱却用不上"工"，自然诸多不乐意。所以，王主任上任之后遇到的第一件事就是关于我的"借用"问题。

王主任先找我谈话，了解一年来的工作情况，征求我自己的意见。虽然当时区里面类似我这样的"借用"不止一人，但是"寄人篱下"的感觉实在不咋的，何况我在办公室已经工作一段时间了，业务和人员都比较熟悉，所以当然是想捋顺关系，正式调入政府办公室。

王主任肯定也通过其他人了解过我的工作状态，单位的同事对我的评价都还不错，所以他很快就同教育局领导进行了沟通，第一件事是让我从教育局的集体宿舍搬出来，把办公楼三楼最西边的一间资料室腾出来给我临时安身；第二件事就是从这一年起，我工资之外的福利不再从教育局安排，而是由办公室出资，这两件事就解决了一直让教育局抱怨的占用局机关经费的问题。至于正式调入办公室，那还是费了一番周折，王主任跟人事局有过多次协调，这期间我两次年度考核优秀，一次市级优秀，他也拿着表彰文件找过区长和分管区长，中间的程序和推诿，几乎都让我不抱什么希望了，直到两年之后，终于通过区长办公会研究，我的这个"悬案"方才尘埃落定。

那天散会的时候，都快到下班时间了，王主任到我办公室，一脸喜悦,说:"告诉你一个好消息!"那种欣慰感就像是办成了他自己的一件大事一样。

在王主任之前,我只经历过一任领导,而在他之后,又与八九位领导共事,相处之间特点风格各不相同,但是王主任是很特别的一位,跟他共事我很少能感受到"领导"的那种氛围。这个感觉也并不是我一个人独有,当时办公室十几位工作人员,年龄性别不一,我们共同的一点就是认为王主任的为官和为人一样,低调、谦和、善良和真诚。

王主任家住的地方就在区政府西边二机场工房,步行到区政府不要十分钟,所以每天一大早就能看到他精神抖擞地过来,傍晚回家吃过晚饭,很多时候又会闲散轻松地回来,我们几个单身汉,就有大把大把的时间在他身边"绕",听他聊足球聊娱乐聊国内国际的风云变幻。王主任的知识面很广,古今中外各种书他都能看进去,每次出差最喜欢去的地方就是新华书店,这个习惯多少也影响到我。

王主任到任没多久就赶上政府换届,最忙的时候,我们都要加班到夜里十一二点,那时候没有电脑,所有会议文件材料都要用铅字打字机一个字一个字敲出来。办公室当时新来的秘书对于政府会议程序还不甚了解,只能协助做些辅助工作,一应报告和讲话就全都压在王主任身上,他经常是在下班后又来到办公室,铺开特制的八开大稿纸,一边吸着烟,一边翻阅着时政报纸、上级讲话,一边撰写,往往是写好一页,我就接过来跑到一楼打字室交给值班打字员。深夜安静的楼道里,除了打字机咔嗒咔嗒的打字声,就是我来来回回的脚步声,那些几千字上万字的报告和讲话就是这样"磨"出来的。

那时候不要说外卖夜宵，到了夜里 10 点以后，连开水都找不到，办公室电路老化也不敢用电炉子，我们就买了"热得快"，又从批发市场买了一箱康师傅红烧牛肉面——1992 年的时候，康师傅红烧牛肉面也算得上一款准"奢侈品"。待到一天忙活好，几个人一人捧着一碗方便面，那是永远都忘不掉的"舒适"场景。

要说其中的笑话也很多。打字员忙得头晕，校对的人也时不时走神，有一次打会议人名的时候，人家明明是"道三"，挑字的打字员看花了眼，校对的人又不熟悉人名，材料印出来才发现打成道二；还有一次打候选人履历，一位领导参加工作时间被打成 1963 年 13 月，几轮校对下来都没人发现，装订材料的时候，才让一个打扫卫生的服务员无意中看出来，结果那个晚上全体加班改正材料，重新装订装袋，忙得不亦乐乎。对于这些技术错误，王主任从来没有责怪过哪个具体工作人员，这和他之后的领导方式一脉相承，无论多大的错误和问题，他从来没指责或推诿过任何一个人，都是先自己承担下来，然后再总结提高。所以，后来的工作中，我们办公室的人员都能够各司其职，高效负责地完成各自工作，他在或不在办公室，我们的工作都可以正常运作。

对单位的工作是这样，可回到家里的王主任就像换了个人，除了看书休息，什么事都撒手不管，唯有一点就是脾气更好。那时候，经常可以看到王姐一大早跑着去买菜，然后慌慌张张去上班，家里家外老人孩子都是她一手操持。也有着急上火的时候，有几次大半夜跑到办公室找王主任，因为一些生活琐事发发脾气，我们都亲眼见过，王主任笑容满面，总是虚心接受批评，但是"屡教不改",该怎么忙乎依旧如是。王姐一直繁忙到退休后,才轻松下来,我们吃到清炖羊头的机会就开始多起来了。

工作之余,王主任对两"个"人很认真很用心,一是对他的儿子,那个视频里小男孩的父亲,那个时候才十几岁,非常热衷足球,为了他的爱好,王主任费尽了心力。孩子也终于没有辜负他,最后考入上海体院,吃上了体育这碗饭。作为旁观者,真的有种"可怜天下父母心"的感慨。还有一个是对办公室的工作人员。我们打字室的小姑娘谈了一个在乡镇工作的男朋友,他很"八卦"地四下打听那男孩子的身家情况、人品工作,有些细节比小姑娘掌握得还清晰,等他觉得十分可靠了,才不再去关注。我们那个时候,都很年轻爱玩,在学习上并不很在意,他就反复提醒我们要在后期教育上早"下手",说不定以后什么时候就会有用。在他的督促下,我们有的人完成了"专升本"学历升级,有的人完成了中级和高级职称的考核,对于所有上学的学费开支,他都在政策允许的范围内给予我们帮助。我现在还记得,我们几个人排着队找他去报销,他一边签字一边笑呵呵地说:"好事,好事!"办公楼门岗的老师傅家境艰难,50多岁才娶上媳妇,他经常出去吃饭时打包一些荤菜带回来给老师傅;办公室年底大扫除,所有科室的旧报纸、旧纸箱,他都不忘安排人交给老师傅去处理。

很多年之后,回顾总结自己过往三十年的工作经历,就会有一种感觉,我在办公室的那十一年,应该是最轻松和愉悦的时期。虽然工作量相当大,最忙的时候,我一个人代管着九个政府部门账目,还有自己单位的后勤服务,几乎是从早忙到晚,没有周末和节假日,领导随叫随到,但是始终都能保持着良好的心情,整个人的精神是积极向上的,从没有感到什么工作和生活压力,这当然同王主任的支持和肯定是分不开的。我的很多建议和思路,只要有合适的理由,他都会毫无保留地赞同和支持。在王主任领导我的八年中,我连续六次获得年度考核优秀,四次荣获市级嘉奖,这样的工作热情和工作高度,以后就再也没有达到过。

合了一句古语:天下没有不散的筵席。2001年9月份,王主任工作调整,调离了杜集区。知道这个消息的时候,真的是有些失落,当时我写了一篇散文,刊登在《淮北日报》上,王主任看到后给我打了一个电话,我至今还记得他说的一句话:"你要开始一个新的阶段。"

2010年之后,我和王主任见面的机会就少了,只是逢年过节联系一下。其间,我也调整了好几个单位,也先后担任了不同的领导职位,但是有个习惯,一旦遇到什么难题还是会想一下,类似的问题原来在办公室是怎么处理的,王主任乐观、积极的处理问题方式深深影响了我。

2016年夏天,我就听说王主任身体不好,但是又听说他每天还在坚持锻炼,乒乓球打得越来越好,也就没有往其他方面去想。直到有一天,老同事告诉我:"快去看看王主任吧,他好像快不行了!"

我吃了一惊,赶忙和爱人在周末赶去,王姐开门见到我们,眼睛里就噙满了泪水。王主任整个人已经瘦得脱了形,最让我心痛的是,当我握着他的手,他默默地看着我却一句话都说不出来了。我控制着自己的情绪,故作轻松的安慰他好好休息,他似乎听进去了,在我走的时候,我注意到他轻轻眨了一下眼。

王主任去世之后，我们几个朋友曾经去看望过王姐。在那间曾经不断洋溢出王主任爽朗笑声的客厅里，突然之间安静冷寂了下来，书橱里整整齐齐摆放着王主任生前翻阅的书刊，一缕清香袅袅从花架上摆放的香炉里升起。我们陪着王姐坐了一个下午，听她漫漫回忆着最亲爱的人那最后的一段时光。

　　还是王主任刚刚调走的那年，中秋节之后的一天，他邀请我们再次到家里吃了一顿饭，那也是最后一次在他家里的小聚会。我们在聊天的时候，王姐利利索索地烧了一大锅羊肉，包的也是羊肉馅儿饺子，吃完饭出来，依旧圆圆的月亮已经高高升起来，我突然就很释然，好像真的理解了他说的关于"新阶段"的那句话。

青春祭

2015年8月,时隔二十七年我又回到了内蒙古草原。1988年离开的时候,大家的通信方式都很简单,八分钱邮票的一封信就是我们沟通天南地北的"桥梁"。毕业之后,大伙各奔东西南北,为了工作、生活各自忙碌,曾经留下的地址很快就湮没在匆匆忙忙的日子里,等再联系到一些同学的时候,我们都已经过了而立之年,待到这次见面,彼此都已经能清晰看到满面"堆积"的岁月风尘。

在一个细雨微风的夜里,我和三个从小就一起跑着玩的伙伴聚在宝昌东边的一家涮肉小店里,听着他们随意聊着这些年城镇和人际的变化,他们可能意识到这些话题对于我来说有着很深厚的隔膜,虽然对面相识的还是记忆中的那个人,可几十年的过往,我们其实都可以说是一种熟悉的陌生人。

已经记不清是谁问我:这次回来还想见见谁?我瞬间感觉到眼睛一酸,当时我是笑着说:想见的都已经在眼前了!可在我心里,一连串的人影缓缓掠过,我记得住那一张张鲜活的面孔,却实在是记不起他们姓甚名谁!后来,我试探着跟他们打听,初中时候坐在我后位的那个姓王的同学——我只能记得住他姓王,方方正正的脸，从来都是小寸头，不喜欢讲话，却只要一说话就笑得眯起眼来。那趟回乡，我没有得到这位同学的信息，甚至周边的几位都回忆不起我说的是谁，直到我回到安徽，并没有见到面的一位女同学通过另外的渠道拉我进了一个同学群，很多熟悉的名字让我回忆起更多的往事，我很用心地在群里搜索，却还是没有找到"王同学"。我私下里询问了几个人，终于有人回复我："你说的应该是王建斌吧！"我顿时也想起了这个名字，还没有等我追问，她就遗憾地告诉我："他已经去世了，很年轻的时候，有好几年了！"我愕然，根本就没有想到我们这一代人竟然也开始有了如此惊心的凋零。

那趟草原之行，缘起于包头师专同学发起的毕业二十五周年聚会倡议，这也是我离开包头后的第一次返校。我们一班四十位同学，最后到场了三十人，坐了满满一大桌子，绝大多数人都是毕业以后第一次相见，青春岁月的痕迹在彼此的各种惊诧和感慨中迅速复苏。趁着午休的空，我们来到了师专的旧校区，原有的教学楼、宿舍楼早都大变样，唯一保存下来的就剩下男生宿舍，舍管师傅听我们说是校友，很痛快地放我们进去，重新回到曾经住过的那间宿舍，在各自的铺位前合影，真有种"往事如烟"的感觉。

我们宿舍同班的七位同学，这次来了六位。没来的是一位姓刘的包头本地学生，他在我转学后不久就因病退学，而且听说已经不在人世。我们没有谈到他，现在回想，我们刚到学校的时候，他还是挺健康的一个人。记得入学没多久正赶上中秋节，住得近的同学都回了家，一个宿舍就剩下我一个人，他在自己家里吃完饭，带着月饼和水果回到宿舍陪我过节，我当时很是感激。

后来到我快要走的时候，他突然变得异常焦躁和暴怒，与身边的同学没完没了地发生冲突，以至于连班主任都几次介入调解，但是效果不佳。我曾经私下里劝过他，他在跟我聊天的时候也承认过自己的情绪不好控制，但那时谁也没有往疾病上去想，也许那个时候，他的所有反应就已经是一种病态，退学对于他来说是一件好事。

韩生龙是那次没参加聚会但是反复被大伙提起的一位。现场有同学跟他联系上了，我虽然没有跟他说话，但是他的邀请，我听得很清楚："各位弟弟妹妹，欢迎你们来海拉尔，大哥带你们看看什么是真正的大草原！"我在包头读书的时间很短，且跟生龙不在一个宿舍，平时的交集也就是上课或吃饭偶遇时点点头，印象中几乎没有交流过什么，他有时候也跟同学们一起喊我"小孩儿"，夸我："歌唱得不孬！"我则通过同学之间的闲聊，知道他是山东人，山东话说得很地道，是通过那个年代特有的"高考移民"形式从内蒙古考上大学的，再联想到他的身形、他的大嗓门，又喜欢打牌喝酒的豪爽脾性，还真有些山东人汉朴实厚道的感觉。

1989年初，学期结束，我因为父母工作调动，下学期就将转学到安徽。临走之前的傍晚，韩生龙突然找到我，问我回家坐的是哪一班车，当时包头到常州正好有一班直达车途经徐州，我买的就是那个车次的票。生龙问了一下时间，告诉我，他放假正要回山东，就想买和我同一班次的票，这样能多送我一段路，我记得当时他说："你回安徽，我以后想回山东，我们还能近一点，也许还可以见上面呢！"从包头到徐州要走四十多个小时，一路上，生龙好几次从他的车厢挤过来，陪我说上一会儿话，让我孤寂的旅途平添了几多慰藉。第二天傍晚时分，记不清是济南还是济宁站,他下车前,又跑过来,告诉我,他刚问过列车员,还有三个多小时就到徐州了,让我不要睡着了,注意听着点列车报站。然后,他拍拍我的肩膀,说了一句:"大小伙子,坚强点,不要怕,我们会有机会再见面!"

知道韩生龙近况的同学介绍说,他这些年过得不容易。工作上不顺利还是其次,主要是婚后第一个孩子患有脑瘫,他的绝大部分精力都放在照顾孩子上,压力颇大。看到他发来的照片,的确显得很苍老,记忆里浓密的头发已经开始谢顶,但是人的精神还是不错,并没有被生活的压力彻底改变。那次聚会我们曾经有过一个动议,要把下一次聚会安排在海拉尔,甚至还想借助聚会多募集一点资金,帮一帮老同学。

真的是计划赶不上变化。转眼五六年过去了,生龙一次又一次在群里发出邀请,然而,再想聚起来却是困难重重。人到中年,万事缠身,每个人都说希望参加,可又都是脱不开身,一句话:我们还年轻,山水有相逢!直到 2020 年 4 月的一天,同在海拉尔的另一位同学在群里发出消息:"韩生龙因车祸不幸去世!"所有人都在震惊中表达了无与伦比的伤痛!

岁月永远坦然面对所有人世间的悲欢离合。我们记忆中的很多美好的往事,随着时光的流逝,肯定会一缕一缕化作永远不会重现的烟尘。但是,那些我们无怨无悔的经历,还有始终存在的惦念,无论何时何地,都会对脆弱的生命,保持着真诚、善良和乐观的态度,这些才是永远留在我们这些一同走过青春岁月的人心中的。

唯愿以此文祭奠我们这一代人逝去的青春!亦愿往生者在另一个世界里快乐!

秋　韵

　　立秋之后，随之而来是连绵数日的阴雨。天气一日比一日清爽起来，每每歇到后半夜，隔着纱窗便有微风习习而入。听着那一声渐比一声短的秋蝉，凉席就有点睡不住了。临近傍晚，倘若穿着短袖在公园漫步，走在树影底下，渐渐感觉到一丝丝的寒气，开始不过是些许凉意，慢慢像雾霾一样围拢上来，丝丝缕缕浸透了肌肤。

　　秋天真的来了。

　　浓睡不消残酒。走在相山步道上已经老长一段路了，整个人还是有些恍恍惚惚，季节在转换，酒后的心情尚未完全适应。隔着几丛闲花野草，听到数声猫的低吟，很快看到了那只经常在这一带溜达的大橘猫，懒洋洋地躺在一小块石板上。也巧，几缕夕阳正无意映在那里。

　　有一阵子没见到阿雨了，约了他一起出来，可以沿途听他说说这段时间以来的读书心得和居家体验。去年，他的书屋关了门，我也辞了职，正好有个聊天散步的伴儿。阿雨的话题可以同时展开好几个，听上去热热闹闹，却也不耽误我在自己的脑子里漫游，仿佛说话是他的正事，闲听才是我的主题。有时感觉到他也并不在意我的听或不听,说到兴尽之处,我只需要点点头,给个赞许的眼神,那话题便可以继续,汉界楚河,互不相扰。

远远望去,相山的南侧,不过两三日的光景,层林已开始泛红,观景台前前后后茂密的草木亦有了间隙,仿佛亲密了一个夏日,花草都疲了倦了,该委顿的自去委顿,该枯黄的也不用谁催。当秋风吹过,哗啦哗啦的声音也不像春天夏天里那般喧闹。人的精神有限,草木看来也一样,轮回休憩,大自然是会有恰到好处的安排。

转过山路,迎面遇到南总。我们虽然相识不过半年,但他是个欢快人,福建武夷山中成长起来的"80后",谈吐交游颇有几分山林豪气,有那么一阵子,我们在几个不同的"局"中密集"偶遇",从简单的客套开始,如今已经熟稔起来。

南总在牡丹园西侧隐厅置有一间工作室。我知道他制茶、制陶,手工了得,每年总会有一大半时间在宜兴或者九华。我曾经凭着书本知识问过他一些细节,他倒也不嫌我愚钝,或许也就是惊诧于我不懂就是不懂的坦然。听他说了很多,才知道名山不一定有名茶,但是好茶必定会源于高山,而土壤和水质又恰恰是决定陶制品质量的关键。

南总的书案有近两米长,设置的文卷却又极精巧。阿雨是个见到笔墨就手痒的人,这会子既惊且喜,暗暗对我说:不承想,喧闹至此的公园角落里,竟然还藏着这样怡人的所在。

阿雨的水墨是他学生时代的余念,姿势和手法还是有那么一点点意思,但是构图色调已经远远达不到他自己的预期,心手之间,就像窗棂外的清秋和初春,隔着一段深沉的夏。

我对那些能按照自己的爱好去努力生活的普通人始终抱有敬

意。南总家境贫寒,高中毕业选择入伍,去的地方极是苦寒。山里的孩子怕的不是吃苦,而是吃苦之后一无所获,两年军旅生活对于不到20岁的他来说,应该不虚,学会了开车,学会了电修,学会了做饭,至今,他切出来的土豆丝都是一道供朋友欣赏的刀工风景线。退伍之后,他有了属于自己的第一笔资金,全部投入学习,从学徒做起,一步一个脚印,父母身边少了尽孝的身影,子女成长也有点心力的缺失。十几年就这样在吃苦、弯路和压力之间求平衡,最辛苦的时候,一个人担着两担子自己炒制的清茶,从皖南一路推介过来,直到淮北。遇到了几位懂他茶的朋友,或者就是冥冥之中的缘分,就在淮北留驻了。先是在公园南边菜市场里找到一个摊位,后来租了一间小门面,不知不觉二十年,他在市中心东西两头已经有了两家豁朗的茶庄,风轻云淡地开始把这座皖北小城作为了自己修身养性之地。

山里的孩子,压根没有亲朋势力与资源人脉,靠的就是个人的辛勤,从爱好出发,却也始终能保持着自自然然普通人的快乐。南总的坚持,难能可贵。

不知不觉,已经月上柳梢头,我们的茶情随着谈意渐浓。南总的女友安安静静地来到,只在帘子外面打了一个招呼,待三泡茶的水沸腾起来,她就过来告诉南总:月亮升起来了,预备好了几个小菜。

茶室的小院不大,近公园的一侧用不规整的竹篱笆简单拦了一道,也没有铺设地砖,就是湿漉漉的苔藓地,植满了郁郁葱葱的碧竹,简单设一只条几,随意摆几个矮凳,竹梢上挂起一盏玉色蝴蝶款灯笼,光影柔和地洒在四碟小菜之间。南总笑着介绍,那碟酱肉是昨天才从黄山带回来的;老鸭是宜兴制陶师傅家的私人订制；而琥珀核桃用的是云南纸皮核桃，蜂蜜则是婺源的春蜜；那最大的一碗蒸菜，用的是公园西门早市上才买的茄子，味道却是有些独特，香而不腻，爽而不干。

平日里，茄子是最难调理的菜蔬，吃油却又不进味，蒸着吃更是少见。南总指点着，要利用起茄子本身具有的那一种清香，丝要切得稍稍粗一些，裹面之前要先用盐杀杀水汽，调味的时候，再用热油爆上几颗花椒，然后浇上辣椒、青蒜和其他调味料，既可以做菜，亦可当主食，比起《红楼梦》大观园春宴上的那款茄鲞，南总的制法才更平民化。

平日里我是最不胜酒力，何况中午才"晕"过，可南总说：别的也就罢了，这瓯海杨梅酒实在值得一品。看到那浓郁深红的酒酿，阿雨开始跃跃欲试，一杯一盏地连声夸赞。

最后端来的一只砂锅，沸沸腾腾，蒸汽袅袅，伴着时有时无的秋风，给竹梢的灯影添了几分弥蒙。我只挑了几丝春笋压压酒意，心里其实还在惦记那盏尚且温热的秋茶。

生活里其实就是有很多偶然的奇妙，就像月光灯影之下的南总和阿雨，谁也没有刻意在这秋意浓浓之时，于此茗茶品酒话闲秋，左不过是个"意兴"。

秋夜最美妙之处，也无非就是如此之心清神静罢了。

- 归去来兮 -

089

冬　至

凌晨1点56分，我倏然从梦中醒来，下意识地看了一下时间，那种少有的清醒感觉，让我有一瞬间以为天应该快亮了。

手机提示音这时候响了，是儿子在医院发来的信息："爸，姥姥走了!"亮闪闪的几个字仿佛有着千斤的重量。在那几秒钟的时间里，几乎无法顺畅呼吸，酸痛的感觉慢慢地丝丝缕缕地泛滥出来。

这段日子，所有努力，终究还是没有能够挽留住老人的生命，姥姥的人生道路有些突然地定格在2020年12月21日冬至这一天，还差十天她就可以迈入八十之龄。

赶往医院的路上，迎着冰冷的晨风，远远近近的灯火依旧那样炫耀，仅仅不过几分钟的间隔，我们的世界就被生死分成了两个不同的部分。姥姥独自走了，隔着一条深深的思念和悲伤的河流，把我们都留在了这里。

病房的电梯轰隆隆响着下来，在这个时间只有我一个人静谧地按键、进入，昏暗的灯影下，有的不光是我深深体会到的孤寂，更多的是一层一层涌过来的冰冷。八楼的走廊里，家人正在渐渐聚齐，筹办丧仪的朋友也在进进出出地忙碌着。妻一身黑衣，悲戚无言地伫立在床前，拥住她瑟瑟发抖的身体，我知道，这种时候没有什么话能够带给她一丁点的安慰。

姥姥很长时间都没有下楼，所以在端午节前后她说腿脚有些不舒服，我们都还以为是在家里待得时间久了，又赶上那阵子搬家，活动量短时间增加而导致的劳损。也带着她到职防院疼痛科、朝阳医院内科和徐州中心医院骨科，从CT到彩超，检查了一遍，几乎所有的指标结论都是"贫血"。在朝阳医院进行了输血治疗，一周后出院的时候，感觉她心情和气色都有了很大的改观，我们还很长地舒了一口气。

姥姥家在怀远。她是家里唯一的女儿，从小就受到父母的宠爱，所以在那个时代里，一个女孩子能够出来上学，考上技校，分配到淮北矿务局工作，吃上了商品粮，几乎是老家农村里的奇迹。一开始在技术岗位工作，后来调到工会做群众工作，姥姥始终都属于那种爱岗敬业的好职工。妻姊妹三个，没有一个是姥姥带大的，都是送到老家让亲戚看着，再惦记，也不能耽误上班。1976年，毛主席、周总理相继去世，工会承担了大量的群众悼念活动，姥姥现在都记得几天几夜加班加点的情景。孩子们成家以后，姥姥又多了一项牵挂，大姐在纺织厂上班，她的宝宝上幼儿园之前，没有地方看护，只有送到姥姥家里。姥姥上班的时候，就多带了一个"小尾巴"。外甥长大后印象最深的是冬天的早上，踩着上班的时间点，姥姥牵着他来到工会旁边的馄饨摊儿，放一个鸡蛋，给他要一碗小馄饨，热乎乎地吃了，一天就在姥姥的办公室各种玩。下班再跟着回家，看到人家都穿着羊毛衫，他也曾给过姥姥一个承诺："等我长大了，给姥姥买件羊毛衫！"

我家的小伙子也是满月之后就交给姥姥带。在那期间，怀远老家传来消息，说是姥姥的老父亲病重，可为了这边的孩子，最后她也没有能够赶回去替老父亲送终，还在兄妹之间产生了长久的隔阂，留下了深深的遗憾。儿子在姥姥怀里渐渐长大，看着姥姥的头发日益花白，小小的人却知道宽慰老人："姥姥的头发银光闪闪，最好看啦！"11月份天凉以后，姥姥的身体其实已经出现问题。人很容易疲惫，不愿意活动，甚至去端碗水都差点跌倒。我们开始并没有太在意，她也是始终不愿意麻烦其他人，每次询问她感觉怎么样，都若无其事地说："挺好！"直到她12月13日中午身体突然失去控制，被紧急送到了医院。

那天真的是很着急，我很失态地同他们四五个医生护士争执起来，当时真的觉得个人的力量太渺小了，面对家人遇到的这些困难，简直就是无能为力。最后，从入院到确诊白血病再到去世，仅仅八天。这八天里，姥姥的意志力还是非常强的。每天喝四次一种补钾的药，连医生都说非常苦涩，让我们准备一点蜂蜜，但是她每次吞咽眉头都不皱。为了增加营养，要按时吃饭，可吃饭那几天对姥姥来说就像一场战斗，她根本直不起身子，我要从后面托起她，然后垫上厚厚的被子，才能勉强稳住，就在这样的情况下，她都坚持把准备的饭菜一点一点吃下去。心痛的是病情发展之迅猛远远超出我们的想象。主治医生几次说从没有见过这样凶险的病例，他们已经很清楚地告诉我们，可以开始准备一下老人的身后事了。

那几天里，我们看着始终处在昏睡状态的老人，她身边的各种检测器游走的线条虚弱得就像生命的信息一丝一丝在不断地逝去，不舍却是无可奈何！12月20日下午6点，主治医生查房，喊着姥姥的名字，姥姥最后一次睁开眼看了看我们，医生大声问:"老人家,你有没有什么不舒服的地方?"姥姥轻轻地说了最后一句话:"没有什么不舒服!"二十分钟之后,老人陷入深度昏迷,六小时之后,轻轻咳嗽了一声,床边的检测仪器,血压猛地一跳升到一百九十多,然后开始一点点下滑,心率缓缓延伸成为一条直线,血氧饱和度快速地从九十六跌到了二十以下。

  姥姥安详地走了,没有留下一句话。姥姥下葬之后,我家里挂在墙上很多年的一幅画,在儿子独自在家的时候,突然悄无声息地掉了下来。大姐家的小孙孙,只有一岁多,姥姥最后日子里唯一没有见到的至亲,那天早上非常清晰地说了一句话:"我看见太太了!"姥姥肯定是有些不舍,她是多么爱她身边的这些亲人,但姥姥也一定很安心,无论在世界的哪一边,她都能感觉到她爱的人有着很平和安静的生活,这就足够了!其实,我们从记事起虽然对死亡这个概念都不陌生,但是很长很长的时间里,我们和死亡之间总是隔着很遥远的不可触知的一层,我们的家人就是隔在我们和死亡之间的那道帘幕。这次,姥姥的猝然离去,猛地让我们开始直面这些,死亡不再是原来很抽象的概念,最亲密的人真的会影响每个人的生死观。

  往年的冬至,有时候我们都忘了,姥姥总会提醒我们:"回家吃饺子吧!"而从今年的冬至开始,我们是真的再也吃不到姥姥包的冬至饺子了。老家的一个哥哥在亲戚群里感慨:二娘仙游去了!我们愿姥姥仙游路上走好!

望春风

　　雨水一过,冰雪开始消融。日历一天一天翻过去,即使再有寒潮降温,却也少了那种腊月间动不动渗入筋骨的凉意。正午的阳光开始有了些欣欣暖意,三两场绵绵细雨之后,桃杏枝条眨眼工夫就红润起来,仿佛一夜之间那些红的粉的紫的白的花蕾就萌发在各家各院的窗口。不经意间,几声似远似近的春雷响起,便是到了惊蛰。

　　春天有些像婴儿惺忪的睡眼,虽然乏困,但终究禁不住树绿得越来越透亮。花开得越来越恣意,暖风也越来越和煦,蛰伏了一个冬季的虫也开始从土里树梢探头探脑,个个都会伸伸懒腰,鸣叫起来。

　　俗语说"二月惊蛰抱蚕子"。这是讲打惊蛰开始,蚕卵便可以孵化了,等到桑树渐绿渐成荫时,刚孵出的蚕宝宝便有了食物。黄河以南,每到惊蛰前后,街头巷尾便多了些出售蚕种的桑农。岁月更迭,如今养蚕早就不再是维持生活的必需,演化成了孩子们最开心的自然课。在父母的指导下,小心翼翼地将布满密密麻麻蚕子的麻纸撕成一寸见方的碎片,装进早就精心挑选出来的纸盒子里,再用干净的棉布包起来,放置在温暖干燥的窗台上。从此，每天清晨就有了惦记，一觉醒来，衣服顾不得穿好，饭也来不及去吃，便要捧出那个小盒子，仔细瞅瞅，在五六天之后，终于可以看出有些细小如针尖的、黑黝黝的小东西开始蠕动起来，那一刻，满怀激动却又屏息静气，生怕喘一口大气会将这些小宝贝吹得不见了踪影。赶紧把采来的桑树嫩叶铺撒在盒中，听着那沙沙沙的细碎声音，这就是人生最朴素的心满意足。

孩子们有孩子们的乐趣，大人们自然也会有自己的消遣。一场春雨之后，伴随着田野里逐渐返青的气氛，三五结群挖野菜就成了这个短短时节里最红火的活动。野葱野蒜蒲公英，地皮香椿马齿苋，郊外山野的每一个边边角角都会有你意想不到的勃勃生机。

"三月三，荠菜当灵丹。"我最喜欢的就是春荠菜。惊蛰前后的荠菜，刚刚褪去一个冬天的风寒霜打，成为最早报春的时鲜。早在魏晋南北朝时，便有《荠赋》问世。宋代苏东坡在《与徐十二书》中津津有味地记述："今日食荠极美，虽不甘于五味，而有味外之美。"此时的荠菜，香气浓郁，色泽青绿，用来起香增色，是最受欢迎的食材之一。田间地头上，只需要一把小铲子，一只塑料袋，晃晃荡荡小半天，既享受了灿烂阳光的抚慰，又有了丰盛的收获。荠菜的吃法也很简单，去除土根和枯叶，清洗干净，炒几个鸡蛋加进去，伴上切得细碎的粉丝，只用细盐和香油调味，叠成素春卷、包素包子或包素饺子，是最能品味荠菜鲜味的春季美食。喜欢荤食的亦可以把荠菜开水焯一下，剁成细末，和新鲜的五花肉调拌成馅儿，裹成小馄饨，起锅时候，在汤里面再加几片白虾皮和黑紫菜，稍稍洒上几滴香油，一碗混杂着山野香气、湖海氤氲和着鲜美肉香的美味小馄饨，会成为你记忆里悠远恒久的生活印迹。

唐诗有云："微雨众卉新，一雷惊蛰始。田家几日闲，耕种从此起。"寓意白日渐渐绵长，田地里的劳作也开始辛苦起来，灰蒙蒙了一个冬天的小麦只在两三天之间就换了容颜，风吹之下，青翠抖擞起来。边边角角的油菜也是不甘落后，几场春雨之后，便都会极力伸展开来，争先恐后地赶在下一个节气前，把最鲜亮的姿态展现出来。这个时节最美的风景肯定是在江南，而婺源给我留下的印象更深刻，隔着车窗就可以闻得到空气里一层一层溢出来的扑面鲜香，随随便便留宿一家农舍，凡目所及，一片桃花红艳、杏花粉润、油菜金黄，隔天恰好有机会顺水进山，处处竹影婆娑，莺飞鸟鸣，更珍贵的是静夜里头一回听到了春笋拔节的咔咔声。

春风是稍纵即逝的感受，如同冷萃咖啡一样，初始静寂，渐行渐品才会体会到浓浓的味觉意境。更适合一个人在夜深人静时候去慢慢翻阅。这也许就是春风里最贴近人心的地方。

危情七日

妻的住院手续和术前检查都是她自己办妥的，定下手术时间，也是等我下班到家才告诉我。那个晚上，她只是喝了点粥就休息了。妻从来不是一个敏感紧张的人，反倒是我有些不安。

第二天，我很早就醒来，没睁眼就知道妻在轻手轻脚收拾东西，悄悄关门。听着她的脚步声渐行渐远，我心里说不上来是种什么感觉，期待、忐忑夹杂着担忧。

当天下午，妻打电话告诉我，手术确定在明天上午第二台，主刀医生是妇科主任，她们已经见过面，谈了有关手术的一些准备情况。医生建议她采用腹腔镜，创面小，痛苦少，但是如果术后并发粘连，就得需要再次开刀。妻犹豫良久。等我们决定去签字时，腹腔镜已经来不及申报了，只得采用传统方式。

手术前因为要清洗灌肠，不能吃饭，她当晚就留在了病房。

当班医生把手术中有可能发生的十三种问题讲得惊心动魄，尽管知道每个手术之前都会有这样的程序，我还是出了一头汗，问了一句："发生这样的情况有多大概率？"

医生笑了："遇不到的人就是百分之百成功；遇到了就是百分之百概率，没有可比性。"

这一夜，我睡得迷迷糊糊。第二天一早赶到医院时还不到8点，听说第一台是个老太太，刚刚进了手术室。我们就在病房静等。快11点时，我去了趟卫生间，往回走时，远远看到病房门开了，心不由得一紧，妻正在屋里有些不安地等我。

病房在三楼，手术室在六楼，我们坐电梯上去，没有来得及说句话，护工就把她带进去了。随着那扇高大厚重的铁门关闭，我的心里好像也咯噔响了一声，瞬间反而镇定下来了。只是觉得我刚才应该握握她的手，或者鼓励她一声。事到临头，我们都有些茫然无措。

11点半，铁门打开，各个科室第一台手术基本上都是这个时间完成，推车一个接一个出来。出来的人情绪也各不相同，有的人还是蛮清醒的，可以和等待自己的人开着玩笑，也有的昏昏沉沉。我站在走廊东头，也是一个特殊的存在，只有我一个人在等这台手术，其余的都是亲戚朋友聚在一起。我突然感到了真真实实的孤单，心情也随之越来越焦虑。

12点多一点，铁门又打开。我听到有人在喊：妇科二床。我一激灵，马上跑过去。主任语速很快："你认识我吧？你爱人腹腔打开，情况很复杂，囊肿不是一般意义的囊肿，摘除很困难。我们把里面的积液吸出来了，右边卵巢也切除了，还存在肠粘连情况。现在你要去做病理，我们目前怀疑是恶性。如果病理确定，那这个手术就要扩大。"

我一句话也说不出，触电一样的麻酥酥感觉从头到脚快速下来。我相信我的脸色也一定变得不同寻常。主任看了我一眼又问旁边的护工："让他去还是你去。"护工说："我带他去吧。"

后来回忆，如果当时没有这位好心的护工帮我端着那盒病理积液，我都怕端不稳当给掉在半路上。

从六楼手术室到四楼病理化验室，短短的两层楼距离，我脚底下就像踩着棉花一样，晃晃悠悠飘飘荡荡，平时的坚强和镇定都烟消云散了似的。

速冻病理半个小时后出结果。我站在空落落的走廊，不知道自己该干什么，抬起手又放下，放下又抬起来，足足十多分钟之后才回过神来。

这三十分钟的等候，漫长又漫长，不安又不安。

终于听到病理室里有人喊我的名字，我赶快跑过去接过报告单，飞速扫视，三行字里分别出现"未见明显异常"的结论。虽然我不懂医学，但我可以从这几个字里猜到病理的结果还是正常的。

几步跑到手术室，想都没有想就推门冲进去，一个戴消毒口罩的小伙子大声呵斥我："干什么的？"我赶紧解释："我来交病理单。"

主任看到病理单，出来和我解释了一下会诊情况，直到这个时候我的心情才算有所平静。什么叫作命悬一线，切身体会了。

12点半，手术终于结束。我第一眼看到妻时，她是一种半醒半睡状态，我握了一下她的手，冰凉冰凉，她睁开眼看了我一下，似乎说了一句什么，但是我没有听清楚。

回到病房，在一片慌乱中把她抬到床上，紧张之余，甚至把镇痛泵都碰掉了。半个多小时后，妻出现术后反应，浑身开始不住地发抖。我和母亲从两边按着她，都可以感到她的肌肉抽搐，接着就是呕吐。这是麻药的副作用。她已经两天没有进食，吐出来的都是绿绿的胆汁。

直到第一瓶药水吊完,她才渐渐安静下来,睡着了。

这一天似乎无比漫长。天黑下来时,她的刀口开始有知觉,疼痛使得她的脸色越发苍白,时不时发出低低的呻吟。盐水瓶也不知换了几次,到夜里 12 点多时,我竟然坐着睡着了,还是她自己醒来喊我,才发现药水已经滴完,回血了好长一段,又是虚惊一场。

术后第二天,往往是最痛苦的一日。麻药完全没有效力了,刀口的疼痛使妻一整天都陷入昏昏沉沉的状态,体温也在 37.4℃ 到 37.8℃ 之间徘徊,我去问护士长,答复是手术后正常反应。因为没有排气,也不能吃东西,点滴到傍晚 5 点半。

结束,几个人想扶她起来站站,她却一点都使不上劲。

到了第三天,妻的精神有所恢复,虽然在早晨测体温时还是有点热度,但她下床能够不用人扶着慢慢行走了。度过了最艰难的四十八小时,刀口的痛感也渐渐减轻。最让她欣喜的是有了术后排气,可以稍微喝一些米汤和鱼汤。这天晚上体温也降到了 37℃,情况向好。

病理结果是术后第四天出来的,良性。一直悬着的心终于放下。当天的点滴到下午 2 点左右结束,她自己到卫生间洗洗涮涮,整个人感到清爽舒服了很多。更让她开心的是外甥小强抱着一束鲜花来看望她。下一代的成长带来的不仅仅是安慰,更有很多很多的希望。这天晚上我回家休息。连续三个晚上几乎没有睡眠,我自己也是狼狈不堪。就是这个晚上,河南发生地震,淮北有感,可我啥都没感到,一觉睡到第二天早上 5 点。

平日里,我是属于那种基本不进厨房的宅男,可这两天,我也开始摊开菜谱学习煲汤。买了精选小排和粉糯莲藕,用砂锅文火慢慢熬,炖到骨肉酥烂,莲藕一触即化,浓浓的一碗,当成她的早餐。

眼见着妻的脸色红润起来,说话的气力也有了。

术后第七天是个阳光灿烂的大晴天。按照计划上午准时拆线。主治医生亲自交代了各种注意事项,10点半办好出院手续,我扶着妻慢慢走出病房。温暖的阳光下,竟然可以听得到树梢上叽叽喳喳的鸟叫。

妻说:"我已经整整七天没有看到太阳了!"

能够健健康康地活着真是一件比什么都要好的事情。

从军记

没有想到的是,从北京开往北戴河的车次虽然不少,车票竟然那么紧俏,提前一周上12306翻看的时候就只剩下寥寥的几张"无座"票。虽说两个小时多一点点的车程时间并不算多么难熬,可一跟逸凡说起,他就发来了一个怒火冲天掀翻桌子的表情给我,说什么也不愿意让我一路站着去瞧他,就是三个字:"不可以!"

且不去和他争论,偷偷订下票再说,先是要能成行然后再说其他。这段时间以来,我总是按捺不住心里的要求,无论如何,我是一定要找个机会去看看他。或许是精诚所至,仅仅隔了一天再去搜,竟然有了一班时间非常合适的快车出现一张余票,手忙脚乱地先退原来订了的那张站票,谢天谢地拜领了这唯一的一张坐票。这个过程中真的害怕这个小希望瞬间消失,生平最讨厌的事莫过于得而复失的懊丧。

时间过得飞快,2017年9月11日,送逸凡入伍的那天,与格外灿烂的阳光相比,我的心情百味杂陈。对儿子未来的期待和希望,掺杂着犹豫和不安,就像激流中的两道主渠,一时间期待和希望更旺;一时间犹豫和不安更盛。盯着他和几个小战友嘻嘻哈哈回顾过去展望未来,我插不上话,也觉得喉咙里堵着什么,除了保持着温暖的笑容,拿不出什么其他的姿态和语言。

虽然都知道,孩子大了,肯定会有他自己要独立去走的路,可做父母的还都希望尽可能多地有机会去送一程,但也仅仅是短程而已,谁也不能陪着他一路下来。孩子能有自己认为是最佳的选择,我们除了祝福他顺利更顺利,除了希望他慎重更慎重,也就是能在他方便的时候,再去给他捎上点亲情——无论多远,孩子在心里依旧会有一点属于家的温暖的柔软之地。

儿子出生在春季。二十多年前的那个凌晨,当我听到产房里第一声啼哭的时候,真的有一点惊悚和无措的感觉。父亲,是个我从未经历过的角色,很多时候,你对孩子光有爱是不够的,成长是一件有着万般头绪和千差万别记忆的过程,真的是一言难尽。

就这样看着他们六个小伙伴排成一排,远远地对父母方向注视了一下,然后登车而去,分别就在瞬间成为现实。既是松了口气,也是伤了一回神。逸凡后来给我的第一封信中,也描述了这一时刻,从来没有过的离愁别绪,还有风起云涌而来的对未来军旅生涯的茫然都汇集在他的心头。我想,这个经历中的"闪光点",恐怕会在他人生经历中留下永远不会磨灭的印记。

时光流逝,抚育一个孩子,看他成长,在父母记忆里留下的大多数是那些快乐的时光。我现在都非常清晰地记得,出生后的第七天,把他从淮北送到萧县奶奶家。那个时候,丁里这边的路比较近,但路况因为采煤塌陷搞得很差。每当车颠簸一次,我的心就揪一下,马上就会伸头看一下褓裸中的娃娃,幸好这小家伙一路酣睡,老老实实安安稳稳不吭一声,才略略放心。回到萧县没多久，又出现新生儿黄疸，一个多星期都不退，非常着急，可又怕增添家人的忧虑而故作镇定，之后得到高人指点，很简单地喂了几只葡萄糖，黄疸迅速褪去，等我下一个周末到家时候，床上躺着一个小白胖子，如是情景，真的是让人心花怒放。

一周岁似乎过得很慢，看着小家伙渐渐地长了本事，这一天会"咯咯咯"笑个不停，那一天会手持小锤拼了命地敲桌子，听着自己的声音开心得一塌糊涂，不到一周岁就喜欢拿着勺子自己吃鸡蛋羹，更有意思的是，一周岁生日那天晚上，突然就不用人扶着可以站稳了。没几天，院子里就可以看到他跟跟跄跄东跑西颠了。

成长同样也是惊心动魄的，因为我们父母的不小心，也让逸凡经历了几次风险。不到两周岁的一个傍晚，我正在参加一个朋友的婚礼，接到家里电话，儿子摔倒了，而且是后脑着地，现在都能清晰回忆起那个"兵荒马乱"的夜晚，先是到家里接了孩子直奔矿工医院，天晓得到了那里被告知CT机坏了，而当时只有濉溪县还有一台效果好的CT机，我们立即驱车前往，谁知到了那里，值班医生又不在岗，联系来联系去，终于一路小跑过来，见到我们第一句话就是：先把孩子哄睡着才能做！

我们这通折腾还恰恰就怕孩子睡着，一直让他硬撑着，早就烦躁透顶，医生一发话瞬间就睡得安安稳稳。接下来检查得很快，等结果却很漫长，直到晚上9点多，一切平安的检查报告才拿到手，这让所有人长出了一口气！

回到家之后，我几乎彻夜未眠，稍有点动静，就起来看看孩子的情况，那种后怕心理至今犹存。后来，还遇到过一个类似的情况，有一次，我们一家三口在金鹰顶楼吃饭，出来的时候，一个也就两三岁的小孩子，在无人看管的状态下，撞到了逸凡的腿上，摔倒在地，头上立刻就起来一个大包，孩子的母亲又哭又叫，心急如焚，出言非常不逊，我虽然有点生气，但瞬间想起儿子小时候的这段经历，感同身受地理解起来，也就没在意他们的态度，带着他们去医院做了检查，天大的事也赶不上孩子平平安安的好。直到尘埃落定，我才告诫那个做母亲的，这么小的孩子，在这么人来人往的环境中是不能松手的，否则出了问题，后悔都来不及。

逸凡经受最大的挫折就是从小学一年级开始一直到初中几乎不间断地复发口腔溃疡。本来这个小家伙从小又白又胖，身体一直很棒，没闹过什么病。三岁左右上了幼儿园，而且还是那种午间不接的半托形式，生活习惯的变化，没多久就带来麻烦，因为冬天下雪时偷偷和小朋友一起吃雪，一开始闹肚子，之后肠炎、发烧，再往后就开始周而复始地口腔溃疡。

现在回想那几年，就是一种孩子受罪，大人心疼的状态。带着他寻医问药，中药西药也不知道吃了多少，这种毛病莫名其妙地来，到他初中毕业就莫名其妙地去，留下的就是再也平复不了的疤痕。

初中以后，他开始喜欢足球。我现在都不太明白，之前一直喜欢宅在家里看书玩电脑的小胖子，突然就开了运动的窍，尤其是对欧洲几个球队，专心研究，如数家珍，曾经自己用了一个下午的时间，精心描绘了一幅皇马的队旗，也让我看到了这个小家伙对绘画真的有那么一点天赋，只要他热爱的事情，他做出的质量还是很不错的！

高中三年，简直就像风一样迅速，我都没什么感觉，他就面临毕业,他的足球梦越做越浓,甚至还像模像样地在杭州参加了一次专业足球教练培训,成效多少我不知道,但我能感受到他在成长中越来越有信心坚持自己的一些理念。

但入伍这件事,还是很意外,临时起意,仓促上阵,却有了一个意想不到收获。

2017年7月,逸凡结束职大三年的学习,拿回来一个含金量欠缺然而规模甚大的毕业证,我都没来得及问他打算用这个最后的暑假来做些什么,他就已经规划好了,约上一位好友,开始了一段说走就走的云南行,昆明、大理到丽江,走的是我十几年前走过的路,发来苍山洱海的背景照,还有四方街的黄昏,我突然感受到了孩子已经不再是孩子,除了个子长高了,看世界的眼光也不一样了。

在他十三四岁的时候,我就有意锻炼过他的独立处事、安排生活的能力,上海世博会我没有陪他,而是让他跟团去玩的,他很能沉住气,排了几次大长队,签了不少图章回来;西安花博会,他也是跟着地接散团,那次有意思的是第一天下午就因为手机没电失去了联系,说不担心是假的,好在他能够自己想办法,借口买人家小店的水,用了小哥哥的手机联系到导游,一路找回酒店,成为虚惊一场。有了这些经历,二十多岁自由行云南又算得了什么。

在游玩路上,我们有一搭没一搭地闲聊,沟通着他对未来的构想,也就是我的一句话,让他拨云见日、豁然开朗。逸凡的两个同学报名参军了,我也是无情当有意地问他:你想不想?

可能有的时候出路多了,反而会眼花缭乱,精挑细选之后,往往还会选了一条后悔路。而他这次本来是无路可循,茫然四顾时，心不在焉地却抓住了一条生路。

网上报名还有一天就截止，他在千里之外云南填的表，好在是踩着铃声上了车。当机立断之下，逸凡改签了机票，连夜赶回家，只休息了五个小时，就参加了第一次体检。

说起体检，谁都不承想这倒成了最复杂的一道关卡。先是普查、复查、抽查，他运气不是一般好，连过三关，接下来因为政治条件兵的特殊要求，又是连续检查两次，排除任何一点隐患，逸凡自己感慨：抽出来的血可以做一大碗血豆腐了。

第二步就是政审，普通版的政审其实在体检过程中已经办妥，到政治条件兵的时候，开始加强版的政审，所有手续重新来过，连远在北京的姑姑也需要提供几份证明。接到通知就是周五下午了，连夜发顺丰快递，那边周一上班就办，周二发回来，到了最后期限，我们的厚厚一大摞材料才算办齐。又经过专业人士审查，还有几张盖错公章的，又得慌慌张张跑几趟。那几天，我和儿子分工协作，东突西进，我甚至都害怕傍晚时分接到派出所电话，不知道又会有什么样的手续需要改正。好在，我一开始就相信好事多磨，既然有了这个希望，就要助他去实现。

那十天时间，信息往往瞬间变幻。逸凡的心情也是忽好忽差，我都被各种层出不穷的新情况折腾得有些焦躁，何况他还是一个没有经历过社会波折的青年。其中有一天中午，他突发腹痛，给我打电话时，我就知道一定是他自己受不了，才会联系我，这马上要发军装走兵了，真要有什么意外，可就真是前功尽弃了，在我往家赶的路上，一脑子胡思乱想，做了最坏的打算。到了楼下，看到逸凡还是比较平安地坐在楼下，才稍稍放了一点心，从诊所出来，已经差不多没事了，现在想，那就是情绪长期

— 归去来兮 —

紧张导致的肠胃痉挛，真的又是一场虚惊。

  直到领了军装，确定了出发日期，才算心头石头基本落地。最后三天，好像是数着时间在过，我们都明白，他这一走，再见怕是就不知是多久之后，虽说这一年多来，他先后在北京、合肥、南京实习，大多数时间也是一个人飘在外面，独立生活不会有什么问题，但这次远行，意义和内容完全不一样，很有可能这一走，是改变我们一家生活前景的事，他若安好，我自晴天。

  9月11日，逸凡和几个战友一道，从徐州出发，下午抵达北京，到了训练基地之后，匆匆忙忙来了一个报平安电话，就开始了四个月的封闭训练。这期间，只能在周末通个电话，说说情况，我问最多的三句话就是："吃得怎么样？累不累？能习惯吗？"孩子反而很自然，一再告诉我：比想象中的更好！

  思念往往如沙漏，持续不间断地越积越多。春节前夕，我本来都订好了去北京探亲的往返票，可最终还是推掉了，因为班长说了：来也无妨，但最好迟一些，毕竟他们才到连队，还没有踏实下来。从我心里讲，也是不想给孩子添麻烦。

  逸凡下连队之后的工作，比以前更忙了，每天有不同的时间要上哨站岗。北京的冬天，有着能让人刻骨铭心领教的干冷，他下哨之后，经常天已渐亮，他登上办公楼顶升起国旗，眺望着灯火通明的京城。逸凡总结说：军营是一个可以让人静下心来，多想想生活的地方。

  转眼春节在即，北京降下来这个冬天的第一场大雪，那一天雪下得最大的时候，正好是赶上逸凡的岗。漫天纷纷扬扬的雪花，带着几分亲昵地落到他头顶的伞上，稀稀疏疏的微声让他真切体会到北方雪天特有的寂静与安详，这个情景有着平凡又温暖的氛围。经历,难以用金钱和情感来衡量所获得的身心丰满,时间不长,但他的收获非常之多。

我的这个春节,最开心的就是接到逸凡的电话,看到他同战友们在休息室给家人拜年,我更坚定了男孩子一定要过一过这种集体的生活的信念。

不到半年,逸凡胖了,也显得沉稳多了。他非常享受这种其乐融融的环境,听他说,队里的领导非常关心他们这些新兵,大伙相处得很"爽"。除夕之夜,他们每个新兵都排队去包了六个饺子——六六大顺,我问他会吗。他不屑地说:看你包了二十年,不会也会了!春晚开始时,所有干部都去站岗,而把士兵替换回来看电视,逸凡感慨第一次从春晚里看到了思乡之情。

春节之后,有很长一阵子没有再联系。这段时间国家关于武警部队改制的消息带给我们各种信息,但我始终相信,往前走,只会更合理、更合适,遇变随变,我不会担心经过军营历练的儿子,会找不到他自己喜欢的路。

渐渐地,去看看逸凡成了一桩心事。春节之行未果,机会不久又来了,省里有个业务培训,安排在4月份,地点是北京,争取到这个名额,就又增加了一次探亲的希望,颇有些欢快。

3月24日是个周末,这天傍晚,我从超市回来,刚到楼下,就接到逸凡电话,他说自己的工作有了调整,下周二就要去北戴河新的驻点报到。我的心一沉,第一个感觉是不是他表现不佳,被淘汰出局?在这个关键时候远离机关多少有些令人不安,他自己也没有从谈话领导口中知道什么更多的情况,就是说:任何岗位都是"革命岗位",而服从命令听指挥则是军人的天职,大道理他背得很流畅,真的是用心学习。

-归去来兮-

109

其实下连队之后，逸凡真的很用功，几次业务测试，成绩都相当不错，名列前茅，每次拿到第一名，都可以率先挑选零食作为奖励，他对这些不在意，倒是他的小老乡很热心，总是怂恿他："挑花生，挑花生！"搞得他自己也很开心。这回猛地一调整，离开相处半年的战友，他还是有些伤心的，不过，这孩子一直以来都有个优点，很善于调节情绪，适应环境，隔天在火车站再和我联系的时候，就已经是满满的热情了。北京到北戴河两个小时车程，中午就到了新驻地，知他平安，我就宽心。

这期间赶上清明小长假，北京姐姐回来，告诉我在逸凡离京之前，他们曾经见过一面，这也是儿子离开家半年以后头一回见到亲人。姐夫对他的评价是：一见面，感觉逸凡气质像个兵了。姐姐则说，逸凡谈吐间变得成熟了，不慌不忙，稳稳当当的，在姑姑面前像个大人模样，毕竟21岁了，虽说在父母亲人面前永远脱不了孩子气，可一旦步入社会，他会非常迅速地蜕变，成为一个真正的社会人。

在这个时候我接到了培训的具体时间安排通知。4月8日报道，时间宽裕得很。我当机立断开始订票，这就是开头的那一串"磨难"，不过还是那句话，好事多磨，终于有个舒心的结果。

4月7日一早，和姐姐赶到淮北高铁站，这是自去年高铁开通以来，我头一次搭乘，不再像过去那样舟车劳顿跑到徐州。

同样也是头一回赶上高铁晚点，本应11点15分到的车，在天津之前延迟了三十分钟，到北京南都将近12点了。姐夫早已经到了出站口等候，我们三人匆匆来到站内快餐店叫了三份套餐，之后，他们两位送我赶到北京站换乘。

回想一下，还是十年前带孩子乘车回徐州来过这里。这座新中国成立初期的北京十大建筑，依旧保持着完美的外形，进站之后却顿时有时光穿越之感。三十年前的装饰风格和格局，与现代化的宛如飞机场一样宏阔的南站形成了对比，又体验了一回乘车靠喇叭，检票靠剪刀的 20 世纪乘车方式。站在人群中，我甚至回想起十年前的那次乘车，带着儿子刚刚找到位置，他就说饿了，其实刚刚在姑姑家吃过饭。他那时有个好玩的习惯，一坐火车就要吃泡面，在那个年代，火车+方便面似乎成了一种流行和标配。

北京站发北戴河的 K4517 是趟清明节假期加车，虽是绿皮车的外表，却有着旅游专列的舒适内环境。两个小时车程是一站到底，准时发车，一路顺畅。看着窗外的风光，渐渐与我从淮北过来时有了明显的不一样，北京的 4 月还略有春寒，加之前几天的一场降雪，田野上新绿又衰，显得昏昏暗暗，远山近水，在我愈近愈欣喜的心情映照下，也渐渐溢出些轻快的意思。

"我已经换好便装了！"

"我马上就出发了！"

"我们已经到了火车站！"

儿子一路上同我联系，显得欢欣鼓舞。

下午 4 点 15 分，火车准时进站。从车厢走到站台，立刻体会到了北戴河灿烂阳光下的清凉，刚走出通道口，就看到围栏外蹦蹦跳跳的逸凡。

儿子的队长和他一起来接我，见面以后，逸凡首先把我的行李接过去，与队长寒暄之后，我们在一起打了车。一路行来，听他不断给我介绍路边的建筑，他也是没有机会出来几次，只是对方位有了大致了解。但是，北戴河的路貌很清爽干净，很容易就

— 归去来兮 —

让人感觉到这个北方海滨小城镇的闲暇气氛。

逸凡在他们驻地旁边的一家旅游宾馆替我订好了房间。我们放下行李后，队长很热情地邀请我进入他们驻地小院参观。我也不想给孩子带来不便，就只是在院子里走了一圈，顺道看看逸凡在电话里提到的小狗。之前，我问他这狗有名吗。逸凡认真地说："有，叫警犬。"其实，那不过是一只长得很朴实的小土狗，看到我还汪汪汪叫了几声。

队长批准逸凡的短假，让他陪我到海边逛逛。逸凡住的地方步行去海边只需要十分钟左右，经过一个下行大拐弯，就是一望无际的海岸线，这一路的两旁都是各种行业和单位的疗养院，早就听说这个疗养胜地的名气，这回也算是亲临了。

沿海路边的很多商铺都是歇业状态。逸凡解释，这里的生意都是季节性的，夏盛冬息。倒也看到有几个店铺正在装修，这都是为即将到来的度假季做准备。

我到过日照、青岛、温州、启东的海岸，最干净的要数北戴河了，也许我赶上的是淡季。退潮后的河滩上，看不到人迹，看不到垃圾。夕阳之下，远远近近的几处沙洲，起起落落着数不清的海鸥。我们边行边聊，不知不觉日已西沉，通红的晚霞扫遍视野，的确漂亮极了。

每每相聚之时，我却总是想着稍纵即逝的分别，心头时隐时现着那么一点点忧伤。我的意思是找个地方我们爷儿俩吃个饭，儿子却执意邀请我去城里面吃点有特色的东西，说："老爸来看我，吃喝住行我全包！"我们又打个车，来到一家东北菜馆子，这真的是超级淡季，偌大一个馆子，就我们两个人。

点了猪肉炖粉条、地三鲜还有两种蒸饺，看到菜牌上竟然有皮皮虾水饺。儿子深感不可思议，世界之大，其实很多不懂也就在眼下，无奇不有哇！

回到宾馆，我把带给他的东西一一点给他看。来时匆匆，也没有认真打理，他想吃的奶豆腐和奶茶，还有一袋奶皮子，都是春节前从锡林郭勒盟邮购的存货，儿子生长在安徽，却有着一个草原人的胃，跟我回去过一次，融入得非常快，这种思想和情感上的遗传，已算得上一种神奇。

这一夜，我久久难眠，本来就有择榻之癖，何况感觉这一座大楼里似乎就住了我一个人。异样的寂静，空荡荡的屋子，让我有种莫名的犹豫，迷迷糊糊直到凌晨1点多才睡着，刚到6点，就听到电梯响了，儿子一路小跑来敲门："老爸，吃饭了。"

他给我带来了早点，四根大油条，知道我喜欢吃，还有一份豆浆，细心地带来一只大碗，不用我说话，把豆浆倒在里面，端到我跟前。学会照顾、关心身边的人，这应该是成熟的头一步吧。

因为9点才能正式下哨，他这会儿是临时找人代班过来的，看着我吃完饭还得赶回去，边走边告诉我，下班就来。

现在部队上的新兵管理让我离得虽远却可以感受到深深的温情，上级对下级的关怀无处不在。据逸凡说新兵连第一个晚上，班长就给他们每人把洗脚水打好，节庆日和战士生日，都尽量想得周到，安排得喜庆。今天也是，队长特地给逸凡调整了上哨时间，让他能有更多的时间陪陪我。在我与这些干部聊天中，他们都知道，现在的新兵很多都是独生子女，在父母身边都是"乖乖宝"的心肝肉，离开家这么久对很多孩子来说都是生平头一回，他们为战士想到做到的，其实都是我们家长心里担心孩子得不到

— 归去来兮 —

113

的那些。

9点一过,儿子信息发来:"老爸,我换个衣服就来。"

"老爸,容我洗个头再来!"

我回复他:"不要急。"

昨天已经看了海,今天的一上午,我们就在宾馆聊他离开家以后的事。他在部队的事,于我来讲是完全陌生的领域,听他说的每一件事都很有趣。说到春节时,那头一回在外的心思所念,夜幕降临,灯火辉煌的北京,和他自己难得的安静,开眼界,长见识,不是一两句话可以描述清晰,只是我感觉到,这大半年来,孩子的成长是千金难换的。总是说,这一步走得对,对在那里?就在于对他人生的疏导和目标的确立,他开始越来越清楚自己的未来。

我返程的火车是12点50分,儿子的队长非常热情地邀请我和他们一起吃个饭。其实,我是想请这些可爱的"兵哥哥"们坐一坐,他们亲如兄弟,我应该也给他们带来家长的温暖。

看着时间一分一秒流逝,到了离别的时候了,这一刻真的很艰难,但好在有更美的未来就在不远处,我们也就没有遗憾。

逸凡送我到入站口,我也看得出他心里的失落,临别之际,真想抱抱孩子,想起的竟然是有一次带他出来吃馄饨,偏偏遇到下大雨,我把衣服披在他头顶,抱着他往家里跑,在我的怀里,他嚷嚷着:"爸爸,爸爸,你都淋湿了怎么办?"终于,我拍了拍他的肩,脱口说出的竟然是在家里时的话语:"宝宝,好好干!"

味　道

母亲今年 80 岁了，眼睛、耳朵都还聪慧，只是行动上比前几年略有迟缓，但每天还是会在固定时间去早市买几样菜蔬。照顾年近九旬老父亲的衣食起居，已然成了母亲最重要的"任务"。

母亲的老家在河北，她是地地道道的北方人，如今来到安徽也有三十多年了，但是她平时做饭做菜依旧以北方的口味为主，面条包子饺子，隔三岔五换着花样，我们一家人公认她最拿手的是烙饼。

饼谓之曰"烙"，那自然与煎、炸、烤、蒸不同，北方人将烙饼的锅曰"铛"，发"撑"的音，不过我小时候不管这些，一直都叫饼"当"，直到后来有了电饼铛，才好不容易纠正过来。

我们家 1988 年从内蒙古回到安徽，带来的锅具并不多，其中就有一只饼铛，看样子也就是南方人说的那种平底锅，无非是少了一只长柄，多了两只"耳朵"。我家的这只饼铛，颇有点来历，那是母亲当年在牧业机械厂工作的时候，请人家铸工特意制作出来的"限量版"。后来在萧县，母亲又用家里存下来的旧铝锅铝壶去打制了一只新的饼铛，这种自制的锅具最大的优点在于厚重扎实，传热均匀，而且一旦烧热，保持温度的时间超长，最适宜烙饼。所以，这之后几十年里，我们一家兜兜转转搬了好几次家，而这两只饼铛始终都没有"掉队"。

烙饼最基础的工作就是和面。和面这活说起来简单，什么盆净手净面板净，可真的要是用理论去指导实践，往往都会经历几番一塌糊涂的境遇，母亲总是强调烙饼和面不能用冷水，而温水也要掌握好水温，否则面不是硬了，就是变成烫面，只有适宜的水温、恰如其分的揉和，烙出的饼才会柔软且筋道。

母亲烙饼的准备工作，很多时候是放在午饭之后。她先要收拾好厨房，稍微休息几分钟后，等事先凉在碗里的开水温度合适了，就开始和面，一边看着电视，一边和我们聊天，几分钟之后，就会和出一团表面光滑细腻的面坯，而她手里的面盆总是干干净净。揉好的面团要盖上一块湿润的笼屉布放置一段时间。母亲说过，刚揉好的面，不能立刻上锅烙，要让它"醒"上一段时间，等候面坯在自然的状态下达到充分舒展。

母亲最常做的就是家常饼，做法也是最简单便捷。先把面坯擀开，铺陈为一张大而薄的面皮，有时候刷上一层油，有时候会撒上一层葱花或者芝麻，也有什么都不放的，就顺着一边慢慢卷成一个圆滚滚的面卷，再切成大小均匀的饼坯，这期间，还要把每一个饼坯细细揉和几下，再依次擀出面饼的形状，等锅热了，会稍微滴上几滴油，然后以中小火慢慢烘，中间会不断地翻来翻去，以便均匀受热，随着饼铛温度的升高，整个房间里就会慢慢洋溢出阵阵面饼的麦香。

母亲也会做一种春饼，那是北方人立春这天应景的小吃，立春吃春饼，我们叫作"咬春"。春饼不放油盐，面也会稍稍硬一点点，擀得要非常薄，基本上摊到饼铛上十几秒钟就可以下锅，这种操作会使得饼处在一种柔韧与酥软之间，经常会配上一盘炒鸡蛋、一盘绿豆芽、一盘土豆丝，把各种菜摊放在饼上，撒一点油煎辣椒碎。我们小的时候，都会趴在饭桌上，瞅着母亲一个一个把春饼卷好，竖立着让我们用双手扶着，颇有一种神圣的仪式感。吃的时候，小心翼翼地先从最上面咬起来，循序渐进地左边一口、右边一口、中间再一口，几种菜芯同时跟面饼"纠缠"在口舌之间，每一次细细的咀嚼都会有不同的新鲜味道体验，那简直就是一场季节的盛宴。

曾有段时间，我一个人住在北京，有的时候想吃饼，可自己又没本事烙，多数时间会到楼下菜市街专门的饼屋里去买。记得做这生意的是一对山东淄博的小夫妻，他们烙饼用的是一米见方的一只巨大的电饼铛，他们做的饼品种也多，有家常饼，有发面饼，卖得最好的一种老家肉饼，都切开来论斤卖，尤其是刚烙出来的肉饼，饼皮油光滋润，饼馅口感柔嫩，什么配菜也不需要，我就可以吃下四两甚至半斤，真的是口齿留香，意犹未尽，多多少少会有一种家的味道。

母亲还会做一种糖酥饼，不过现在已经很多年没做过了。我小的时候偶然生病，嘴巴里就想吃点甜食，母亲会把普通的红糖和白面用麻油炒在一起做成糖酥，然后包在面饼坯里，操作的程序是要比做普通家常饼烦琐很多，这种糖酥饼刚出锅的时候，面皮内部的温度很高，会把整个面饼蒸腾成一个大鼓包，糖酥和饼皮一层一层交错叠加，趁热一口一口咬下去，就会在心底萌发出一缕快乐的情绪，那份香甜简直无法形容，至今在舌尖的记忆深处犹有余味。

后来我去上海学习，经常听当地人说上海葱油饼如何如何好吃，我还专门赶到一家老字号去排长长的队，还没到跟前，就看到那所谓的葱油饼压根就不是烙出来的，而是在一口大油锅里炸出来，当然，吃到嘴里第一口还真的是又香又脆，但是继续再吃上几口，那份油腻感恐怕就是多数北方人消受不了的。

再后来，我的儿子上学当兵上班，常年在外，每次回来，只要问他："想吃点啥？"他都会说："让奶奶做馅儿饼吧！"

2015年夏天，我曾带儿子回过一次内蒙古，在锡林浩特一家肉饼店里，他一口气吃掉十张肉饼。他自己说，能和内蒙古肉饼一拼高低的只有奶奶做的馅儿饼。

做馅儿饼要用发酵过的面坯，而且肉馅儿不能用绞肉机，需得一刀一刀剁出来，调味只放葱姜末和八角水，手工把肉馅儿和调味打制均匀，包馅、醒面、油炕、慢工细火，程序一个也不能少，这样烙出来的肉饼，外焦里嫩，肉香和麦香合理融合，即使是吃不完的剩下几天再回锅，也会保持住初始的鲜香味道，这也难怪十几年过来，儿子始终念念不忘。

如今，母亲年事已高，很多时候，我们都不想让她操劳，回家吃饭，都是怎么简单怎么来。母亲当然也知道我们的心意，也不多说话，只是有几次当我要离开的时候，她都会变魔术一样给我的包里塞进去几张不知道什么时候抽空烙好的饼，嘱咐我带回家可以放到冰箱里，吃的时候用平锅热热。几年下来，我倒也掌握了一种技巧，把冰箱里的这种烙饼，也不用解冻，直接放进烤箱，打中火10分钟左右，中间要翻一次"身"，吃的时候就会跟刚出锅的味道差不多，甚至还多了丝丝缕缕温暖的感觉。

姊妹仨

我只见过二姨一面，是在 2006 年 10 月，适逢二姨七十大寿。到达启东的那天晚上，我看到了颇为壮观的一场生日焰火，在一个多小时的时间里，三十多发礼花弹间次飞跃夜空，声光电影伴随着欢呼声让整个村庄都沸腾起来，之后的各色繁复烟火更是把夜色渲染得绚丽多姿。十五的圆月之下，小桥、流水、无边的苇叶，第一次让我真切地触摸到了江南水乡的肌肤，一觉醒来宛如馨梦一场。

以前从来没有听说过，给家中老人过寿，亲朋好友会送烟花的风俗，如果不是千里迢迢赶到二姨家，恐怕还是见识不到。我的二姨在 18 岁那年，一个人离开河北老家，嫁到了江苏启东，自此之后，有三十多年没有再回过家乡，也没有见到过她的姐妹。

我的母亲排行第三，前面有两个姐姐，后面有两个弟弟。在外婆去世时，小舅舅只有 2 岁。为了五个孩子的生活，当时不过 30 岁出头的外公没有再婚，而是选择了到关外去挣钱，凭着精妙的木匠手艺，很快在内蒙古锡林浩特市站住了脚，那期间家中的一切，其实就全托付给了母亲她们姐妹仨。

我小的时候，常常听妈妈讲到许多关于大姨的事情。大姨在容貌上最像外婆，性情上也是继承了外婆的温柔娴静，她几乎从来没有大声说过话，更没有发过脾气，外婆去世之后她的所有时间都是用来照顾她的弟、妹，总是在不知疲倦地做饭、做鞋、补衣缝衫，每当两个小弟弟因为思念父母、因为病痛、因为饥寒哭闹时，她总会把他们拥在怀中，含着泪水抚慰他们。那个时候大姨哼过的儿歌，过了很多年，母亲都还记得，比如那首"小白菜，地里黄，三岁两岁没了娘"……

少女时代对于大姨来讲，始终是阴郁和灰色的，十年间她没有穿过一件新衣，没有过一次开心的笑容。在 20 世纪 60 年代的河北农村，她直到 26 岁，才在同龄女伴都已经子女成列时，万般无奈地一步一回头，依依不舍出了嫁。她千挑万选的婆家，家境好坏她不在乎，但是一定要离娘家近，她实在放心不下几个无依靠的弟妹。

婚后，大姨一有空闲就要赶回娘家，尽可能地给弟弟妹妹们做点事情，时间一久，终于引来婆婆的各种不满，从白眼到申斥，甚至责骂。很长一段日子里，大姨左右为难，自己过得非常艰难。二姨的性格刚强坚韧，家里家外的所有体力活都是她的，生活的困苦没有轻易改变她的性情。母亲的印象中，二姨始终风风火火，总是昂扬快乐着。村子里妇联的工作她是骨干，拥军优属活动她又是主力，甚至于她还主持过一家农民幼儿园，为劳力少、农活多的家庭分忧解愁。外公有的时候怪她经常在村子里忙，不能照顾家，甚至会责打她，可这些对于二姨来讲只不过是贫困生活的几丝余韵，完全不能剥夺她对幸福生活的追求和梦想，她结识了当时驻扎在河北老家部队中的姨夫，义无反顾地做出了自己的选择。18 岁那年，在没有任何仪式的情况下，在弟妹的涟涟泪水中远嫁他乡，这一走就是三十年，直到三十年后，她才再一次见到外公和我母亲，岁月沧桑，再见面的时候，二姨说着一口地地道道的启东话，已经完全不会讲河北方言了。她急切地一连串倾诉着别情时，外公和母亲却都是一脸的茫然，不知道她在讲些什么，最终，望着父亲和小妹，二姨用滔滔的泪水宣泄了她三十年来的思念之情。

母亲说：二姨离开时她13岁，她知道两个姐姐离开之后，自己就要独自承担一个家庭的全部生活重担，而她还不过是孩子，甚至连村头那重重的石磨都推不动。每次要去推粮食，她只能等前面的叔叔婶婶忙乎好，才赶紧凑上去央求，请人家帮忙把麦子推好，不然，她们姐弟四个人就会断粮。在这之前，母亲做的已经远远比同龄人更多，别的孩子上学背的是个书包，而她除了书包之外，还要背着一个弟弟，有时候还要再牵着一个弟弟。一边听课，一边要时刻关注着窗外独自玩耍的弟弟，已经记不清有多少次老师正在讲课，背上的弟弟开始哭闹，她不得不在众多不耐烦的目光中退出教室。

母亲始终感激她的启蒙老师，没有这位可敬的农村扫盲教师的坚持和关注，她不会读完小学和初中的。二姨走后的一个暴雨之夜，雷大风烈，母亲和两个幼弟因为恐惧和饥饿哭成一团，最后扭打在一起，直到三个孩子精疲力尽，才拥抱在一起昏昏睡去。那一幕，母亲现在想起来都心情沉重。所以，她说过，她当时恨过二姨，恨她甩开自己拖着不让她走的手："三十年当中，至少有二十年我没有想过她！"时间会冲淡一些记忆中灰色的部分，却也同样会让一些珍贵的东西变得更甜美，姐妹三个再一次见面时，虽然谁也没有想到那竟然会是她们人生中最后的一次聚首，却也让她们细细地回味了三十多年前的亲情滋味，很多失去的记忆,在三个人的倾诉中,又被找了回来,她们在一起时的哭,其实也是笑,而笑容的背后也隐隐浸着泪水。

2010年冬天,辛苦一生的大姨去世了。婆婆在时,大姨受尽了当媳妇的气,虽然生育了五个儿子,却没有享上一天儿子的福,甚至因为生活困难,还把一个亲生的儿子送了亲戚。但她几乎从没有抱怨过什么,看到弟、妹们晚年生活的幸福,她欣慰无比。她就这样沉默地平静地生活着,直到离开这个世界,连一句遗言都没有留下。不久,外公也在小舅舅家病故,这两个消息都是母亲电话里向二姨说的,姐妹二人的泪水在一种回忆往事的情绪中悄悄地流淌着。

母亲其实早就理解了二姨,她当年的毅然决然,那也是一种置之死地而后生的勇气,如果她不走,外公也不会想尽办法把两个舅舅接出去上学,最终培养成才,而母亲恐怕也就会永远留在农村,走大姨一成不变的老路。出走的二姨,经历的生活困苦远远要多于她自己讲出来的那零星片语,大女儿2周岁夭折后,姨夫39岁时正值壮年又突然去世,经历了丧夫失女的痛苦,她还要独立支撑着有着五个孩子的家庭,特别是作为一个外乡人,受到街坊邻居的欺辱,更是一言难尽。但二姨始终没有低头和放弃,1978年农村分地时,同宗的大伯刁难她,她把五个孩子同时推到了大伯跟前,轻描淡写地说:"你分的地是我一个的,我不要都行,这些孩子是你们单家的人,你来养活吧!"靠着她自己的坚持,她赢得了整个村子人的尊重。

二姨七十大寿时,在上海的婆家小姑,已经80岁高龄,却执意让儿子陪着来看望她。姑姑说:"兄嫂七八个人中,我最敬重的就是小嫂嫂,小弟走时,她完全可以丢下一大堆孩子自寻出路，甚至回娘家，可她没有，她为了这个家，更是为了孩子，留了下来，现在可以说是苦尽甘来，有福享了!"过寿那天，远近亲疏的人来了二百多人，家里预先准备的饭菜只够接待一半的客人，但几乎没有人认为这是一个疏忽，他们都说，他们是敬佩二姨一辈子的为人，一顿饭算不了什么!

经历了那个喧哗的夜晚，二姨的生活很快又恢复了往日的平静，经常出去和邻居打打麻将，种种蔬菜，给孙子辈烧几道菜，跟着我的几个表弟表妹在周边转转，始终悠闲自在。十几年中，母亲多次去启东探望姐姐，我父亲80岁的时候，她老人家也曾来淮北探亲，返程的时候，我们给她买了一件新衣服，二姨笑得很开心。

2019年秋天，母亲最后一次去启东陪护已经绵延病榻三四年的老姐姐，中间有两次说好要返回，可一到快走时候，二姨就拉着母亲的手："再陪我几天好不好?"她那时候已吃不下饭，母亲是尽可能地想让她多吃几口，回来还给我学二姨训她："就是你让我吃一口再吃一口!"母亲最后离开的时候，正赶上二姨需要再次住院，她送老姐姐坐上车，二姨隔着车窗看着妹妹，虚弱得连挥手都费劲。母亲目送车子离开家，所有人心里都明白这一别真的就是姐妹永诀。

2019年12月12日，母亲回到家里不过一周，二姨谢世。妈妈给我打电话："我们姊妹三个，现在真的就剩下我自己了!"我又想起来十几年前亲历过的那个启东之夜，屋前屋后站满了客人，隐隐约约能听到不远处飘来的戏曲流音，柔美缥缈的声音荡漾在烟花烂漫之间，如梦如幻的光影轻轻松松地照耀着尘世间多少平凡却又意味深长的人生。

—— 归去来兮 ——

班主任

我记得很清楚，那是1988年7月10日，我们高考结束后的第二天，一大早，几个旗县班的学生约好了一起返乡。

7月的锡林郭勒盟草原清晨还有些凉，我们刚刚经历了人生最重要的一次抉择，激动的心情仅仅过去一夜，似乎还没有平息，一见面就叽叽喳喳热血沸腾地说个不停。等大伙买好票坐上大巴车，突然听到旁边有人说："李老师来了！"我们的班主任李增富老师，是教数学的主课老师，瘦瘦高高，说起话来跟他走路一样慢条斯理，总是保持着三七开长发，上课的时候经常会垂下来一缕遮住他那双温柔的单眼皮小眼睛。当我们一年多的班主任就没见他发过脾气，跟大多数同学的关系相处得都很和谐，可能只有我是个例外，没有其他原因，就是我的理科成绩很差，而数学又是差中之差，所以见了他就躲，整个高三下来，也没主动跟他说过十句话。所以，当同学们纷纷挤下车跟他话别之时，我还是保持了"躲"的惯性。

那年我刚刚16岁，意识里一点也没有想到，自此一别至今三十多年没有再见，唯一觉得还对得起李老师的是那年高考我超水平发挥，数学120分的试卷竟然考到101分。他应该知道，而且我觉得他也会很开心!

  我印象最深的小学班主任是邵老师,时隔遥远,我都已经记不清老师的名字,但是她的模样却非常清晰,身材高大,皮肤微黑,中长烫发总是用一对发卡别在耳后,走起路来风风火火。我有时候去老师办公室取作业本,还没到门口就可以听到她朗朗的嗓门,最特别的是她是一位会吸烟的女老师,经常可以看到课间空闲,她一边批改作业,一边燃起一支香烟,深深地吸上一口,缕缕烟气就开始缓缓地围绕着她。

  我非常喜欢听邵老师的语文课,她能把生字生词讲得跟小故事一样。邵老师当班主任的时候,我们这个班是从原来几个班级中拼凑出来的一个新班,集中了原有几个班级著名捣蛋调皮的同学,但是邵老师很少因为哪个同学淘气或者学习成绩差就另眼看待,总是该批评就批评,该辅导照样耐心辅导。班级里有个胖乎乎的男孩子叫卜英,总是剃着一个光头,他家住得很远,迟到啦,不交作业啦,打架啦,对他来说都是小事,所以没少让邵老师操心,甚至还有过一次血的代价。那是一个下午的自习课,这个小家伙无心学习,拿着一支新买的铅笔向身边的同学炫耀,说是要在自己的课桌上雕出一幅画来。正当他沉醉在创作中,邵老师进来了,而且站在他跟前有几分钟了,他还浑然不知,等他听到周围同学哧哧的笑声,一抬头,小脸都吓白了。他看到邵老师一举手,以为要挨揍,慌忙抬起拿着小刀子的手遮挡,也不知怎么回事,锋利的刀刃一下子在他自己的头皮上划破一道。我们眼看着一丝鲜血缓缓淌了出来,所有人都不知所措。邵老师赶紧掏出自己的手绢捂住他的伤口,抱起他来就跑向医务室。后来,我们看到卜英的爸爸妈妈专门到学校来,向邵老师道谢,也替孩子

-归去来兮-

向学校道歉,说是要赔偿那个被"雕刻"的课桌。这事换了现在,不知道会是什么结果,可那个时候,学生、老师和家长的关系就是这么质朴,都相信严师出高徒,一切都是为了孩子能学好。那件事以后,邵老师依旧让卜英和另外几个学习差的同学放学之后留下来"吃小灶"。我那时候都有过一个想法,希望自己也考差一点,好有机会体验一下邵老师单独辅导功课的"红利"。

初中的两位班主任给我留的印象差异很大。初一是教我们历史的王雅韵老师,那时他已经 50 多岁了,走路都有些驼背,但是性情非常活跃。他的课堂氛围非常轻松,上下五千年的中国历史在他活灵活现的讲述下,就像一幕幕亲临其境的往事浮现在我们眼前。王老师多才多艺,会唱歌会乐器,书法也不错,春天组织我们爬山,秋天带领我们打拳,每一个同学的家他都去家访。到我家来时,看到我有一箱子的连环画,又惊又喜的眼神简直就像一个孩子。冬天上学是最艰苦的事情,内蒙古的气温经常是零下二三十摄氏度,王老师总是第一个来到班级,帮着值日生点燃炉火,让空荡荡的教室尽可能地早点暖和起来,当我们上早自习的时候,他就在教室里前后的两个炉子之间来来回回走动,把我们每个学生带来的早饭,挨个烤得热乎乎的,自习课后正好下肚,我们 102 班的这项福利,当时受到很多其他班级学生的无比羡慕。

初二以后,王老师不再担任我们的班主任,新来的崔红文老师那时候还没有结婚,是个血气方刚的小伙子,又遇到我们这帮处于青春懵懂的青少年,班级里的热闹就多了,甚至连我这样一直品学兼优,成绩排名在前的学生,也跟崔老师有过一次很激烈的冲突,接受了学生时代唯一一次处分。现在回想起来,觉得那时孩子们跟老师闹别扭,有很大原因是中途换老师带来的一种不适应,大多数人怀恋王老师的情绪没有得到合理的排遣,青春期的幼稚加上少年郎的莽撞,夹杂在一起很容易就发酵开来。

中考后,我考到了锡林郭勒盟二中,离开家六百多里,成了一名住校的旗县生。高一担任我们班主任的王海英是英语老师,遗憾得很,我的英语又是弱科,高中三年好像一直都找不到感觉。但是王老师很有耐心,似乎对我也很有信心,每次上她的课必提问我,虽然我努力努力再努力地准备,但是能痛痛快快回答上来的情况毕竟不多,偶尔答对一次,肯定会有超出问题难度的赞扬和鼓励。我那时候是班级里年龄最小的学生,坐在第一位,王老师就经常过来问问我的情况,班级联欢和会餐的时候,她也总要安排我坐在她身边,我学会包饺子就是高一元旦晚会上她手把手教的。高三的时候,正赶上中央台播放《红楼梦》电视剧,那时王老师都已经不教我的课了,偶然听说我喜欢看,也正巧她男朋友的实验室有一台彩色电视机,于是每到播放的时间,她就悄悄喊上我,人家学生上晚自习,我去看电视剧,真的是很有趣的一段回忆。

班主任老师对于学生的影响可能还要大于其他科目的授课老师,我经历的这些班主任老师中,也有一两位给我带来比较特殊的影响,比如高二的班主任刘老师,他是教语文的,所以对学生的写作水平很看重,那个时候要求我们每个人写周记,他来批阅。我是很认真看他给我的批语,努力想得到他的认可,本来我对自己的写作还是蛮有些信心,平时也喜欢写些小文章发表在校刊。而在刘老师担任班主任期间,我的两次命题作文却是被当成"劣作"的范文在全班点评阅读,羞得我很长一段时间对于写作都有些恐惧，不知道下笔之后，哪一句话或哪一个词又会成为"打击"的重点，但是这种"待遇"也有了另外一种促进，就是激励我更广泛地阅读，拓展了自己对于文学的认知。高三学习最紧张的时候，也恰恰是我阅读量最大的一年，除了上课睡觉，我连吃饭的时间都会找本书佐餐，字词句的积累就是这样潜移默化而来。

  我们的成长就是不断收获和遗忘的过程，三十多年真的就是弹指一挥间，这几天，到处看到的都是毕业季的"故事"，我始终相信，世界上最无私的职业就是教师，每一个老师看着自己的学生渐渐长大，慢慢地走向另外一个或许彼此不会再看见的高点，高兴的同时肯定也是百感交集的，我也不止一次回忆起，我离开学校时候的情景，也会记起三十多年前锡林浩特那个微凉的清晨，希望今生还会有一些机会，能够见见我的老师，冲他鞠上一个躬，道一声："老师，您好！"

半生缘

我出生在内蒙古草原,一直到今天我都觉得自己的故乡就是在那片风吹草低见牛羊的地方。可从我上小学开始,但凡需要提交各种履历表,籍贯一栏父亲都会让我郑重地填写上:安徽省凤阳县——这一点点的与众不同,时不时就会让我萌发出几缕独在异乡为异客的"荣光"。

1974年秋天,我第一次跟着父亲回凤阳老家,那时只有三岁。据说我们在老家住了一个多月,可留在我记忆中的印象淡薄得如一张棉纸,纹路俨然,却又接近透明。故乡的概念对于我除了那高高的艳阳,风吹摇摆的麦浪,高大曼妙的扁豆架,再就是我们父子离开时,年迈的祖父牵着我的手,迈着缓缓的步伐,坚持把我们送到村头。老人家瘦瘦的面庞,微驼的身躯,随着时光流逝,渐渐在我脑海中叠印成一张黑白照片。这次回乡探亲,也是父亲最后一次见到祖父,祖父去世的时候,我们都在千里之外的草原深处,那个寂静的夜晚,父亲独自坐在书桌前,久久地捧着一封电报,昏黄灯影之下,他的身影好像刻在了墙上。

父亲不是那种成天把对子女关心和关切挂在嘴边的人,甚至有一回我在全旗教育表彰会上获奖，他就坐在主席台上，当我捧着奖状，挺直了腰板从他面前走过的时候，他连头都没有抬。后来有一次，我偶然听到他跟同事谈起我，说了一句："这孩子不笨！"

这个简简单单的评价足足让我兴奋了好几年。

父亲在我的记忆里，始终都是为了工作忙忙碌碌，只有我五岁那年，因为母亲要去呼和浩特医学院进修学习一年，他才彻彻底底地做了一年的家庭主"夫"，每天除了大量的教学和行政管理工作，我和姐姐的一日三餐、日常起居都是在他手忙脚乱的打理下度过来。我印象最深的就是每天午睡醒来，父亲早就去上班了，却不会忘记在我的枕头边放上一小把葡萄干、两颗水果糖，这就是我当天下午的茶点。

初中毕业之后，在父亲的坚持之下，我来到离家六百里之外的锡林浩特二中念高中。那时我不过14岁，单薄瘦小，坐在教室第一排脚都沾不到地，同学们都喊我："小孩儿！"父亲说是为了锻炼我，实际上他也有诸多的不放心，高二那学期，有一次给家里写信，他们收到信的时候，不知道怎么回事，信封背面沾上了一小片像血迹的暗红色，父亲紧张得不得了，连夜打电话给在锡林浩特的朋友，委托他赶到学校去看个究竟。那位叔叔请我到家里好吃好喝款待了一番，父亲知道我平安无事才放下心。

父亲最得意的一件事，就是1988年为我高考填志愿。那时全国高考都是同一时间、统一试卷，父亲特意在开考头一天请了假，从太仆寺旗赶到锡林浩特市来"伴考"，带着我到锡林浩特有名的民族饭店补充营养，给我点了十张肉饼，这个量平常对我来说是小意思，可那天我只吃了一半，面临人生第一次最关键的抉择，我有些忐忑。

彼时高考政策是先填志愿后录取。我考试之后的估分只是中等，所以一再跟父亲强调，要以保险录取为原则，就低不就高。可临交志愿表的头天晚上，父亲和朋友去聚会，喝得有点高，他自己后来说，散场之后晕乎乎地就把我的表填妥了，区外填了苏州铁道学院，区内填了包头师范专科学校，这两所学校在当时都属于偏高的选择，我的抱怨毫无用处，父亲让我"走着瞧"，似乎尽在他的"掌控"。

提心吊胆地等了半个多月之后，我终于收到了包头师范专科学校历史系的录取通知书。

过后，父亲说："你那分数，不高不低，有勇气的就冲一下，没啥可犹豫的，大不了复读一年！"

1988年的时候，从锡林郭勒盟到包头需要途经北京转车，父亲当时单位有事，只能抽出一天时间送我到北京，就在这一天里，他兴高采烈地带着我逛故宫、溜天坛、访北海，每到一处必举起他的宝贝照相机咔嚓咔嚓对着我拍个不停。最狼狈的结局是，他根本就忘记在相机里装胶卷，本该留下非常有纪念意义影像的一次北京行，末了成为一次最浪费表情的"空欢喜"。

北京站上车的人拥堵得看不见天地，父亲拖着我的行李，紧紧拽着我，在人海中奋进。我就记得自己几乎是晕头转向地上了车，父亲把我安顿好，又赔着笑脸向坐在我身边的几位旅客一再拜托，好在这趟车的终点站就是包头，不用担心我坐丢了。直到预发车铃响了，父亲才侧着身费了好大劲挤下去，可

— 归去来今 —

没一会儿又跑回来,从车窗递进来一袋子黄皮橘子。车启动的瞬间,我看见人来人往的月台上,父亲还站在那里目送着列车远去。

再与父亲相见就到了 12 月底。在此之前,父亲多次往返安徽老家联系过工作调动,听得多了,我都不抱什么希望,他都已经 50 多岁了,在草原度过了大半辈子,真的还有必要千里迢迢回转故乡吗?却没想到在短短三个月时间里,父母已经把家费尽周折地搬到了安徽萧县,这次来包头是办理我的学籍转移手续。

不仅我是头一回听说大学可以转学,就连在教育界干了几十年的父亲如果不是偶然遇到老同事聊起我毕业分配问题,也不会得到这个信息。很多事就在于一个"巧"字,他安徽、内蒙古两头"跑",教育厅的不少科室领导都知道这个政策却从没有具体办过,我的这次转学等于在安徽和内蒙古教育厅进行了一次政策"宣传"和"普及"。最后那天到了呼和浩特需要加盖教育厅学生处的公章,偏偏拿公章的人员有事请假,父亲无可奈何准备耽搁一晚。他来到老同事家里闲聊,说起这事,老同事听了把手一拍,说:"这事不难!"原来拿公章的那位领导竟然就住在这位老同事家对面。

为了我这次转学,父亲两地奔波十几天。他到包头师专找我的时候,正赶上下大雪,天寒地冻,他住的旅店供暖有些问题,整晚都休息不好。当他第二天拿了学校的手续赶到呼和浩特教育厅,又被告知手续不全,于是又匆匆折回包头补办,我觉察到他的脸色不好,可他坚持说没事,拿了资料又搭乘大巴车回转呼和浩特。手续办好之后,父亲在从呼市回往安徽的路上,腰疾发作，几乎不能站立，一到家就躺倒了。

父亲1962年北京师范大学中文系毕业，响应国家号召自愿报名支援边疆，被分配到内蒙古锡林郭勒草原，一直到1988年底调回安徽老家，二十六年时间都在锡林郭勒盟教育工作一线，锡林郭勒盟很多旗县里都有他的学生，后来有的也成了我的老师。内蒙古的气候和环境给他带来最大的困扰就是腰伤，那是他多次冬季下牧区巡回教学受凉引发的腰肌劳损的顽疾。我初中时候，就看到过他痛苦不堪地接受针灸、药疗等等"恐怖"的治疗手段。父亲还有一个更深的遗憾就是情感上对家人的亏欠，祖父去世的时候，他连回乡奔丧的条件都不具备，直到十年之后，他才来到祖父的坟前，培上一捧新土，尽了尽当儿子的心意。

我曾经有很长时间不理解父亲大半辈子里对回归故土的执着，这次被动的家庭调动也彻底改变了我的人生轨迹。在内蒙古的时候，我只是偶然在情绪上觉得自己是个异乡人，那种孤寂甚至有一点享受感，可回到安徽，我无论梦里还是现实，都能清晰地感觉到自己与这方山水的迥异，我能感受到父亲是多么希望我能尽快融入新的环境中来，可每次我们说起这个话题总是不欢而散。

直到二十几年之后，我也当了父亲，我的儿子大学毕业入伍，我是非常希望他能留在部队，过一种我想象中的生活，可儿子最终还是选择回到了安徽。他说的那句话就跟我当年对父亲说的几乎一样："淮北才是我生长的地方！"

我突然之间也理解了父亲的选择。对于我来讲，他可能是"自私"的，他对于自己家乡情感的追索超过了对我能否接受将生活彻头彻尾改变的考虑，可这毕竟是他经过半生的努力而做出的决定，他并没有错。

　　一转眼，父亲回到安徽老家三十四年了。87岁的他喜欢跟孩子们一起打打麻将，练练书法，写写文章，那台照相机早就成了古董摆设，智能手机拍照更简单快捷，他一学就爱上了。很多时候闲下来，他也会回忆起在内蒙古的日子，草原的阳光、绿草、风沙和飞雪，虽然时隔遥远，却依旧历历在目，已经成了他生命中最珍贵的一份情缘。

只为你如花美眷，似水流年

——那些我们记忆中的"年"

现在要是跟身边朋友聊起过"年"，浮现在脑海里的大约都会是十年、二十年前，甚至更遥远的记忆。

三十多年前，我家还住在内蒙古草原上一个叫作宝昌的小镇，对那时过"年"的回忆，先要从漫天飞舞的大雪想起。草原的冬季，往往都会在进入腊月之后，连续不断地下上几场大雪，整个小镇一夜之间就会呈现出一派银装素裹的景象。孩子们最开心的寒假也随之而来，于是，一望无垠的雪野里再也不缺少欢笑声，零下二三十摄氏度的低温与儿童的欢乐比起来根本算不上什么问题。

小镇上的人家，没有不为即将来到的"年"而忙碌的。父母下班回来第一件要交流的事就是彼此单位又发了什么"年礼"，家里那只存放零花钱的抽屉也会在这几天里多出来一沓又一沓五颜六色的购物凭证。那是一个物资供应相对匮乏的年代，镇上唯一的一家百货商场和三个联门副食品店，虽然在货架上突然增加了很多新鲜货种和紧俏物品，但是绝大多数都是要凭票供应。现在不是还有人专门收藏当年的各类"票证"吗？打开那种收藏册，如今看到的是琳琅满目、五彩缤纷的"年代感"，而我们这些经历过的人看到了，却多少会有几缕淡淡伤感。

年货最早是从准备肉食开始。小镇街里只有一家国营平价肉铺，这里一年四季都需要排队，过年前的那段日子尤甚，会绕着弯排出几里地去。当然，有肉票也不能确保你一定买上合意的肉。彼时卖肉是完全的"卖方"市场，从冷库里运来猪肉，一次搬上肉案几扇，一片一块从头到尾按照顺序割取，你能买到哪一块，全靠你的运气和当日师傅的心情。哪像现在市场，你指哪一块，师傅就开开心心地划哪一刀，我们那时，只会眼瞅着肉案上的肉，那些优质的部位一块一块被排在前边的顾客割走，轮到你的时候，偏偏就是一处血肉模糊的位置，或者带着一嘟噜品质不佳的肥油，而你则连一点选择余地都没有。倘若你不想要，而排在你后面的人也不愿意接受，那就得等。一长队人谁也不吭声，大眼瞪小眼，完全就是比拼耐心。可卖肉师傅不操心，不急躁，一边聊着天，一边摆弄着他手里那把锋锐的大长刀，不断地在自己腰间油腻腻的黑围裙上蹭来蹭去。经验和事实告诉所有人，总归会有排队排得不耐烦的人，无可奈何越队而出，心有不甘地先把这一骨碌"梗阻"买走。于是，排队的其他人都轻轻出了一口气，队伍又开始慢慢地前进。

买回肉来的头一件事，就是拿出一块不大不小的红烧一次或者加上酸菜粉条炖上一锅，合家美餐一顿。余下的则按照用途分割开来作为年货，接下来几天的傍晚，远近邻居家里都会传出来剁馅儿的砧板声，这就到了主妇们最忙的时候，她们要发挥出指挥、参谋和实战的全能本事，才会把自己小家庭的"年"过出欣欣向荣的气氛。

猪肉并不是年夜饭最重要的食材，按照"鸡鱼肉蛋，齐全圆满"的标准，鸡才是除夕餐桌上的第一位，然后是鱼，因为鸡是"吉利"，鱼是"富余"。新年伊始，谁家不想求得一个"吉利"和"富余"呢？

想起我家喂鸡的故事，还真有点温情中的伤感。我至今还记得那只有着红彤彤羽毛的大公鸡，站在院子里，从来都是气宇轩昂，每每晨起啼鸣，或率群鸡觅食，都会显得神气有派。很可惜的是，1988年的春节前，一场格外凶猛的寒流来袭，宝昌连续下了好几天大雪，我们虽然给墙角的鸡窝做了好些御寒措施，但是仍旧没能完全保护住它们，直到有一天发现大红公鸡没有出窝觅食，踏雪巡视，才发现它已经冻僵在鸡窝门口——那个寒冷的夜晚，它把能稍微避避风寒的位置让给几只母鸡伙伴，自己用身体挡在门口，希望可以堵住风雪。这次的年夜饭，看见桌上的那碗鸡肉，我始终都不忍下箸。

父亲过"年"领到的任务多是采购粮油。拿着粮本，骑上自行车，车筐里堆着前一晚准备好的各种布口袋，哪只盛米，哪只装面，母亲都会交代好几遍。那个年月，只有春节，小镇粮站才会给每户居民供应几斤大米，几斤富强粉，还有各种平日里看不到的杂豆。当然，去粮站也需要排队，而且不一定每次去供应的各类品种都正好齐全，反正没个三五天的工夫，这件事办不妥当。不过，用那种雪白雪白的富强粉揉面包出来的饺子，在除夕午夜和初一清晨端上桌子，真的是颜值靓丽，口感筋弹。

比起鸡鱼肉蛋，隆冬季节里的新鲜菜蔬更难得。宝昌的冬天从每年10月开始，一直绵延到次年5月，这期间满世界是见不到丁点绿色。镇上家家都有自己挖就的菜窖，两三米深的菜窖，放进去一台冰箱都绰绰有余，可在那个季节里能储存的蔬菜除了

-归去来兮-

白菜、萝卜,就是土豆,而镇上空荡荡的菜市场里能买到的也只有冻豆腐和冻粉条。

但是办法总比困难多,主妇们的创新永远都走在时代前沿。我那时觉得每一年都有新的"研发"项目在我家落地实践:用浅盘子发各色杂豆豆芽只能算是试水,月季花盆里栽芹菜属于夏秋季芹菜根废物利用,而用细口盐水瓶制作西红柿酱则成为很多年的保留节目。除夕宴上端出一份西红柿炒鸡蛋,红黄相间的欢喜颜色自不用说,酸酸甜甜的味道远远超过了西红柿该有的味道。

在置办年货上,母亲还有一项重要的事情,就是约着几个闺密,一起去商场里精心挑选几块布料,然后,带上我和姐姐到相熟的裁缝阿姨家里。阿姨会拿着一根皮尺上上下下替我们量尺寸,按照惯例要夸我:"又长个喽!"也要夸姐姐:"越来越漂亮了!"因为和母亲私交不错,阿姨每次都会把我们两个的衣料郑重地放在炕箱那堆候裁衣料的最上面。这套新衣服要在年三十早上才能拿出来上身——新年新衣服,也仿佛预示着会有新一年的好心情。

回到家里,母亲会再入厨房,她还得炸各色年果。几大盆面要用不同的方式和好,炸麻花的要添加红糖水和鸡蛋,炸麻叶的要撒进去芝麻和白糖,油条、油饼的面要揉得更松软。等锅里油烧开,就会把事先搓好的各种各样果坯,一个一条地顺进油锅里,这期间,要掌握火候,要控制油温,要关注果子的成熟程度,所有这些操作,都是母亲一个人有条不紊地完成,往往中午开始制作,一切齐备之后,天都黑了。春节期间大人们忙着访亲会友,往往来不及做饭,这些点心加上一壶热奶茶,就是我们这些孩子春节期间最重要的"干粮"。

我和姐姐的过年任务就是到处采购零食。姐姐会按照妈妈事先计划好的清单，分几次跑到副食品商店，用购物票买来限时供应的中高档烟酒糖茶，还有花生瓜子和油盐酱醋。我则跟在她后面去帮着拎东西，剩下的几角几分跑腿费，我们会一人买上一串糖葫芦，或者几本小人书，既保证了精神食粮，也品味了物质美味。

学校老师开始放假了，当校长的父亲又开始忙乎另一件事。他在我们小镇里是出了名的毛笔字写得好，早早就会有朋友送来红纸。那时市面上还没有印刷的春联，父亲为此专门买了好几本楹联对子的书做参考。写春联那天，他会让我帮着裁纸，每当他写好一副，我就捧起来放置在客厅地板上，待到红纸上墨迹干了，再分类卷起放到一边，外面写上姓名，等候人家来取。有时父亲也教我写上几个"福"字。年三十一大早，看到自己写的"福"贴在了院子里，也颇有几分得意。

我还有一个乐趣，就是逛书店。宝昌新华书店位于镇中心街的"黄金位置"。每逢春节临近，书店里最热闹的就是年画柜台，那时候品种繁多的各种年画，柜台里根本摆放不下，绝大多数都会高高挂在书店的大厅里，有抱鱼童子的，有丹凤朝阳的，有牡丹花卉的，顾客看中哪一幅，只需记下年画编号，就可以去柜台付款取画。我最喜欢古装仕女，像王叔晖彩绘《西厢记》，刘旦宅工笔《湘云醉酒》，我都曾经买过不止一幅。记得当年有个好朋友家挂过一幅越剧红楼梦《宝黛初会》的剧照年画，我没有买到，那段时间天天都要跑她家去看几眼，直到过罢春节，她终于"善心"发现，把那幅画揭下来送给了我。

过"年"同样也是怀念故去亲人的日子。我的老家安徽距离

- 归去来兮 -

内蒙古很远,在我小的时候,爷爷奶奶就去世了,每逢除夕年夜,父亲会预备上烧纸,吃饭之前,也要斟满一杯酒先洒在门外的雪地上,希望南下的冬风可以把我们心里的思念遥遥送上。

快乐的日子总是过得特别快。从初一到十五,也就是一眨眼的工夫。老人们都说:正月十五以内都是"年",言外之意,出了十五,一切生活就该步入正轨。父母们早就开始了工作,孩子们也得一天比一天收心,开始面对书包里那厚厚的一沓寒假作业。

如今,我早已从边疆小镇迁到皖北新城。然而,每逢春节临近,我依然会有种发自内心的期待。现在的春联再也不用父亲铺开红纸去一个字一个字地写,都是印制好的,甚至不用去街面购买,银行商场社区就会送上门来;菜市场、超市大年初一都正常营业,货架上成千上万种新鲜的年货,竟然也会让人有种无所适从的恍惚感;年夜饭若是不想亲自下厨,打个电话就会有成套的美食送到家里;城市里新华书店大楼越起越高,可那些带给我童年、少年快乐时光的年画,再也觅不到踪影;就连曾经让千家万户准时守候的春节联欢晚会也沦为除夕夜晚家家户户吃饭聊天打麻将的背景音乐。我在朋友圈里看到,遥远的草原小镇上新鲜蔬菜一点也不比我们这里少,我们的生活已经变得越来越简单便捷。

流逝的岁月并没有让回忆变得模糊,那缕悠长的味道,有点像《牡丹亭》里柳梦梅念念不忘的惆怅:"只为你如花美眷,似水流年!"岁月虽然让白发攀上我们的鬓角,让皱纹在眉梢眼角丝丝呈现,可对于那些三四十年前曾经过的"年",怀念还是愈来愈沉甸甸:我怀念那纷纷扬扬大雪映衬下的除夕,家家户户在温暖的团圆宴上聊着一年来的收获和新一年的打算，再没人一边吃着饭菜一边抱着手机刷，那种人在心不在的氛围与团圆的氛围是多么违和；怀念那些初一的清晨，在爆竹声声中舒适地醒来，推开大门，满大街都是新衣靓服的普通人家，每个人见面都要互相致礼，道声"过年好"，再没人觉得寂寞无聊，心生不悦；怀念帮着母亲在除夕前夜，用红砖把家里地面的每个角落都擦得喜气洋洋，虽然累得自己汗水淋淋，却充满了欣慰；怀念一群孩子结伴，奔跑在左邻右舍，给叔叔阿姨拜年，接受他们馈赠的各色糖果，积攒在自己的专属抽屉里，一直可以享用到正月十五之后，这期间每次打开抽屉，简直就是一种对财富的检视；怀念除夕那个不熄灯的夜晚，母亲在临睡之前，会把客厅里最小的一盏暖色夜灯打开，我睁着睡意蒙眬的双眼，看着家里的每一张桌子、每一把椅子，摆着花盆的窗台，卧着猫咪的灶台，每一个角落都似乎蒙上了一层喜悦的颜色！

雨季，不再来

  2015年7月底，我在离开内蒙古二十七年之后重返草原，当车从灰腾梁一路向北驶出，前方渐渐已经可以看得到锡林浩特城市边际线的时候，我的心跳都不自觉地加速起来。

  重逢的草原，阳光依旧是那么透彻明媚，微风拂在耳畔，似乎都回响着同样一个声音：回来了，回来了！

  路过蒙中学大门，过去简陋的灰色铁栅栏已经为色彩缤纷的气派楼宇所取代，院里的教学楼也似乎个个都宽阔高大起来。我突然忆起，1988年高考之后的那个清晨，也是这样微风拂面，我就是从这个大门里跑出来，去车站广场赶回宝昌的大巴车。我的大妈，那天陪着我早起，一路紧走送我到了这个门口。

  临走开的时候，我低下头亲了亲大妈温暖的脸颊，听着大妈在耳边嘱咐着我："有时间再回来看看大妈呀！"

  不承想啊！这一别竟然就是漫长的二十七年。

  大妈似乎从来不去车站送人，她说过，最怕的就是这种分别的场合，心里的那股子难受劲会好几天都缓不过来，可我两次独自从锡林浩特返家，她都要坚持送我到学校门口，总是想多牵着我的手走一段路，尽可能多看上我几眼，每次等我走出去好远再回头，都会看到她的身影还在那里张望着。

　　大妈，是从我记事开始就这样喊她，我的父母和身边的很多亲戚也都跟着我和姐姐这样称呼，似乎是略带些客气，可我感觉到更多的是亲切。大妈从我满月起一直到我4岁多离开锡林浩特，一直是我的专职"保姆"，后期有一段时间，因为父母工作调动原因，我就干脆住在她家里，比她的几个子女还"腻歪"她，她的大孙子雁翔比我小不了两岁，我们一起玩的时候，我没少欺负人家，大嫂也不敢"惹"我，只有私下里悄悄说好话："兵兵，雁翔还得喊你小叔叔呢，你不要再打他哦！"还有一次，一位邻居阿姨开玩笑说我是没人要的孩子，是大妈拾来的"野孩子"，我怒火中烧，迅捷地从厨房舀来一瓢凉水直接泼到她身上。年龄虽小，但我丝毫不能容忍哪个人对我两位亲爱的母亲做任何"诽谤"。

　　不是亲妈的大妈，在我心里跟亲妈没什么两样。

　　大妈和我母亲都属猴，她比我母亲大一轮，算一下，今年老人家虚岁应该九十高寿了。

　　大妈和我母亲都是河北人，既是邻居又是老乡，而且都姓张，自打相识就比别的人更多了几分亲切。母亲生姐姐的时候，自己娘家婆家都离得"八百丈远"，顾及不了，大妈自己有四个儿子两个闺女，带孩子经验自然不用说，在母亲最需要的时候伸手帮了很多忙。姐姐满月那天按照河北的习俗要"挪窝"，大妈一早就把姐姐抱去了自己家里，到晚上才送回来。到现在说起大妈，母亲心里都是满满的感激。

　　等有了我，正赶上1971年前后各行各业"巨"忙无比，父母白天上班忙业务，晚上集中学理论，我没人照看，母亲就只好

- 归去来兮 -

把我绑在床上。有一次下班回来看到我不知道哭闹了多长时间，浑身鼻涕眼泪，床上还尿了一大片，小人终于折腾累了，挣脱不开束缚，就只好在那个"尿"窝里挂着泪珠睡着了。母亲心疼，更是伤心，抱着我落泪。

大妈过来瞅见，说这样不是办法，冻着摔着都是了不得的事。正巧那个时候，父亲同事有个跟我差不多大的小孩子就是因为不小心被摔了一下，导致脑出血死掉，母亲后怕不已，只有求助大妈。

大妈家子女多，负担重，带孩子的收入比起她出去做工还是要少一些，所以带我到周岁以后，她还是让母亲送我和姐姐去了幼儿园，她自己每天早上天不亮就去锅炉房筛煤球，做过饭就去工地上搬砖做小工，一忙就是一天。大妈累，我也不舒服，天天早上去幼儿园就跟杀我一样痛苦，多少次大妈早上上工前经过我家门口，都能听到我吱哇狼嚎般地闹腾，回家跟董大爷说起来自己也伤心，最后还是董大爷说了话，算了吧，不要出去干活了，还把两个孩子带过来吧，别折腾出病来。

从这时开始，我和姐姐在大妈家就待踏实了。无论春夏秋冬，大妈总会赶在母亲上班之前过来把我们两个接走，等母亲下班进门，就会看到炉火是旺盛的，昨晚换下来的衣服已经洗得干干净净晾在衣架上。那时的晚饭经常是莜面，趁着我和姐姐睡着的空，大妈已经把面鱼鱼搓好了，整整齐齐排在面板上，我和姐姐每年的冬衣也都是大妈利用零零散散的空闲时间一针一线缝补好，这也是我的母亲为什么一直没有学会给小宝宝做棉衣的原因，后来我有了孩子，母亲还感慨道：你们小时候，这些事都是你大妈做好的，没有用我费一点心。

我们全家调动到宝昌以后，大妈再也没有替别人家当过保姆，她自己说，哪个孩子带大了，都像是自己的心头肉，可毕竟还是人家的孩子，长大了人家开开心心领走了，自己想得怪难受。

我们家到了宝昌也一直跟大妈家有联系，有时候冬天里，董大爷还托人带过来冻得邦邦硬的大鱼和羊腿，可见面就很少了，只是在我上初中的一年秋天，大妈回河北老家途经宝昌，到我家住过一宿。放学时候一眼看到大妈，简直就是"晴空霹雳"般的惊喜，抱着大妈连蹦带跳，不想让她走。

那是我第一次吃到河北的醉枣和红薯干，真的很好吃。

大妈十几岁的时候就在河北农村参加过妇救会，不到20岁就加入了中国共产党，和董大爷一起亲身经历过白洋淀老百姓的抗日战争和解放战争。但是她从来不说这些过往的事情，后来跟着董大爷来到锡林浩特蒙中学工作，专注于相夫教子，完完全全成了一个普通家庭妇女，她的这些事情，还是后来办一些社区手续才逐渐为人所知。

1985年中考，我从宝昌考到锡林郭勒盟二中，又回到了出生地锡林浩特。那个年代的学校生活自然清苦，尤其是我们那一届，从高二开始，白面大米都供应不上，一周总会有几顿玉米面发糕，几周下来吃得我鼻子眼睛都发酸，更加盼着周末出去改善伙食。当时，锡林浩特市里还有舅舅一家，我可以去蹭饭，母亲也一再说让我多去走动，可我心里还是惦记着去大妈家，很多次从学校出来时暗下决心，等到十字路口时候看看，如果是绿灯直行就去舅舅家，如果是绿灯西拐就去大妈家，可基本上每次到了路口，都会对红绿灯指示给予自己满意的解读，头也不回地一路奔向大妈家。

那段时间，周六下午大妈都会去社区开党员会，我就蹲守在蒙中学门口等着，大妈也知道我会来，散会就去买一袋那个时候刚流行过来的五香味小瓜子，远远看到我就冲我摆手，走过来就递给我，我们娘两个一边絮絮叨叨一周的各种事，一边嗑着瓜子回家做饭。大妈知道我喜欢吃米饭，家里总会留些大米等我来时焖饭，厨房烧的是个大锅台，我会蹲在前面呼呼地拉着风箱，看大妈一边哼着河北小调，一边洗菜切菜，那些年的记忆里，在大妈身边感受到的永远都是快乐和温暖。

锡林浩特的变化非常大，大妈家已经从原来的平房搬进了蒙中学教师职工楼房，在一楼的窗户下面，董大爷种的樱桃都结了果子，西红柿和黄瓜开花的开花，攀藤的攀藤，各有各的忙碌。当我站到大妈面前的时候，竟然没认出来老人家，可她一说话，那熟悉的声音就差点让我激动地落下眼泪来。

听哥哥姐姐说起来，这几年里，大妈经历过几次重病，身体已经大不如前，待她明白是我来了，眼睛里瞬间绽放出光芒，伸手拉住我，笑得合不拢嘴，大声说着："娘来，是兵兵啊！你吃饭了吗，锅里还有米饭呢，哎哟哟，大妈老喽，不能再给你做饭喽！"

大妈的头发都花白了，但依旧梳理得整整齐齐，眼睛耳朵都不太好，但是精神很棒，那个下午我一直偎着她，她就不识闲地拎过来一串葡萄给我，捧一把瓜子给我，端一杯酸奶给我，一遍又一遍告诉我，冰箱里有什么什么美味。恍惚间，时光仿佛倒流，我又是那个任性黏人的小娃子，大妈又回到她最健康的状态。

我的大妈，转眼一别又是六年，逢年过节曾通过几次电话，但老人家的听力衰减得厉害，每次说不了几句话，都会引起她深深的伤感。我也同样，这些年里好几次梦到过大妈，离得很近，她还是梳着整整齐齐的短发，走起路来稳稳当当，甚至还有一次是迎到她刚筛煤球回来，一手拎着桶，一手扶着把铁筛子顶在头上，肩膀上还搭着一条毛巾，清清楚楚地看到她开心的笑容——我的印象中，大妈无论什么时候，遇到任何事情，始终都是微笑面对。醒来的时候，我都不想睁开眼，真的希望能够在这样幸福的梦里再多停留一小会儿，好好重温一下那些已经永远逝去，寄托着我们这代人多少青春和梦想的雨季呀！

追忆如烟影事

千禧年跨年夜,我是在上海。那时候的浦东远不及如今的时尚繁华,就连世纪公园也就只是刚刚有些形状。听了朋友的建议,我们来到据说是当时上海最热闹的地方——浦东第一八佰伴百货商场,那的确是我曾见过的最大最时髦的一家"百货大楼",琳琅满目的世界各地货品和富丽堂皇的异域装饰风格令人眼花缭乱。当我乘坐扶梯向上去的时候,刚巧迎面下来两位女士,其中一位鬓发如银,肤色甚好,一眼望去很是眼熟,再仔细一看,竟然是大明星秦怡。

那是 1999 年底的事,秦怡已经是近八旬的老人,但是气色和体态保持得非常好,化着淡妆,戴着一副细边茶色镜,轻声细语地跟身边的朋友交流着什么,扶梯交错之际,我鼓足勇气问候:"秦怡老师,新年好!"

秦怡微微有些诧异,但很快就流露出笑容,冲我点点头:"新年好!"

她的声音依旧是那么醇美,就跟我们以往在电影里听到的一模一样。

这一晃就是二十多年,前几天早上刚打开手机,便看到了秦怡在上海去世的消息。从 2018 年 94 岁的王丹凤去世，到 2020 年 99 岁的于蓝去世，今天百岁高龄的秦怡也与影坛告别，仅仅几年之间，属于他们的那个黄金时代真的就永远成了历史。

作为 20 世纪新中国首批评选出来的二十二大明星之一，秦怡无论从表演风格和从艺历程上都是非常具有代表性的。她 1922 年出生于上海，中学时代就参加过话剧实践，抗日战争期间，秦怡来到武汉从事抗日宣传活动，1939 年她 17 岁的时候就出演了个人第一部电影《好丈夫》，直到 2021 年，99 岁高龄的秦怡参演了个人第 48 部电影《演员》，艺术之路长达八十二年。

在陈凯歌的《妖猫传》里，秦怡客串了一位白头宫女，那种闲闲散散，轻松自然的表演，其实已经不见了她青年时代的万种风情，却极佳地演绎出"白头宫女在，闲坐说玄宗"的历史氛围。这部只"好"了一半的电影，因为有了秦怡，自然会在电影表演史上留下特殊的印记，毕竟，那一年，秦怡已经 95 岁了。

回想我们那一代人的青春，最"奢侈"的娱乐就是看电影，都会把看上一部好电影当成重要的事。1988 年春天，《红高粱》在柏林电影节拿下金熊奖，学校组织我们去观影，正片开始之前，当红彤彤的银幕背景之上那尊金灿灿的金熊奖杯出现的时候，全场自发地掌声雷动，每个人似乎都振奋了起来，张艺谋和巩俐从此成为中国电影几十年来最佳的代表之一。

这里要说的是一件让我与电影有过亲密接触的往事：高一下半学期，我们班级曾集体参加过一部电影的拍摄。

那是 1985 年内蒙古电影制片厂和北京电影学院青年电影制片厂联合投资三百万元拍摄的历史故事片《成吉思汗》，原计划拍出四部比肩意大利巨作《马可·波罗》的中国版大片，因为种种原因，最终只完成了前两部的制作，略有遗憾，但是无论其投资还是当时的制片规模，都是中国电影史上数得着的"大片"。影片的拍摄地就在锡林郭勒草原，据说影片拍摄的外景地在那段时间里天天都是人山人海，快赶上草原里一个中等集市的规模。

我们高一班级五十多个同学，在一个周末接到通知要去《成吉思汗》拍摄地配合拍摄，而且每人好像还有十元钱的劳务费。班主任说，正好可以作为下学期的班费，对于从来没有接近过电影制作现场的学生们来说，这个消息无疑是"爆炸"性的喜讯。

那天一大早，我们一群学生像叽叽喳喳的燕子一样，6点多就集体坐车出发，路上走了有一个多小时，到达拍摄地的时候，太阳已升得老高。班主任老师把我们交给剧组一个年轻的姑娘，她领着我们来到外围一间临时搭建的蒙古包后面，从里面拎出一袋又一袋的服装，按照每个同学的身高体态分发给我们一人一件袍子，因为是做背景演员，也不需要化妆。我们既新奇又激动，嘻嘻哈哈地穿好衣服，跟在她后面直接进到拍摄点，这时，里面已经聚拢了很多人，群众演员们都穿戴好了颜色各异的蒙古族服饰，剧组的工作人员都在忙忙碌碌，摆设备，拉线子，布置边边角角，我们又等了将近一个小时，被太阳晒得都没了精神，才有一个壮汉过来举着大喇叭招呼我们，说是要开拍了。

按照"大喇叭"的要求，我们三五成群，先在原地站好，等他一声令下："走！"我们就开始缓缓向着摄像机的方向走动，这一个动作来来回回拍了三遍，然后，摄像机"骑"在一个布置好的轨道上，由几个人又拖又拉转移到我们这群人后边，接下来就是拍我们走着走着集体回头，这一个镜头拍的时间更长，主要是老有人反应不是快就是慢，"大喇叭"后来都急了，一遍一遍嚷：

"注意力集中点,拍不完就不吃饭哦!"

果然,压力之下,大伙齐心合力一遍而过。

中午吃饭发的是面包,那时候也没有矿泉水和牛奶,渴了就去接剧组备好的水桶里的温水。我去接水的时候,正好那个带我们进来的姑娘也在,她转眼看看我,跟旁边的一位大叔说:"这个小孩不错,下午可以用上吧!"

那位大叔瞅了瞅我,点点头。

我也不知道要做什么事,只是跟着这个姑娘进到旁边的蒙古包里,里面已经有一个男孩子坐在那里化妆,我坐在旁边的一个简易凳子上等了一会儿,过来了另外一个年轻女孩,打量打量我,说:"够白了,不用化,打点底油就可以了,再粘几个小辫子!"

等我跟那个化好妆的同学一起从蒙古包出来的时候,就都变成梳了一脑袋蒙古小辫子的娃子。

下午要拍摄的镜头后来我还真在电影里看到了。

群众演员开始走位的时候,开来一辆中巴车,从车里下来的竟然是一直以来只能在大银幕上看到的蒙古族演员斯琴高娃。

斯琴高娃自1979年主演《归心似箭》崭露头角,1982凭借《骆驼祥子》中的虎妞一角连夺金鸡、百花双奖,迅速成为跟刘晓庆、潘虹等齐名的一线明星。在《成吉思汗》这部历史大片中,她饰演铁木真的母亲诃额仑,下午的这场戏,正是诃额仑训诫几个闹矛盾的儿子,只见她端正地坐在一辆打草车边缘,冲着站在面前的三个儿子说着台词,神色威严且庄重,我们来来往往在周边嬉戏打闹,也听不清她说的是什么,当时都是后期配音,并不在意环境的嘈杂。

-归去来兮-

这个镜头准备了很久，真的拍起来也就十几分钟，那边一停机器，斯琴高娃就放松了很多，跟身边的人有说有笑起来，等接送她的车子开过来，她站起身准备上车，正好看到我们几个抹着一脸油彩的孩子，就走过来笑问："你们里面有蒙古族小孩吗？"我们几个你推我我推他地互相看着，还真的没有一个是真正的蒙古族小孩。斯琴高娃看上去似乎有点失望，然后对身边的人说："扮得还真像！"

拍摄结束返程的时候，天都快黑了，同学们并不觉得疲惫，反而有些意犹未尽之感，我除了这点感受，还比他们多了一个"痛"点，原来头上粘的那几根小辫子也不知道剧组用的什么厉害胶水，自己根本撕不下来，只有回到家，用剪刀贴着发根剪下来，可粘胶水的头皮位置一天下来已经又红又痒，生生多受了几天罪。

1986年夏天，《成吉思汗》在全国上映，我赶紧跑去看了一场，其目的就是想看看大银幕上能不能找到自己的影子，结果是又惊又喜。惊的是，当日我们参加拍摄的第一个镜头，搞了四个多小时，竟然连一秒钟也没有；喜的是，在一个长镜头从左向右缓缓扫过的时候，我跟那个一起化妆的男孩子，还真的出现了几秒钟。一瞬间，我穿的那件橘黄色蒙古袍和一边跑一边晃悠的小辫子似乎在整个银幕上发出了绚烂的光彩，至于其他的就不用多表述了，那种激动的心情完美地保持了好多天，至今记忆犹新。

成年以后，自己看电影的时间也少了，但是对电影的关心关注还依旧在，1988年，我们举家南迁，千里迢迢，致使很多少年时积存下来的藏物都没有带回来，但是有四册剪贴却一直跟在我身边，有两本明星的剧照剪贴，还有两本就是1987版《红楼梦》的剧照剪贴。二十多年过去，用来剪贴的纸张都发黄变脆，每每翻阅过来，真的会有种时光缓缓倒流的感觉。人的一生匆匆忙忙，很多经历过的往事都会在不经意中湮没在时光的漫步中，但那些关于青春的回忆，永远都会是我们心底最美好、最珍贵和最闪光的部分！

家车记事

儿子从上班开始就闹着要买一辆新能源车。他的"小九九"我很清楚，不过就是想省点自己口袋里的钱，毕竟有了工作，再继续啃老，于情于理都有些难为情。

家里原来有的两台车，其中一台一直都是他在用。很长一段时间里，车子免费用，加油还得依靠"亲情赞助"。这年头，年轻小伙子社交多，三天两头加满油开出去，又过个三天五天，车子"饿"得加油线都到了最底下一毫毫，才静悄悄送回来。接下来，就是看他表演如何算计让我们其中之一为他掏钱加油的"戏码"，也有几回，他在我们这里碰了壁，然后就会扮出小乖乖的模样去到爷爷奶奶身边，三言两语美言，加油的事情就迎刃而解。

可这"化缘"加油的事，毕竟不能是常事，所以在他多次鼓动之下，他妈咪终于还是动了心，娘两个都没跟我仔细商量，直到某一天通知我付款，我才知道他们已经把订单下了。

现在的新能源汽车市场还是蛮紧俏，我们的车款付了两个月，现车才提来，我当然是多一事不如少一事的态度，只要不让我跟着麻烦，掏几个钱就掏几个钱吧。

在电车接来之前有大半年的时间，汽油价格呼啦啦上涨得厉害，原来加上两百块钱的油，如果只是上下班，最长能跑半个月，渐渐地缩短到十天，然后就在一周之内晃荡。每次为了加油跟儿子理论，他都一脸的不服和委屈，反复强调："没有乱跑，就是油涨价的缘故。"新能源车接来之后，这种情况真的改变了，三个月一晃过去，他真的一次没来缠着我们要加油钱。

说到这儿，我应该补上一句：本人不会开车，也的确不知道这油耗的问题，更不用说这电耗。大致在百度上搜过，知道发展新能源电车是国家的新兴战略，从另一个角度看，更是世界汽车行业的发展趋势，这不几天前还看到说德国奔驰准备在美国建新厂，全部用来生产电动车，而中国的新能源车出口量已经在2022年跃居世界第二。

可同时我也看到不少评论，新能源车好是好，趋势也是对的，可带来的市场服务方面的问题也非常明显，不是有过一个笑话吗？从上海去北京的两拨人，一波加油的车顺顺当当抵达北京，联系另外一拨驾驶新能源车的伙计，对方说：我还在济南服务区充电呢！路途遥远，一半用来赶路，一半用来充电。

好在儿子上班的地方附近就有充电桩，再也不用我们跟他为加油的事叨叨。

直到10月份最后一个周末。

儿子提出，因为两个同事一个订婚一个结婚，且结婚的那个同事家住在比较远的矿区，所以他要开两天家里的那台汽车，让我们尝试尝试电车。

傍晚，儿子把车开回来换，临走的时候告诉我们车快没电了，如果附近能充电，就让我们抽空去充些电。

我对这些事真的没什么概念，问爱人："你去充过吗？"

她说："没有，这车接回来，我都没摸过！但充电应该没什么难的吧！"

吃过晚饭，快 8 点的时候，我们一起出来，准备回矿上父母家。先从高德地图上搜充电桩，整个市区中心地带几乎是空白，最近的地方也有四公里，但是显示没有空位，离矿区顺路的有三个地方，比较熟悉的是吾悦广场地下停车场，我不久前跟同事去停车的时候，曾经看到过那个充电桩，而且此时显示尚有三个充电车位。

我们一路驱车，很是顺利到达吾悦广场，进停车场的时候，还专门问了一下管理员充电桩的位置。

这天因为是周末，停车场的车比较多，但是找到充电桩也没费多少时间，因为地面上清晰标记着充电车位。所以我们很快就找到一个位子，这个时候才发现，车子后面两侧各有一个充电接口，那么该用哪一个呢？

赶紧打电话问儿子，这才弄明白——这电车充电原来分两种，我们停的地方，充电桩像个过去街头的投币电话，充电线跟粗电缆线类似的是"慢充"，想要充满一台车没有五六个小时是不行；而在停车场里面有四个"快充"桩，充满一台车大约一个小时。

我们两个赶紧找，停车场越往里面车停得越满，好不容易在靠近北出口的地方，找到了快充桩，赶紧把车停过去，那个充电线有成年人胳膊粗，可让我们费了半天劲才接到车身左边的充电口上，听到咔嗒一声，觉得应该是成功了一半吧，总算是松了一口气。

接下来，按照提示步骤，先扫描充电桩上的充电二维码，打开国电小程序，点击充电，然后就开始让我头大，小程序先是提示余额不足，这一点告诉我充电是需要先预付款，赶紧微信充值，可那个充值页面总是显示无法操作，好容易重新登录充进去20元，唰地又跳回了操作第一步，我们两个合力拔下充电头，把车头换了一个方向再次用另外一根充电线接通，充电桩显示屏是显示接通了电源，但随即提示我"请稍候"，手机充电页面上出现一个黄颜色的小圆圈，一道白色的曲线开始慢慢绕着旋转，我理解那意思是旋转一圈就开始运行充电了吧，可谁知道一圈下来，咔嗒一声显示灯又开始跳动原始的绿颜色，我的手机也迅速提示："您的20元资金已冻结！"

这是什么"鬼"？

我们换了一部手机再试，情况一模一样，我赶紧打客服电话咨询，对方的回答礼貌而且亲切："对不起，我们这里系统显示正常，请您再换一台手机操作，冻结的资金会在24小时内解冻，并且返还您的账户！"

我们大眼瞪小眼，无计可施。

这时候，停车场开来另外一辆车充电，下来一个小伙子也是来充电的，我们看着他一步一步操作，都跟我们刚才相同步骤，但是他的充电桩显示几秒钟预备之后就开始运行。

这个小伙子非常热心，听闻我们的窘境，便走过来替我们操作，结果很意外，竟然也是被冻结了20元，难道是充电桩的问题？我们三个人都不死心，于是，这小伙子把自己正在充电的车开过来，用我们这边的充电桩试试，这下终于搞明白，我们鼓捣了个把小时的充电桩原来是个有问题的，根本就不工作。

谢过人家,我们只有听儿子的话,到距离吾悦广场 1000 米外的建投停车场去,他说自己充电一般都去那里。

地方是不远,绕过一座立交桥,就在桥底下,这个时候是晚上 9 点,停车场已经都不收费了。一排充电桩很显眼,就在一进门的西侧,但是很奇怪都被一道隔离桩围着,我疑惑:"这充电桩下班了吗?"

爱人不信,她说:"怎么可能,这跟加油站一样,应该是 24 小时营业!"

好吧,你说 24 小时就 24 小时吧,我先下车把隔离桩挪开一个位置,她把车停好,仔细看一下充电桩显示屏,所有指示灯都亮着,似乎很正常。

这回的操作比上回的简单,直接就跳转到充电选择页面,但是无论你怎么选择,提示页都出现:请检查充电线。

里里外外连个问的人都没有,瞎鼓捣了半天,我才在二维码页面的下方看到有一则提示,六个充电桩当前的状态:正在检修!

现在明白了那一圈隔离桩的意思,我们误打误撞,耽误时间却又长了见识,原来,每个隔离桩的状态,只要扫了二维码就是可以清楚看到的。

不充上电绝对不死心哪!

我们第三站是在回家路上的朝阳医院停车场,那里显示有两个快充位置,而且状态正常。

一路上,我们两个人都不吭声,我心里嘀咕:"这个再充不上,该怎么搞?看爱人的状态,这要是充不上电,她一夜都睡不好!"

9点40分，我们进到停车场，黑灯瞎火的全凭着感觉在门诊楼东侧找到了寄托着我重重希望的三个充电桩。

　　这先后三站的充电扫描都不一样，我们来的这第三个地方，反而最简单，两次调试之后，就显示充电器已经接通，再选择充电金额，确定之后，只是三五秒，充电红灯就喜洋洋地亮了起来，而且我可以随时就从手机页面上看到充电进程，眼看着那一格一格逐渐由红变绿的充电指示格，身心顿感松弛之余，还真有了那么点有志者事竟成的荣耀。

锦书来

不承想，今年的酷热说褪竟然褪得这样快。

周末一场连绵秋雨，周边顿时就显得萧瑟起来。午后闲暇，凉凉爽爽的，人也有了心情和气力去把积累了一个夏季的书房杂物收拾收拾。该归类的书一本一册放回架子上，该清理的边角字片细细分辨之后，一片一张扔进垃圾袋等候最后清理，这些事都成了近两年固有的程序，仿佛时光若流水，转到了一处山坳就自然而然要回旋几下，瞭几眼来路，然后再继续悠悠然行进。

随手翻开一册《漱玉词》，册页中飘落出几页信笺，折叠得整整齐齐，也恰巧看到了展开书页中录下的这首词："轻解罗裳，独上兰舟。云中谁寄锦书来？雁字回时，月满西楼。花自飘零水自流。一种相思，两处闲愁。此情无计可消除。才下眉头，却上心头。"

这简短词义虽冲淡，但造境却温雅，一读之下，竟然颇有些恍惚，原来时光荏苒，收到这封信的时间竟然是那么久远。

上小学的时候，我就开始写信。那个时候写信这件事是一宗必须要完成的"亲情"任务，非常有仪式感，一年中总归会被父亲安排两回：一次是中秋，另一次是春节。往往都是周末夜间，一盏明亮的台灯下,信纸摆好,正襟危坐,父亲要把需要通信的名单列出来,大爷、姑姑、叔叔,等等,每家一封,每封至少要写一页纸,大约三百字,接下来就是我"表演"搜肠刮肚尽情问候的时候了,肯定要先汇报成绩,期中考了多少分,期末又是多少,有没有进步,得没得奖励,一箩筐的"喜讯"之后,就是节日问候,但凡能想起来的亲人都要点到,主收阅人要单独"请安",次收阅人及其他就得"郑重"委托代为问候。

一封信下来,积攒在头脑里的词汇也都用得差不多了。接下来就要发挥编辑和组合能力,把头一封写好的信通过不同的段落拆分,换个称谓抬头,复制出需要发出的份数,落款签名,完成任务,嘴上不说,心里烦死。

这种生活"小插曲"似乎是到了初中毕业就终了,从那时候起,写信就好像游戏升级一样,渐渐地成了一种带着希望和期待的生活调剂,我至今存有的二百多封信笺,多数都是这个阶段保留下来的。

至今都记得,生平收到的第一封纯粹意义上的通信,是1985年的秋天,父亲借出差之际,远赴湖南常德看望学校退休的老教师时候给我带回来的。这位陈老先生的小女儿是我的小学同学,小学毕业的时候,他们一家五口从内蒙古回到了湖南老家。父亲返程时候,陈老先生委托父亲带了一只巴西龟送我,他的女儿,我的老同学亲笔给我写了一封信。这封信我一直留存至今,可那只小乌龟半途就跑掉,不知所终。

这第一封朋友来信对我来说意义非凡,都不知道来来回回看了多少遍,真是有一点启蒙的意味——原来信还可以这样写,不用汇报成绩,不用牵牵扯扯问候二百多字,就是说自己喜欢什

- 归去来兮 -

161

么，近来又得了什么，去哪儿玩了一些什么游戏，拉拉杂杂，读起来却一点也不厌烦。

我很快就回复了，回复的时候也是翻着她的来信，学着她的文字风格，甚至于这种风格学着学着就一直就延续到了现在。我们从 1985 年开始，不间断地通信到 2015 年前后，之后，因为有了微信，聊天闲话再也不限于信笺，不知不觉写信这种联系方式就淡化了。然而回想一下，却不由得感慨，四十年不曾见面的两个人就靠着一个月一到两封信件交流，在 2021 年相见的时候，彼此之间竟然一点都不陌生，四十二年的间疏，千百里的距离，就是依靠中国文字的魅力保存下来双方的信任与温暖。

1988 年，我考到包头师专。那个时候，学校的业余生活非常单调，除了周末有个"食堂"舞会比较自由自在，其余的各类学生会社团团建，光看宣传栏五花八门，真的去参与一下，就觉得枯燥死板。我曾经去合唱团练了几次，那种约束和教条感很快就让我远遁。20 世纪 80 年代末期包头的冬天还是一片的空旷和寂寥，干冷的北风吹得人从宿舍到教学楼都要拿出冲刺的速度和体力，唯一能让寂寞增添出色彩的就是期待在每天的傍晚邮递员来到之后，可以收到几封朋友的来信。

给我们班级分送信件的是上届留校的一个漂亮的师姐，没多久她就知道了我，问我："你咋这么多信哪？"

我开玩笑："朋友多呀！"

再过一阵子，她又找我，把历史系的报箱钥匙给我，对我说："你的信太多了，以后干脆你去拿报纸信件吧，正好也认识认识系里面的辅导员和同学！"

我求之不得，拿了钥匙在周末也能去开报箱，省得那天心心念念，无所事事。

在包头的那一个学期里，我几乎每天中午都要到教室里写信，安安静静的环境让我可以从容地组织语言，谈天说地，有一种现如今网聊的感觉，甚至很多和朋友在一起面聊都聊不到的话题都可以在笔下任性舒展，那真是一段快乐的独处时光。

当然，信写多了也偶尔会闹出一些笑话，我就有一次在封信封的时候，也不知道哪里走了神，竟然把给宝昌朋友的信封到了寄往锡林浩特朋友的信封里，他们两个人收到之后自然是同等地诧异，纷纷来信问我怎么对他们的称呼都变了，谈的一些话题也似是而非的，我一开始还是莫名其妙，发现错误之后又是啼笑皆非。那次一共写了五封信，好在没有出现连环误，仅仅让他们两位实现了"完美"的交错。

1989年，因为父母工作调动，我从包头师专转学到宿州师专，那些天南地北的信函又开始转移到这边，开学没几天，同学之间就开始传闻，历史专业新来的同学是个天天有"情书"的"小王子"，可很快人们又都纳闷，那些一天几封的"情书"明明不是一个人的字迹，这到底是怎么回事？对他们来讲，独来独往的我简直就是一个谜。

在宿州的时候，我曾结交过一个很要好的朋友。我们都喜欢写作，都觉得写信是锻炼文字和抒发情感的最佳方式，我们曾经有过一段时间，经常是一封信接着一封信地互相写，写风景、写诗歌、写人际，还写过"连载"小说，冬去春来，我在信里夹送去几片玉兰花瓣，收到的则是包头师专校园里蜡梅的芳香。与现在相比，彼时的中国邮政平邮还真的是非常踏实，我们从来没有什么挂号或者快递，但是来来往往的信件也从来没有过丢失或延

―― 归去来兮 ――

误,那真的是我至今最快乐的一段回忆。

毕业之后,在等待分配期间,我有过一个漫长的假期,我做的最有意义的一件事,就是静下心来把几年来的信件一一分类整理,编辑成册,有厚厚的十大本,父亲看到了,还饶有兴致给我题写了册签——飞鸿集。

这十册《飞鸿集》已经随着我在各种工作岗位来来往往三十年,退休的时候,装着这些信件的文件盒也是我从办公室带走的唯一一件东西。如今,无论什么时候,只要瞥见它们安安静静叠放在我的书橱里,那种青春明媚的气息和往事快慰的感受就会像山涧流水一样清清澈澈地涌过心头。

寂寞，让她如此美丽

蹴罢秋千，起来慵整纤纤手。露浓花瘦，薄汗轻衣透。
见客入来，袜刬金钗溜。和羞走，倚门回首，却把青梅嗅。

——李清照《点绛唇·蹴罢秋千》

那应该是一个春日的清晨。点点青梅刚刚挂上树梢，花蕊还没有落尽，满园枝头的各色花儿才刚刚绽放出一点点春的颜色，而沉积了一夜的露水在映衬着和煦温暖的阳光同时，也关照着那个正在秋千架上嬉戏的少女。随着秋千的上下翻飞，少女轻袭的一款薄薄纱衣，也随着身姿翩然舞动，飘逸得像云端里漫步的仙女。

这真是春色满园关不住的美好时光啊！

李清照写下这首《点绛唇》的时候，大约只有 17 岁。那一年，正是北宋国泰民安的最佳"季节"。父亲礼部员外郎李格非刚刚同意了当朝宰相赵挺之为其公子赵明诚的求婚，赵家选择了这个春暖花开的良辰吉日让明诚到准新娘家下定。

这背后原本还有段"传奇"故事：赵明诚早就读过李清照的

词作，心中本已赞赏，巧的是，那年元宵节之夜，赵明诚在相国寺赏花灯时，恰逢李清照与兄长李迥。明诚与李迥是旧相识，万花繁茂的灯影之下，李清照的脱俗容颜倾倒了多才的少年郎。

明诚回去后，悄悄写了一幅字谜放在父亲赵挺之的书案之上。赵挺之初看到"言与司合，安上已脱，芝芙草拔"时不明就里，还以为这是儿子从庙会上看来的字谜，待他细细体会思忖了三天三夜，才终于恍然大悟：言与司合，乃"词"字也；安上已脱，乃"女"字也；芝芙去头，乃"之夫"二字也，合在一起就是"词女之夫"，原来儿子是在委婉地提出要娶一位女词人。

花一般明媚的清照，早就知道未来的夫君年纪轻轻，却已然是东京府名声斐然的金石学家，对自己婚后的生活充满了憧憬。此刻，她正步下秋千，整理衣衫，舒缓气息，微微汗意伴着徐徐春风，令人有种青春真的很迷人的遐想。

乍然之间，少女瞥见回廊那边，父亲正陪着一位神情清俊的青年走了进来。她当然知道那是谁，却羞涩于面对，急匆匆慌张张回避起来，竟忘记把刚才脱下来放在秋千架旁边的绣鞋穿上。这种娇羞可爱，就连挂满青梅的枝条都开起了她的玩笑，伸出"手"，把她鬓边的金钗刮落下来。

月亮门这边，少女欲走还休，又迟疑起来，刚才那匆匆的张望，的确没有看清楚心里最想看清的来人，羞涩和新奇交织之下，于是有了这一幕：她若无其事地倚在门口，手持一枝青梅在深嗅，可那眼神却是回首而望。

"和羞走"，画面是少女的娇羞。

"倚门回首"，添加了一点小聪明在内里。

"却把青梅嗅",活脱脱就是少女对美丽爱情的期待。

人生最难忘的恐怕就是初见的那份倾心。余生的种种回味与珍重,说到底为的都是那场缘分。

这首词洋溢出来的幸福和快乐,像极了李清照的前半生。诵读这个阶段的易安词,那感觉就如同盛夏炎炎之时,饮下了一盏冰镇的青梅酒,心情顿时为之一爽,梅的清酸、清凉与清香,会长久在唇齿间氤氲回萦。

18岁的时候,李清照顺利嫁给了赵明诚,一对才子佳人心心相印、朝夕相伴,不是泛舟双溪,就是诗文唱和。俩人常在茶余饭后,相互指着满屋的书籍与文物,想尽一些"刁钻"的"考题"来"征询"对方,答对的一方有选择下一次茶饮的方式。

之后数年,赵明诚在外域为官,夫妻双方诗书来往更加频繁。李清照曾寄去一首《醉花阴》,表达了对丈夫久别的思念:

薄雾浓云愁永昼,瑞脑销金兽。佳节又重阳,玉枕纱厨,半夜凉初透。

东篱把酒黄昏后,有暗香盈袖。莫道不销魂,帘卷西风,人比黄花瘦。

赵明诚读后赞叹不已,既佩服妻子的"词力",又不太甘心长居下风,于是闭门谢客,废寝忘食写出各种题材的五十首词。他把李清照寄来的这首词也混在其间,然后请来好友陆德夫评鉴。陆德夫仔细阅读品味之后说:"有三句最佳!"赵明诚忙问是哪三句,陆德夫道:"莫道不销魂,帘卷西风,人比黄花瘦。"

— 归去来兮 —

分居相思虽然是寂寞的，但这也是李清照一生中最幸福最安宁最值得回味的日子。

公元1127年，靖康之变，北宋灭亡。李清照在逃亡的途中，得到赵明诚重病的消息。国破的心痛还没有稍稍平缓，明诚的病故又在女词人流血的心头扎下了新的一刀。

亡国之恨，丧夫之哀，寂寞之苦，都凝集在这首《声声慢》中：

寻寻觅觅，冷冷清清，凄凄惨惨戚戚。乍暖还寒时候，最难将息。三杯两盏淡酒，怎敌他、晚来风急！雁过也，正伤心，却是旧时相识。

满地黄花堆积，憔悴损，如今有谁堪摘？守着窗儿，独自怎生得黑！梧桐更兼细雨，到黄昏、点点滴滴。这次第，怎一个愁字了得！

从此，她的生活中不再会有他的牵挂，而她却永远会惦记着远逝的他。清照的词句虽然依旧美丽，但是那种哀伤与寂寞终究成了词人后半生的主色调。

"时代的一粒灰，落在个人头上，就是一座山。"

没有国家的强大，哪来小家的安康？

生活在和平盛世的我们，有大把的机会徜徉在诗书琴瑟之中，就像白落梅说的那样："倘若是宋朝，我只愿做一个守着柴门篱院的农女。在春暖时节，种几树桃柳，等候赴京赶考的书生，拿自酿的梅子酒，和他们换几卷诗词，醺醺欲醉之间，醉倒在半卷唐诗宋词里!"

  读史使人明智,读诗使人灵秀。而几乎所有的诗词背后都绵延着岁月积郁下来的风尘,当我们可以轻松地展开书卷,感慨那些历史上的美丽与哀愁,就更应该珍惜我们眼前来之不易的生活,不负岁月不负卿!

读书记

读书时红袖添香夜，这其实不过是一种臆想境界吧。寻常里，看书多是一个人的事，旁边真有人一会儿斟茶一会儿打扇，烦也要烦死，哪来的万种风情可谈？

阅读，当然也是一种习惯，往往渐行渐浓，一旦沾染怕就是终身难弃。能读进去文章，更是人生一种修养，眼头心里有许多焦躁的人绝对是与文字有仇的，我倒是极佩服张爱玲的阅读本领，无论什么时候什么文字，拿起来就看下去，哪怕是数理化，哪怕是英法俄，倒也有她自己的解释，说看的都是文与字之间的文法、语法和字句搭构，至于内容倒不在主要，这也是一种功夫，心静如水——水在那里，心却不一定。我就不成，就如看一篇文章，先是题目，再看开篇，几行下来，不知所云的，就只有悻悻然放掉，绝不会执意为难自己，读书本来是件快乐事，何必扰心费神？

总是有这样的问卷：一生中影响你的几本书是什么？你要推荐给他人的是哪几本？往往名士的评点真的会成为一些人的"指路明灯"，我却始终觉得，阅读应该说得上是蛮私人的事，谁也不会把自己心里想的念的喜欢的内容真正公之于众，就像沐浴，你可以摆了很多牌子的浴液在那里，其实大多数时间你也就是沾沾水，一冲而罢。貌似很真诚很私人的推荐，说到底，心底的快乐很多时候是不会分享给陌生人的。

先说起《金瓶梅》，现在公开谈这个话题已经从早先的尴尬过渡到了从容。这套书人民文学出版社2018年新版无删节版据说要一千元左右，且要提供"有关单位"书面证明才能购买。何况这套书真的拿到手，踏踏实实看下去的也没多少人。我读这套书就是开了很多次头，却只有一个结尾。我至今不明白为什么偶有"学者"坚称《红楼梦》来源于《金瓶梅》的说法，甚至捧金至上，仿佛《红楼梦》是抄袭者。谁也不知道曹雪芹有没有看过《金瓶梅》，即使看过，受其影响于市侩描写，但《红楼梦》的文学成就远是《金瓶梅》所不能比拟的，或者有人说，你都不能坚持看完还谈何比较，恰恰是因为"金"没有足够的文学吸引力让我阅读下去，不正说明二者之间对于普通阅读者体验的高低吗——《红楼梦》是高雅的，也是大众化的，随便翻开任何一页，你就可以顺着看下去，这就是魅力。而《金瓶梅》从开头看到结尾，你看不到一个好人，一段快乐的事。阅读《金瓶梅》，就像在垃圾回收站里翻来翻去，体会不到做人最基本的善意。

文学是需要有些希望给阅读者的。《红楼梦》是个让大厦坍塌的"悲情"回忆录，但是细节中关于希望的描写却非常之多，死了的晴雯、司琪、尤三姐，走了的探春、湘莲、贾宝玉，白茫茫飞雪渡口下的大红猩猩毡斗篷，是看破红尘，也是给予读者美得不可胜收的一种怀念。

张爱玲说人生有三恨：一恨鲥鱼多刺，二恨海棠无香，三恨红楼未完。《红楼梦》到底写完了没有只有天晓得，但是总有人把后四十回损得一钱不值也是不该,没有了"林黛玉焚稿断痴情,薛宝钗出闺成大礼",你会觉得《红楼梦》这桌盛宴能快快乐乐终席?

文字写得毒辣,《金瓶梅》是比《红楼梦》强。现在说《甄嬛传》《延禧攻略》《如懿传》是宫斗互撕的极致,那是他们没有看到西门大官人宅院里的不见血的风霜刀剑。而春梅则是其中很"唯一"的文学形象,似乎找不到第二个与她近似的有着独特性格的女人,印象最深的是她在"韶华盛景"之后的故里重归,可以与《红楼梦》里元春省亲重叠一下。都说繁华易做,凋谢难题,写故园的荒败颓废,写旧事的无语凝噎,春梅只是用了几处暗暗伤感的"点头不语"就与读者心通,那一大段文字看过,你真的会有彻悟之感,忽喇喇似大厦倾,落了片白茫茫大地真干净——《金瓶梅》的精品也就到了这里。有人腰斩《水浒传》,把结义梁山泊作为一百零八将最光灿的结尾,留下一点点光明与希望,也真觉得应该给春梅一个稍稍安定的未来才好,何必事事都要体现善有善报?

过去看书,凭的是兴趣,根本没有想过什么规划,阅读的目标也是随着年龄渐渐变化。最先看的古典文学四大名著,看的是个热闹和情趣,所以喜欢《西游记》,喜欢《水浒传》,喜欢《红楼梦》,却讨厌《三国演义》,完全是为了读完四大,硬着头皮翻完它,而且至今《三国演义》也是仅看过那一遍,其中很大原因是《三国演义》原文略显古奥,细节描写少而近于平铺直叙,枯燥且少起伏,每每都是诸葛亮掐指定计,曹孟德一溃千里,比起袁阔成的评书听起来心意激荡要感觉差得很多。

《红楼梦》看得比较晚,却是让我第一次有那种看完之后意犹未尽的感觉，翻来覆去看了很多遍，后来上学和参加工作，都忘不了带一套在身边，形形色色各种版本总归得有十几种，甚至还找了很多有点像红楼的小说来过过瘾，比如《一层楼》《泣红亭》。恐怕很多人都不知道这两本小说是怎么回事，实际上就是后来人模仿《红楼梦》而写的一套书，故事情节多有相似，连人物设置都可以一一对应，但是看得有趣、好玩，这就是那个青春时代的阅读方向。

后来，看了很多小说，能记住的越来越少。端木蕻良的《曹雪芹》是下了大功夫，一位没有见过大观园的现代人把那个时代"旧"的味道写出了神韵。在许鞍华导演的《黄金时代》里朱亚文出演端木，我却觉得黄轩要是演会更符合，文人的书卷气是做不出来的。端木和萧红的往事，别人说得多，他自己惜字如金。可能也是应了"红楼未完"，《曹雪芹》没有写完，好看的故事不知道是不是总是要有点让人意犹未尽才能算得上成功？

年龄再大一些，开始对很多回忆录有感。《巨流河》看了一遍又一遍，看到那个为国捐躯飞行员的段落，竟然流了泪。真实的生活里可歌可泣可怀念的很多很多事情，因为没有这样美好的记述便渐渐湮没了，回头想想，真的很可惜。

阅读实在是需要有一点一目十行的功夫，看懂了故事，善解了文章，还得有所感悟，不然怎么算是读过了？

— 归去来兮 —

读书日里话读书

《普通读者》——仅仅望文生义地看看书名的话，或许你会以为这不过只是一本知名作家的读书心得，或者是在以己之见引导读者们怎样去选择读书的"心情"之作。

其实不然，作为英国现代著名的女小说家、评论家、散文家和书商，弗吉尼亚·伍尔夫多才多艺，她涉足的领域遍及文学的方方面面，也正是因为她和乔伊斯、普鲁斯特等创作意识流文学作品的作家，通过不断地写出新的有指向性的作品，才能把意识流小说推向极致，这种对传统写作手法的细致解构和深度思考才是《普通读者》这本书无处不在的"主题"。

《普通读者》的主要内容是伍尔夫多年来在美国、英国主流报刊上发表的阅读随笔，你可以随便从哪一篇的任何一段阅读都不会感到突兀和茫然，这本书的翻译语言也极为贴切和自然，从作家对阅读轻松的点评里，你绝不会看到一般评论家惯有的那种苛刻或者专业作家对别人作品下意识的挑剔，就如同她开宗明义的自白：阅读是一个人的事，为了自己的快乐才是阅读的最佳目的。

阅读笔记其实是一种非常艰难的文体，所以我们非常钦佩郦道元在《水经注》上下的功夫,他的注解已经远远超过原文十倍的内容,可想而知他跋山涉水都经历了些什么!同样,当我们站在普通读者的立场去谈谈读小说、读传记、回忆录以及诗歌,那绝对不是一个很轻松、很聪明的做法,这是考量一个人生活和阅读积累的时刻,特别是作为已经在文学上有着很高成就的作家,他自身的文学意识往往不经意地会在讲述中流露出导师的意味,而这种说教是最让人厌倦的体验。

伍尔夫始终都在极力避免这种思维,所以,我们在读她的文章时,更多地看到的是她从个人角度深究作品背后的时代乃至人文印迹,我们可以很自然地把我们自己的阅读理解同她放在一起对比对比,在这种情景之下,了解普通读者同知名作家对同一件事情的理解差异反而成了读者一件快乐的事情。

伍尔夫从来不会直截了当地评价,这部作品是怎么样怎么样,或者说读者应该怎样看哪部作品。读她的文章,我们可以很清晰地感觉到她的偏爱,喜欢的就可以大加赞扬,不喜欢的就可以直言不讳,可这就是属于她的阅读体会,绝对不会强加于人——这才是真正的普通读者!比如,对于在英国文学史甚至世界文学史上有着特殊地位的《简·爱》,伍尔夫提到了作者的平视写实方式,的确通过简·爱的坎坷赢得读者的同情,但是在提升文学高度上远远不如另外一部很容易被忽视的作品——《呼啸山庄》,后者有着一种悲悯的人文关怀,那种冷酷俯视的参悟感更具有强大的震撼力,《简·爱》从根本上讲只是一个缺乏生活逻辑的故事,作家的内在感情读者是感受不到的。她同样谈到了《尤利西斯》,说"读最初两三章时我还觉得很有趣,很兴奋",但是越往下读越是觉得迷惑不解,读到两百页之后,就再也读不下去了,"依我看,这本书的作者既没有语言的素养,也没有必要的审美情趣,倒像个刚学会写作的搬运工。我很知道这类人,粗俗不堪,还自以为是,简直令人作呕"。这段话的的确确让我想鼓掌,《尤利西斯》盛名之下状似皇帝的新装,你敢于公开说自己不喜欢,往往就被认定是你的浅薄,你根本读不懂,伍尔夫的直言真的是畅快淋漓!作为一个普通读者而言,她就是有这个权利,也是对我们的鼓励,我们同样可以喜欢或者不喜欢任何一位作家的文章而不用去考虑他的身份、地位、背景,因为普通读者就是有这种自由,这是人生最可贵的一种思想自由。

伍尔夫在谈论读书时认为:关于读书,一个人可以对别人提出的唯一指导就是不必听什么指导,你只要凭借自己的天性,凭借自己的头脑得出自己的结论就可以了,只有通过自己的不断阅读积累,分辨优劣能力才会提升,才会有收获知识的乐趣——乐趣是读书的一个重要标准。

弗吉尼亚·伍尔夫,1882年生于伦敦的一个书香名门之家,22岁时开始发表文章。当代很多人第一次听到这个名字还是通过那部曾经著名的奥斯卡电影——《时时刻刻》,妮可·基德曼装上了比电影还著名的假鼻子,彻底砸碎了束缚在头顶多年的演技花瓶之说,而且拿到了梦寐以求的奥斯卡。如今,时光流逝,忘记这部略显晦涩电影的人茫茫如恒河之沙,而了解伍尔夫的读者却渐渐多了起来,她是"意识流"文学的开创者之一,却始终不能很悠闲地面对自身的精神疾病的困扰,1941年,在乡间住所写完了最后一部小说《幕间》之后,她匆匆地把自己勤奋写作的一生结束在了一条河流之中。

异乡如梦
——写在张爱玲百岁诞辰前

刚开始宋以郎在发现《异乡记》手稿时并没有太在意这个有头无尾的札记，总觉得这个不过是张爱玲遗物中无足轻重的一篇创作遗文，如同多年前的那篇有着很华美开篇的《连环套》，当她自己觉察到文章中的味道同自己想象的东西愈离愈远的时候，便轻易地腰斩了它，哪怕为了这个和那些打着自己旗号的出版商搅上多年说不清道不明的官司也不在乎，她从来是一个关注自己文章胜过关注自己真实生活的人。

《异乡记》是写在一个八十页左右的笔记本上的，从首页开篇的涂抹之中，原是可以隐约看出这篇文章的初始题目是《异乡如梦》——对于自己文章的标题张爱玲从来是非常费心思的，极尽地超出一般的想象，却又似信手拈来，从《沉香屑》的两炉香到《倾城之恋》，再到把自己的文集安放在《传奇》《张看》《惘然记》之后，看到这些书名，你就可以体会得出她的那份独到的乡思——对于过去的她曾经历过的城市与故事，她总会在表面的漠然中不经意地流露出一丝丝别样的惦念，毕竟从那个时代走出来的人，多少是有些离愁别绪的。

《异乡记》的开篇就直接地说明了这要讲述的是一个什么样

的——不能用"故事"两个字,大约最恰当的也就是"经历"了,一个孤独哀伤的女人——沈太太,为了寻找她的男人,略显紧张却又充满期待地从上海出发了——很明显,这就是当年张爱玲为了见到胡兰成,满怀希望地一路追寻,颇有些孟姜女寻夫的迫切与悲情,真实的结局,我们都知道,她乘兴而去,败兴而归,最终斩断了对胡兰成最后的一丝眷恋,能写出《半生缘》最后结局时顾曼桢对沈世钧的那句:"我们回不去了!"她真真实实是有着切身感受的。

很叹服的依旧是张爱玲文字的锐利,看似简简单单,却是可以把她那支其实也不过有着很普通样子的笔直接戳到你心底最柔软的地方,她看到的我们也都看到了,可她想到的只有当我们读到她的文字时才会恍然,原来生活里很多的欢乐与寂寞也会有这么多的相同和迥异呀。当她看到钱庄里的伙计,就蓦然想起了灯光里的小动物,浸在不属于他们的金子的光泽里,没有理由地快乐着,竟然像极了一种蜜饯乳鼠,甜蜜蜜地封在里面,小眼睛闭一线,到死都是很快乐的脸相。等她看到车站里候车的小兵,不知前程地傻傻地坐在一起,谁也没有意识到等车一开不知道又会有多少的生离死别,似乎每个来到这里的人,不免都有点惶恐,总好像有什么东西忘记带来。

文章到了旅途结束的时候戛然而止,沈太太到底有没有找到那个叫"拉尼"的男人呢?一路上每当有她自己的时间时她都会低低地发问:"拉尼,你就在不远吗?我是不是离你近了一些呢,拉尼?"张爱玲写到了这个八十页笔记本的最后一页,却没有句号,似乎还有另外一个笔记本接着写了下去,后面是什么,那个男人寻到了没有,寻到了又会怎么样,我相信张爱玲是写出来了，然而，我们无缘再相见，她自己曾说过人生几大憾事，其中之一便是"红楼未完"，而她自己，也在顾盼流离之际，给我们留下了这同样的憾事。

2020年9月，是张爱玲的百岁诞辰。关于她同胡兰成的那段情缘，也是很少和他人提起，几经踌躇的《小团圆》，也是充满了躲躲闪闪，直到她离世也没有决定发表。然而，多年前这段"寻夫"之路却始终沉沉地压抑在她的心里，不吐不快。《异乡记》虽然没有刊出，知道的人也不多，但其中很多内容，我们并不陌生，《小团圆》第十章中有长长的两段便是直接来自这本札记，最后那句"他乡，他的乡土，也是异乡"，更是证明了这篇文章在张爱玲心中的感受，其他的诸如《秧歌》《怨女》中的不少关于农村生活的片段也都可以在《异乡记》中找到对应的部分。很难说这不是张爱玲非常喜欢裁剪的一个体裁，而她本人对这篇文章的喜爱，早在20世纪50年代就曾对邝文美讲过："除了少数作品，我自己觉得非写不可，其余都是没法才写的，而我真正要写的，总是大多数人不要看的。《异乡记》——大惊小怪，冷门，只有你完全懂。"

出现又离开

1989年1月,我从内蒙古回安徽,中途在徐州转车,在候车大厅,生平头一回看到长长的一溜流动书摊,琳琅满目的各种图书杂志吸引着南来北往客。因为换乘时间比较紧张,我是边走边瞅,快走到头的时候,书摊中间有一本大红颜色封面的《闹学记》跃进我的视线。这个书名我曾经有闻,驻足细看,作者果然是"三毛",售价只要2块钱,赶紧付款取书,接下来的旅途就在三毛的一段娓娓述说中轻轻松松度过。

缘分这个东西,真的是冥冥之中自有定数。

小学一年级第一次过"六一"节,我得到的第一件学生时代节日礼物,就是张乐平先生的漫画书《三毛流浪记》,翻来覆去地看那个可怜又可爱的小朋友,既同情又欢喜。当听说真的有个作家就叫作"三毛",而且还是一个女士时,惊诧之余更多的是好奇。

20世纪80年代初,海峡两岸借助多种渠道开始有了信息互通,1984年9月创刊的《台港文学选刊》就成了文学窗口,不经意间读到《多少恨》《乡愁四韵》《晓云》,那种平实清淡的文风,曲折委婉的故事,把传统文化与现代语言用同我们不一样的写作方式勾连组合，细细品读竟然一点都不违和，真的是有种惊艳的感觉。

就在这本杂志上，我读到了《白手起家》《沙漠饭店》和《温柔的夜》，作者就是三毛。

那个时候，锡林浩特新华书店的资源有限，记得为了买到一本琼瑶的《窗外》，我曾经提心吊胆地逃课跑到新华书店去排了几个小时长队，而为三毛的单行本作品，我不知道跑了多少趟，却都败兴而归。直到1988年年底，我来到包头读书，偶然一次路过青山区一家小书店，出乎意料地看到货架上有一本中国友谊出版社出版的《撒哈拉的故事》，当时真的是欣喜若狂。

20世纪80年代，最早出版三毛作品的就是中国友谊出版社，一共出版了十三本，《撒哈拉的故事》是其中第一册。后来的湖南文艺出版社、陕西出版社和北京十月文艺出版社都相继出版了三毛的很多作品，包括全集，但是要论书的装帧设计，我始终觉得还没有超过中国友谊出版社，就像手边的这本《撒哈拉的故事》，漫天的昏黄色中间，隐约析出一抹夕阳无限好的深红，配着满屏的一行美工字，显得深沉厚重，历久弥新，充满回忆的感觉。

有了第一本，就像开了挂，没多久就在另外一家书店搜到《梦里落花知多少》和《倾城之恋》，紧跟着，湖南的一个老朋友给我寄来了《雨季不再来》《哭泣的骆驼》和《温柔的夜》，三毛最有名的几本散文集不到半年时间就基本凑齐。

这厚厚一摞书是我那段离家求学日子里最美的收获，无论走到哪里，都会带在身边，有一段没一段地作为生活的辅料缓缓享受着。

清楚地记得，那是 1991 年 1 月 4 日的夜晚，我本来是在屋里翻找着什么东西，突然听到客厅里电视机的晚间新闻，播报出一条新闻："台湾著名作家三毛今日凌晨于台北荣民总医院去世！"

当时，整个人都惊讶得说不出话来，一直坐等到午夜 12 点，新闻重播时，再一次把这个令人窒息的消息听了一遍，心里才敢确认是真的。

在那个没有网络的年代，最震惊的消息往往就是这样简单明了。

对于三毛最终选择主动弃世，很多人并不意外。早在荷西意外身故后，她的心态和精神始终都处在一种紧绷的情形中，她曾为琼瑶写过一篇文章《送你一匹马》，安慰劝导琼瑶要放下孜孜不倦追求作品畅销的心劲，更多享受享受生活，文章中有个段落是回忆她和琼瑶的一次最重要的会面，琼瑶花了整整一个下午时间，劝慰她要从失去爱的痛苦中振作起来，字里行间可以体会到彼时三毛心底深处那种濒于崩溃的情绪，只不过多年之后，所有人都不曾想到，那种念头始终都没有从三毛脑海中清除。

三毛当时是应允了琼瑶，要活下去，她也的确尝试了很多努力，她去南美采风，写成了自己最完美的一本游记《万水千山走遍》；她历经周折回到故乡祭祖，在祖父的墓地高呼："我回来了！"那个泪流满面的镜头不知道吹动了多少海外游子激动的心；她赴敦煌，走新疆，甚至无惧高原反应登上青藏高原，留下了后期最重要的一篇文章《敦煌记》，在这些文字中，我们已经看不到属于三毛年轻时代云淡风轻的文笔，更多的是她对人生、对文化传承深深的感悟。

不能不提到《滚滚红尘》，三毛人生最后的作品。林青霞说过，三毛写作《滚滚红尘》期间人已经进入了时空叠加穿越的境界，她经常为了一个情节，一句对白，一个人陷进去手舞足蹈地体会和表演，恍惚之间不慎从楼梯上摔下来，致使两根肋骨骨折，就在这样的状态下，《滚滚红尘》达到了所有人预期之外的高度，席卷当年金马奖八项大奖。然而，盛装出席颁奖礼，对自己信心十足的三毛在最佳原创剧本上黯然落败，输给了吴念真的《客途秋恨》。

三毛说到底是个小女人，她有着正常人都会有的虚荣感和自尊心，我不能说她倘若拿到金马奖就一定不会在几天之后主动结束自己仅仅 48 岁的生命，但是可以想象，如果可以在那最艰难的时候给予她最体贴的温暖，她很难不会像应允琼瑶那样继续天南地北地走下去，可结果，她失信了！

我的一个朋友说过，她不喜欢三毛的生活方式，三毛太在意外界对个人的评价，看上去风尘仆仆，实际上就跟她表现出来的那种少女般的音质一样，活在一种刻意的自我包装里，总想于黄沙漠漠中表现出璀璨绚烂，那样人会非常累！

三毛去世二十周年之际，台湾皇冠出版社编辑出版了一套十三册的典藏全集，其中很快卖到绝版的就是附赠三毛演讲现场收音 CD 的第 10 册《回响》，我曾经听过其中一段，那真的是天籁之音。

今年 3 月 26 日，是三毛七十八周年诞辰，一晃她离开我们已经三十年了，皇冠出版社纪念三毛逝世三十周年新版年初就陆续上市，《皇冠》杂志也出了纪念专辑，这其中最珍贵的是影印了三毛多件文稿和信件,又看到三毛那特有的微微倾斜的可爱字体,恍惚间,才发现岁月竟然会飞逝得这样迅捷。

  我们那一代人不会忘记三毛,就像永远会在自己的心田给青春和爱情留下一片充满阳光和雨露的希望之地;我们肯定也会继续怀念三毛,那是因为她在我们那个还没有机会见自己、见天地、见众生的年代,用她的个人非凡的经历给我们推开了一扇认知美好、懂得追求、不惧失望的窗。

关于爱情的 N 种说法

其实,男人都希望身边有一个可以疼自己的女人,那种对依赖的期待是来自骨子里的。当然,也没有哪个男人不喜欢娇鲜生嫩的花朵,可如果你真让他选择的话,或许都会有犹豫和权衡,但最终会留下厚厚家的感觉,而舍去的则是随风远逝的浪漫。

女人就不同了,很少有女人不认死理。虽然有水性杨花的说法,但正因为鲜少,才得以留名,才值得留念。看看贞节牌坊立了多少,可贞节烈女的名字又有哪一个比赛金花或者金大班更响亮?认死理的女人一旦认准了,那眼前再有重重的蝶影梅飞,她也看不进,这就是爱情对于男人和女人的不同。

男人很多是为了体会那些可以快乐触摸的感觉,女人则是为了沉甸甸的心。就像品味咖啡,男子往往会嫌那镶了金边的浅盏太小,经不得一口就喝掉;而女人则会在意那袅袅飞升、稍纵即逝的香意,深吸一下,浸入心扉。

说了这么多,不过是为了两篇小说,一篇是故旧的《玉卿嫂》,白先勇成名之作;另外一篇是《朗读者》,出演此部小说所改编的影片的凯蒂·温丝莱特一片通吃天下,连连拿下金球奖和奥斯卡最佳女主角。为此,捧红了这篇本来不见经传的非主流小说,同样因为读了这篇小说,让我想起了《玉卿嫂》。旧作重温,竟有异国异曲同工之妙。

庆生认识玉卿嫂的时候,不过刚刚十四五岁。在 20 世纪四五十年代的中国台湾,这个年龄的男生青春懵懂,胡须都还是绒绒毛毛。玉卿嫂对他的关爱无微不至,庆生对阿嫂的依恋也是极尽缠绵。当然,这一切通过一个孩子以第三者的视点来展现,更多地给了读者一些含糊和想象,很多细节点到为止,语焉不详。反而是在同名电影里来得更直接些。银幕上每每坦然展示庆生那少年瘦弱白皙的裸体,我总是认为玉卿嫂这个熟女还是有些不堪。

本森认识汉娜的年纪也恰恰是 15 岁,可二战后的西方,这个年纪的男孩已经可以做男人了。风韵十足的汉娜用性来慰藉自己的小猎物,两个人无日无夜地疯狂,这在玉卿嫂身上是寻不到的。汉娜对于技巧的钻研和对于小男友把持的收放自如,比之玉卿嫂百分之百的付出,结果自然是不同。庆生像围栏中的小兽,成熟之后自然向往广阔的天地;而本森对汉娜却总是雾里看花,汉娜的一切令他着迷,就像磁铁一样吸引着他一步步从门口走到了床上。可当汉娜不告而别时,他才终于发现除了汉娜丰腴的身体,他对她一无所知。

如果光看结局,惊人地一致——庆生找到了令他着迷的真爱。天晓得这爱的真假,只不过这爱是年轻的、水淋淋的,人们总是喜欢怨毒地去看待负情寡意的人,何况玉卿嫂付出的又是金钱、思念和身体统统加在一起也比不过的,庆生就是她活着的唯一理由。玉卿嫂在苦求不成的情况下杀死了钟爱的人还有她自己。而汉娜呢，在茫茫的期待中，她可以坚强地活着，当她发现这期待一旦实现，她又可能什么都得不到时，她选择了离开。她在留言中不无遐想地写了一句：我是多么希望有你的一封信哪。

到最终，她和她才找到了她们该认的死理，她们的真爱。

两位作者笔下的两个女人，其实都在告诉我们生命的复杂与无情。天性柔弱、善良的玉卿嫂在心底深处竟然是那么分明和决绝，宁为玉碎，不为瓦全。生命对于她来讲，无非就是一个"爱"字，爱没有了，什么就都可以画上休止符。而汉娜参加党卫军充当刽子手，从事各种她可以干得非常漂亮的工作，都不过只想隐瞒一个事实——她是一个让人耻笑的文盲。她只要活一天就不想让任何人知道，哪怕是一个孩子，在她的心底有着深深的自卑。当本森在法庭上见到汉娜时，他是真不明白这样的一个充满了生活魅力的女人怎么可以杀人（虽然不曾亲自动手），汉娜自己也说不明白，她其实并不知道一切是怎么发生的，发生了之后又该怎样去应付。这就是我们生活的复杂和恐怖，也许我们每一个人都有成为帮凶的机会，我们也都有可能在自觉不自觉的情况下把身边的人推向悬崖。性善还是性恶的争论已经持续几千年了，在我们这里想要有答案也是徒劳。

汉娜在最后才明白：有人在关心她。

而当这种关心终于有一天变成了她的眷恋时，她马上就明白这种眷恋带给她自己的只能是痛苦地活着。于是，选择离开就不能不说是她精心的安排。聪明的人总会给自己安排一个理想的结局。

有谁能说，放弃就在眼前的爱情不是一种最好的选择呢？

忆"布衣"

我知道布衣书局至今有十几年了。

记得是从新浪微博上看到朋友的一则转发，是关于一本毛边书的销售信息。当时对于毛边书的感知尚是空白，出于好奇点开了链接，这就是头一回踏入布衣书局的线上书店。

后来一点一滴了解到，布衣书局源于2002年创办的天涯社区"闲闲书话"，2004年4月25日正式开张。书局的老板叫作"胡同"，想必此人在收藏界中有些能耐，不然王世襄先生不会为之题写"布衣书局"这个愈来愈响亮的招牌。

我到现在也没有去过布衣书局实体店，只是从胡同的书话中知道书局这些年搬来搬去，生意做得怎么样我们这些外人不晓得，店铺却已经实实在在开到了南锣鼓巷。书局应该有一所小院落，经常晒出一些很唯美悠闲的四季节气照片，尤其是一些夜景，透过雕花门窗的昏黄灯光，会让很多人久久流连。

说实话，布衣的网店初始做得很简陋，各个板块在设计上只是方便运营者，想消遣性地浏览，那就会觉得怎么看都不舒服，尤其是我所关注的新书栏目，就像一个大的工作表格，从上往下哗啦到底，无图无真相，有图又偏小，想了解书的细节几乎都看不到，而且网站不能在线沟通，最感到不方便的还是不能在网站直接支付，要跳到支付宝或者银行卡，支付后还要留言进行各种"表白"，生怕主人看不到搞成书财两空，真有一种在此买书纯属找事的感觉。

而第一次不愉快也就是因为买书留言——早就记不清买的是什么书，但是不愉快的售后交流却一直"铭记"。那次是分开买了两本，下的不是一个订单，付款时候图省事就一次支付了，过后却有点惴惴不安，订单和款项不符，会不会有麻烦？于是在微博私信留言给店主，一五一十说个明白。我说明白了，店主不知道看明白没有，好半天没有吭声，于是再发第二信，不知道为什么还是好半天没有回复，不爽的劲头上来了，直接在微博里冲店主嚷嚷起来：怎么服务的，不知道穷人买书多么煎熬吗？这回店主很快有反应了，有礼有节有态度，就一个意思，我看到了，我没来得及回复，我在忙，店里就我一人，一般是下午统一回复，不承想遇到了急人！小小风波就此打住。

书准时收到，包装还是一如既往地严实。而我有了经验，以后也再没有为这样的事急过，反正我知道，真有不明白的订单，作为店主的胡同先生会比顾客还要认真对待。渐渐地，布衣书局开始成了心里的一种惦念，有事没事都要点开看看，时不时抢上几本热门书，看不看都成了次要，买不买得到才是硬道理。因为对读书的爱好，结交了好几位经常在书局晃荡的朋友，聊聊对读书买书的看法，也聊聊对布衣和胡同的看法，我们都有一个共同处：生活很累，有布衣书局作为一点点调剂，挺好。

转眼十几年过去了，众多网站PC页渐渐退潮，布衣书局的微店成了销售主流，我和胡同先生加了微信，也进了布衣书局的微信群，新书都有了预售抢购通知，我的众多签名版和毛边书都是这样分分秒秒"抢"来的。

胡同老板的布衣装束依旧保持得很好，身材却渐渐有点走形，还好，我们每年都能看到有新人的身影出现在书局的边边角角里，陪着胡同老板在"犬马声色"中迎来帝都的朝霞与黄昏，他们的生活点滴和发布的新书都成了很多关心关注布衣书局读友们日常浏览的内容。那款像是白玉雕刻而成的书店标志更成了十分亲切的图标，甚至还有那几只布衣猫，也成了众多人惦念的小朋友。

在这个浮躁的社会，做图书生意的人本身就是一道风景。有事无事看着天南海北订书人的阅读兴趣，时间久了，肯定会知道不少书里书外的故事，所以胡同先生写了一本《贩书日记》，我也"走运"，买到一本竟然是缺页的残品，为此，胡同先生专门打了电话，顺丰补寄了一本，可惜，忘记让他给我签个名。

我不是贩书人，可我喜欢胡同先生的生活，看似一溪流水，实则兴趣多多，平凡安静中有着这个世道难得的快乐。

一方烟火

第二辑

坦然面对人世间的苦难坎坷,也不忽视人世间的温情浪漫,这就是我们眼睛里的人世间!

温暖的小红花

2020年之后,我们这个世界仿佛凝聚了更多的对未来的犹疑和不安,而且似乎越是年轻人体会得越深刻,就像爱情,这原本应该是每个人心里很柔软很温暖的感觉,却突然让我们有了些沧桑和不可置信的遥远,谁再想撩拨起来几丝关于爱情的波澜,的确很不容易。幸好,这时候来了《送你一朵小红花》,我们才又有了几句可以真心交流的话。

《送你一朵小红花》成功之处,首先在于选角得当,尤其是几个配角。朱媛媛近年很少有大银幕作品,这次母亲(朱慧)的角色设定难度对于她来讲肯定不大,但若是想出彩也很难。一般来说,表现女人坚强最简单的方式就是抬起头忍住泪,或者不停地洗衣服、拖地、做饭,最煽情的镜头无非是给几个日暮里瘦弱心碎、渐行渐远的背影。朱媛媛掌控下的母亲当然也流泪,但更多的是一种来自生活压力之下的困惑无助,存有希望的那种隐隐约约的焦躁,非常贴切地把疼爱儿子,却又始终笼罩在恐惧、信心、耐力之下的母性表达出来。剧中有一场戏,得知儿子复查情况有反复,母亲一边开车一边极力控制着情绪,当猝然面对街头抱着婴儿行乞的年轻女人时,她突然无法控制地爆发诘问:"你的孩子有病吗？"但是这种失控仅仅是瞬间的体现，随即又垂下眼帘，按捺住自己，用微微发抖的手，从斤斤计较省下来的钱夹中抽出来一张钞票，这层层递进的情绪变化，自然贴切，触人心神。

高亚麟扮演的父亲，则完全没有《家有儿女》里滑稽搞笑的影子，通过不多的几场戏，把一个关心妻子、疼爱儿子的普通中年父亲，演绎得淋漓尽致。当我们看到为了儿子的桀骜反叛，他冲动之下扇了儿子一记耳光之后，又拿出谨小慎微的态度低声细语地向儿子解释，仅仅说了三句话，他就悲从心来，哽咽难语。能把一个男人的哭泣用一种关爱的方式温暖地表达出来，这个父亲的形象就"立"起来了。

夏雨，年纪轻轻就拿过威尼斯电影节最佳男主角，那部《阳光灿烂的日子》之后，他能让人记住的角色似乎还没有超越马小军。这次他成了马小远的父亲，一个单亲的肿瘤女孩的父亲，形象上的粗粝，语言上的出位，一开始还真有点没认出来这位影帝大咖，他展现出来的那份无所畏惧的快乐，一直到剧情后期翻转，那个在医院缴费处的夏雨，突然之间就把腰委顿了下来，显得心神交瘁。你在看到这一段的时候，会发现他的眼神都和刚出来的时候不一样了，虽然也没几句台词，但是作为一个父亲，心里的那种明知大限将至却又心存侥幸的矛盾情绪，夏雨用细腻的肢体语言充分地展示给了银幕前的我们。

两个年轻的主角，都是第二次担任主演，刘浩存起步于张艺谋的《一秒钟》，易烊千玺历练于《少年的你》，他们的共同点是两个人物多多少少在性格和状态上都有可以参照的地方。马小远和刘闺女，都是那种心比比干多一窍，近乎狡黠的聪明，但于心于理还是善良纯情占更多；韦一航和小北也都有点对社会对人生

- 一方烟火 -

193

的"丧",他们两个在表演上延续了上部戏的流畅自然的好状态,相比而言,易烊千玺因为角色的复杂程度要弱于刘浩存,整体表现得更加符合人物性格发展,雨中借酒表达的一场戏是重头,看得出弟弟是真的喝了二两,台词都说得有点呜呜噜噜,但是,情绪对,就成了。

看年轻人表演爱情,真怕他们撑不住,好的时候云来雾去,恼的时候刀光剑影,《小红花》在剧情上避免了这些,表现"小朋友"耳鬓厮磨用的都是"点""面"化的小细节,虽然是一场生死恋,但两个小时下来,除了十分钟的结尾有点啰唆,其他时间你感觉不到慢。

导演还是有点"野心"的。从电影的寓意来讲,小红花从一种象征,延伸向人与人之间理解和沟通,是一种非常自然和真诚的给予,电影采用环绕式表现方式,以父母对子女的亲情,病友之间的互助友情,甚至还有主流作品中鲜见表达的小岳岳与去世男友的同性感情,烘托出一段青年男女短暂却充满灵气的爱情,把美好感情的消逝融入追梦的情景,最贴切地告诉我们:人世间,最不容易的事就是活着。

失去爱人的痛苦,永远都是令人动容的感受。《送你一朵小红花》是想给我们一个答案:面对失去,活着的人应该怎么去做!韦一航的父母用了一段街拍视频告诉儿子,无论怎样,他们的生活还会继续,他们没有回避孩子内心的纠结,没有等到一切无法弥补再去追悔莫及,而是通过这种坦然交流的方式,帮助儿子直面生与死。

我们的生活都是要继续,而人生最好的时间,就是要在珍惜收获的每一朵小红花的同时,珍惜地为身边需要的人也送上一朵。

希望我们所有人都好好活着。

一方烟火
——我们都在的人世间

记得《红楼梦》里有一场怡红夜宴，薛宝钗抽得一枝花签，上面是秦观的一句词："任是无情也动人！"这好像就是对匆匆岁月的最佳注解。古往今来，岁月对我们每个人都是一视同仁，你若风情万种，它自坦然视之；你若一无所有，它亦绝不嫌弃，就像我们这批"70后"，经历的社会变革与动荡，每个人都可以写出了一部内容丰富的个人史。

1990年，我19岁，那年冬天，我开始在淮北一个城郊区大院子里上班。那个时候，随处可见的都是灰蒙蒙的民宅和道路，冬夜里一个人顺着铁路往宿舍走时，除了铁道道口那盏闪着红光的信号灯，方圆十里几乎看不到一盏亮着的路灯，这段记忆在我脑海里还伴随着一段悠扬的配乐，那就是电视剧《渴望》的主题曲《悠悠岁月》。二十多年后，又有一部与《渴望》篇幅相当的电视剧《人世间》播出，几乎重现了当年的追剧热潮，在2022年的春天，似乎无人不谈论，那些我们熟悉的时代感，恰恰是如今我们只能在回忆中怀念的美好时光。

巧合的是，张凯丽从《渴望》里的刘慧芳，转身为《人世间》里的曲秀珍，我们似乎从屏幕上遇到了至亲至敬的老朋友。

而一晃，《人世间》的作者梁晓声已经是古稀之年，电视剧也有他的客串镜头，饰演一位正直的充满同情心的老法官。从20世纪80年代开始，梁晓声以辨识度极高的知青文学享誉文坛，《今夜有暴风雪》《雪城》和《年轮》三部曲，风靡一时，埋藏在东北雪原里的许许多多知青往事，细细品味，无不洋溢着浓浓的理想主义精神和情怀。

《人世间》约115万字，小说保持了作者一贯的平和自然，通过对周氏三兄妹人生经历的娓娓述说，描绘出半个世纪以来中国社会各阶层翻天覆地的变化，以周秉昆和他的小伙伴为代表的"光字片"城市平民，虽都历经生活波折，却始终保持了百折不挠、不懈进取的生活态度，浓浓的人文关怀和人性意识始终是小说主线。

《人世间》的编剧是王海鸰，她最擅长的就是都市婚恋题材。《牵手》《中国式离婚》《新结婚时代》三部曲，通过老中青三代人对待爱情、亲情和人情的不同选择，折射出随着时代的发展，传统观念与时尚追求之间的交融与碰撞。每每观看她的作品，都会被那些精练的台词，转换得当的剧情和回味悠长的故事所打动。

《人世间》的改编，尤其是后半部分对几个主要人物最终命运的设定，做了幅度比较大的调整。小说中，周秉义在洗清自身清白后不久病故，郝冬梅出人意料地整容并远嫁他乡；曹德宝夫妇并没有因为不实举报而表现出对老朋友一家人有多少愧疚，甚至当街遇到周秉昆时还远远避开；蔡晓光几十年中对周蓉的眷恋是小说中有点"虐"的情节，但他那些出轨、权色交易行为还是影响了这个人物该有的精气神；至于郑娟的忍辱负重，周秉昆的犹疑寡断，周蓉的清高自私等等，小说是尽可能地多往现实主义上靠近，哪怕因为对人性"恶"的深刻反思而给小说带来一个略显灰色的结局。而电视剧里，我们还是更多地看到了"善"的希望，周秉义夫妇重返大三线故地，在那座悬桥之上重温他们的爱情誓言，升华了他们一生坚守的忠贞爱情；"六君子"小酒馆里的告别宴，白发替代了红颜，温暖化解了纠纷，老朋友相逢一笑泯"恩仇"，让观众有一种"好人一生平安"的共鸣！电视剧在人物的理想性和对社会的引领性方面，显然要比小说做得更主动，体现出了王海鸰所坚持的改编方向——温暖、力量和希望！

《人世间》好看，也在于它剧情的展开没有大开大阖和跌宕起伏，而是像一溪流水，润物无声。从开篇知青插队、三线建设、工农兵大学生到恢复高考、国企改革、棚户区改造，一直写到现今的反腐倡廉；从车站送别的催人泪下到老周夫妇相濡以沫，以携手告别人间的方式为儿女们留下绵绵的思念，这些普通人生活和命运的延续，让观众可以渐进式了解中国社会五十年间究竟发生了什么。

《人世间》动人，是因为作者和编剧对于那段生活的熟知。当屏幕上出现周秉昆穿着那条花色杂糅的毛线裤，春燕妈手里捏着那些红红绿绿春节供应证，周秉义临别时郑重托付给弟弟的一箱世界名著，都会让经历过那个物资匮乏年代的人会心一笑；同样，那也是一个充满善良和关爱的时代，周秉昆不顾严寒把自己身上仅有的棉袄盖在马守常受伤的腿上；周志刚面对偶遇的贵州小女孩和可怜的小狗，对于孩子那份不管不顾的信任，流露出与自身严肃形象不符的柔软；蔡晓光执着地爱着周蓉，这份不求回报的爱情，可能正是我们当下最值得珍视的情感，所有这些细节并不是什么惊天地泣鬼神的伟大举动，却清晰体现出我们多么期待的一种传承：无论岁月怎样无情流逝，人世间的温暖还是应该无处不在。

《人世间》同样也是对"70后"的一种致敬。当我看到周秉昆夜读的情节，就会不由自主地回想起自己的阅读史，在那个没有数码产品，没有信息高速的年代，很多人甚至都把看一场电影当作过节，而读书是每一个渴望了解世界的青年最便捷的途径。回忆一下，我读四大名著的时候就是一个初中生，啃完《战争与和平》《静静的顿河》《安娜·卡列尼娜》都是利用高中繁重学习的间隙。临近高考时，我和小伙伴们最"嗨"的放松方式竟然是传阅着金庸的《天龙八部》《笑傲江湖》，"沧海一声笑，滔滔两岸潮"不仅仅给我们打开一扇观望世界的窗，也同样坚定了我们走向社会的信心，文学真的可以给予人生希望，可以让我们每个人的梦想更加多姿多彩。

《人世间》的小说也存在着瑕疵，前三分之二文笔自然，随处可以读出作者对笔下人物饱含着真挚的情感，而后三分之一牵扯的社会内容过于复杂，作者似乎有了一种写"史"的"责任感"，十几年中大大小小的事件都想让笔下人物有所涉及，一路"赶"着在写，人情味淡薄了很多。电视剧同样没有很好地解决这个问题，前40集，节奏虽然缓慢，生活感却十足，很多细节表现得非常充分，演员表演也显得游刃有余；而后十几集，几乎天天都在过年，且人物命运的发展太过理想化，与社会实际脱节。比如周家两代人，说上清华就上清华，说考北大就考北大，说全额奖学金出国也是一念之间；周秉义官居厅局级干部，可父母和兄弟依旧住在棚户区，几万块钱资助都拿不出来；周蓉和周秉义面对弟弟生活事业中遇到的各种艰难，袖手旁观，这同剧情渲染主导的家庭亲情明显相悖，与社会现实更是距离遥远。前期宋春丽饰演的省长夫人，言谈举止非常符合人物的"位置"，与之相比，周秉义的形象被拔高了；尤其是周秉昆后来的人生际遇，已经与哥哥姐姐完全脱节了，周秉昆和他的"六君子"小团体独立成篇，而且，这一部分，才是《人世间》里最接地气的情节，在他们身上演绎出来的是最普通的悲欢离合，就像周秉昆对儿子周楠说的话："苦吗，嚼嚼咽了！"——生活中再多的苦，自己多咀嚼几番，总能撑下去。这些普通人的成长和努力，人和人"处"出来的感情，才是最不应该被时代忽略的情节，就像《人世间》的主题歌唱的那样：草木会发芽，孩子会长大，岁月的列车不为谁停下！命运的站台，悲欢离合都是刹那，人像雪花一样飞很高又融化，世间的苦哇！爱要离散雨要下；世间的甜哪！走多远都记得回家。平凡的我们，撑起屋檐之下一方烟火。

狄更斯在《双城记》开篇这样说过："这是一个最好的时代，这是一个最坏的时代！"坦然面对人世间的苦难坎坷，也不忽视人世间的温情浪漫，这就是我们眼睛里的人世间！

黎明前

《悬崖之上》整整两个小时的时长，那灰蒙蒙的中央大街上，雪花似乎一直都在飘。贯穿全片的"乌特拉"任务，实际上只是一个牵引，在张宪臣和小兰的第一次对话中就点了题，俄语里"乌特拉"就是"黎明"的含义。从1931年开始的东北抗日，经历过的血与火十分深刻、残酷，那些倒在黎明前悬崖之上的先行者永远都是值得我们给予敬和怀念的。

学生时代，我读过赵一曼写给儿子的遗书，那种坦坦荡荡的革命情操和深重绵厚的母爱集中在一个年轻的革命者身上，至今回想起来，都没有一丝违和感——1936年赵一曼牺牲在东北的时候，年仅31岁。影片中的共产党员同样也是有血有肉的凡人，所以张宪臣能机警稳妥地处理掉火车上的特务，人神不知地调包取走密码母本，却让马迭尔饭店门口那个一闪而过的小男孩的身影，触动了寻找失散多年儿子的情感，最终不幸身陷囹圄，有评论对这个细节感到不理解，受过苏联专业训练的高级特工，怎么可以这样儿女情长？我却认为这才是影片"情"味浓郁的一笔，那种在危机四伏中展现出来聪慧、坚强和信仰与珍爱生活、重视情感和无惧牺牲的人性魅力一点都不矛盾，这就应该是那个时代里活生生的革命者。

这部打着"谍战片"旗号的电影，实际上是将谍战片应有的悬念，"谜题推理"移位成"预谋展示"，让观众比剧中主角更早知道敌我双方的身份和任务，混沌之间彼此纠缠的各种试探和交手，才是剧中最精彩的体现。前期火车脱险中，一组已经知道叛徒带来的危险，怎样与二组间实现信息传递和示警，镜头给了过程，回避了结果。进入卫生间的王郁肯定看到了张宪臣留下的密语，但是她那种若有所思的神情绝对不会是展示出来的那样简单，悬念由此而生；之后，小兰的一句"我给您炖排骨汤"，张宪臣就敏锐地觉察到她脑中出现了此时此刻不应有的松懈，受到批评的小兰，随后在并不知道老张失手的情况下，仅凭饭店大堂里那种不同寻常的安静气氛就飞速意识到问题，千钧一发之际实现脱险，这种观众视点的全知与角色意识的错位叠加在一起，会产生一种类似传统戏剧"程式美"的心理感受。

《悬崖之上》与张艺谋之前的众多作品迥然不同，有着非常鲜见的简洁，导演巧妙地借鉴了中国传统的章回体叙事方式，用丝扣相连的七个回目，解决了电影时间容纳有限，人物关系、背景线索、戏剧冲突缺乏必要转承的困难，使用俯视、动态和高速闪回等镜头语言，节奏迅捷地表现出具有时代气氛的"人情"和"共情"，观众即使"旁观者清、当局者迷"，却依然被故事发展过程中的"斗智斗勇"和"情感意志"所吸引和打动。

《悬崖之上》最关键的层面上，是对于信仰情怀的深情追溯，张宪臣被刑讯逼供跟谢子荣临阵溃败形成了鲜明的对比；楚良濒临绝境，却用自己生命最后的纵身一跃，助力战友王郁和周乙全身而退；直面生死离别的王郁卫生间里无声的哭泣；张宪臣对小兰说"那你应该当楚良已经死了",小兰那行饱含无限眷恋的泪水;张宪臣和王郁"活着的找孩子"的约定,这些都是把革命者的无私无畏与情深意浓通过更具现代性的叙事方式展现出来。

作为张艺谋第一次尝试的类型和题材,《悬崖之上》达到的高度,已经是他电影题材和表现方式的一次重要突破。从开篇茫茫的林海雪原,到哈尔滨旧时代城市街道、建筑、衣帽、车辆,都具有十足的时代风格和地域特点,在扎实的剧本基础上,叙事清晰,节奏合理,制作讲究,演员对角色内心的把控和情绪的塑造中,体现出超水平教科书式的表演。比如秦海璐那段听闻爱人遇难之后在洗手间里借着流水声无声的恸哭、张译在遭受电刑时难以表达的濒死演绎、于和伟面对战友牺牲内心痛楚却只能保持平静的细微表情,都是非常带动观众的细节。

当然,《悬崖之上》叙事逻辑也有瑕疵,比如小兰"下火车"那一段,交代得有些含糊;蒙汗药到底是两份还是三份,有些莫名其妙;而王子阳的最后解救则成了一个意象性的符号。但是《悬崖之上》整体表现出来的那种在冰天雪地绝境中透露出来的红色革命的热血激情,始终烘托着影片中那份能与观众产生共鸣的情感。

而《悬崖之上》背后,那些真实历史留下的延伸更使我们懂得美好生活的来之不易。从日军"731"部队背荫河细菌工厂成功越狱的王子阳确有其人,"乌拉特"计划之后,他和杨靖宇、张甲洲、李兆麟、赵尚志等一起奋战在抗日战场上,担任过东北抗联第三军第六师代师长,直至1937年3月在拐把桥战斗中壮烈牺牲,现今还长眠在哈尔滨木兰县的鸡冠山上。

最冷的湖,最长的桥
——观影《长津湖》与《水门桥》

《长津湖》的开篇是多么的温馨美好哇!像极了那个刚刚经历过解放战争,百废待兴却又蒸蒸日上的年代。

武千里带着百里的遗物回到湖州,镜头里缓缓扫过的那些春光水影与之后展开的战争场面具有强烈的对比。伍家的老夫妻,选择的肯定不是专业演员,那种风吹日晒岁月沉积下来的面貌感觉太真实了。而伍家的背景就是从渔船上老父亲那一句"我们世世代代都活在船上"而给予了隐约交代。

湖州地区有着很悠远也很特殊的一个艰辛群体,这就是称为"九姓渔民"的江上渔民。他们从出生开始就被打入另册,祖祖辈辈生不得离开渔船,死不能入土为安,更不用说与岸上寻常百姓通婚,就连交友同行也得避人眼耳,他们的存在和消失得不到任何官方的许可。所以,当伍家父母得知从军归来的儿子如今已经是人民解放军里的"长官",手下"当差"的有一百五十多名"弟兄"时,那种因为长子阵亡所带来的哀痛,瞬间转变为发自内心的欣慰和骄傲。我想起《白毛女》里,喜儿得救后的那声呐喊:"旧社会把人变成鬼,共产党把鬼救成了人!"

在徐州淮海战役纪念馆的展厅里,镌刻着陈毅元帅的一句名言:"淮海战役的胜利是革命老区人民用小推车推出来的!"民心之所向永远都是决定对垒双方最终胜负的根本。

伍万里出场的时候,还是一个肆无忌惮撒着野的顽童,那种生机勃勃的少年郎形象带给观众的感触就是,如果没有那场直到今天依旧对国际政治局面有着深远影响的战争,伍家兄弟的生活就应该是另外一种呈现方式,武千里会把父母期待的新房盖起来,伍万里应该会进入学校去学习,他们都会生儿育女,日出而作,日落而息,绵延下去。

可战争的铁蹄就像影片里那突如其来的"夜报"警讯,千千万万家庭的团圆瞬间被击碎。《长津湖》是由陈凯歌、徐克、林超贤三位导演联合执导,剧情转换的空隙是可以看得出些许风格的区别,很多人都把猜测哪个部分是由谁负责的作为观影的选修作业,而《长津湖》开篇这段充满家庭气息的湖州春景,就是典型的陈凯歌风格。

保家卫国,御敌于国门之外,这些关系民族大义的政治宣传,到了影片里,就形象地化为伍万里孤身从军时候的一句话:"我要保护俺家的船,俺家的地!我要让俺哥瞧得起!"这句话打动了来做战前动员的宋时轮将军,同样的道理,在放弃转业回上海的机会,骑着自行车追着部队的梅生那里,有了更打动人的升华:"这仗我们不打,我们的后辈就得打!"

从三人联合执导的《长津湖》到以徐克主打的《水门桥》,主角的含义已经泛溢过千里、万里两兄弟,到了他们周围的七连战士,还有七连战士身边的更多战友。胡军饰演的雷公老实稳重,冲锋陷阵的果敢与温暖柔软的爱心糅合在一起;段奕宏饰演的九连连长谈子为心思缜密,英勇无畏,为了炸毁水门桥坚持到流尽最后一滴血；朱亚文饰演的梅生，在和平年代一定会是个好爸爸、好丈夫，可在战场上，他把书卷气都收藏在军人的坚毅后面；李晨饰演的余从戎是他近几年最成功的角色，群戏都遮不住他鲜明的性格设计，影片里，也只有他始终保持着一种军人的乐观和自信。

《长津湖》最成功的部分就是战争场面的铺陈。感恩节前的备战，用美国大兵啃着火鸡喝着咖啡来对比志愿军战士人手还不到一个的冻土豆，俯拍、近景加上多次角度不同的人物特写，把那种临战紧张的气氛烘托得浓郁真实；《水门桥》则在剧情紧凑上有新的提高，三次攻击环环紧扣，张弛有度，很多激战场景拍得震撼，甚至在观影之后，观众心绪中那种关于战争的残酷性和凛冽感都会久久萦绕。

现在回顾长津湖战役，实际上那已经不是简单的军力比拼，而是整个国力、战力和意志力的较量，面对美军全面现代化的战争运作体系和高效顺畅的后勤保障，我们当时可以与之较量的只有步行穿插，争取时空上转瞬即逝的胜利机会，所以有国外军事专家在研究朝鲜战争之后曾感慨：中国人民志愿军步兵在20世纪50年代就达到了人类战争史上轻步兵战斗的巅峰，而七连，恰恰就是以"一步一步走出来的兵"为信条的战斗队。

《长津湖》里的战争惨烈在《水门桥》里达到了峰值。对于银幕前的观众来说，那些刚出现时候都是英俊潇洒的志愿军战士，战斗到《水门桥》阶段，形象都完全被炮火改变了，所有人的眉毛睫毛都带着一层冰霜，梅生的一只眼已经完全瞎了，他们一个个面色黑青，声音嘶哑，如果没有从头看过来，真的没有办法把他们同行动敏捷、战无不胜的第七穿插连战士联系起来。那座水门桥并不长,实际上就是水门发电站的一个过渡桥梁,即使炸毁掉,也并不妨碍美国兵跑路,我们的最终目的,是把美国的机械化精锐完全搞掉,不能让美军的重机械军械轻易过桥,那就不得不一次又一次击毁它。

可水门桥实在是太坚固了。七连抵达之前,谈子为的九连全力以赴攻击,损失了三分之二的战斗力,却仅仅出现了一个小小的缺口——这简直令人无比绝望,谈子为本人也被炸桥中飞溅的石子穿透而牺牲,只给武千里留下一句话:"哪一场仗不难打?都要打!"接下来的剧情里,一刻也没有再停歇,惨烈的攻击一波接着一波。狙击手平河,百步穿杨,战功赫赫,他的主要任务是防御侦察,可所有小分队战士在敌人密集的炮火中都倒下之后,平河毫不犹豫,丢下狙击枪,扛起炸药包,倒在坦克履带之下的瞬间还在高喊:"开枪!"还有乐观的余从戎,他明明可以躲开美军的空投汽油弹,但是为了掩护正在修整而毫无防备的队友,毅然决然迎着美军飞机奔跑呼喊,直至灰飞烟灭还保持着战斗的姿势。梅生的眼睛已经看不清怀里揣着的女儿照片,为了给战友再赢得短短十几秒钟的攻击时间,他把自己身体当成最后的武器,驾驶着熊熊燃烧的战车冲向美军阵地;还有伍千里,在他牵挂惦念的兄弟眼前,从百尺高崖上一跃而下,引爆了最后的一枚炸弹——水门桥第三次被炸出一个缺口。

1950年11月27日打响的长津湖战役,发生在朝鲜半岛最寒冷的冬季,那里的极端低温达到零下40摄氏度,是难以想象的寒冷的湖,在茫茫雪山和凌凌湖川之间,一重又一重极度严寒持久冰封的凛冽,让后勤补给能力超强的美军死伤都超过了1.8万人。再看看人民志愿军,吃的是冻土豆,喝的是冰雪水,我们能把不可一世的美国兵赶下大海，五万人的伤亡对于刚刚建立的新中国是巨大的代价。

当伍万里用微微颤抖的声音响亮地报告："七连应到一百五十七人，实到一人！"所有人都很难抑制住自己的眼泪。

《水门桥》结尾，在长津湖畔，宋时轮将军面对仍旧有着硝烟气息的战场潸然泪下。而在湖州故乡，又是一年的春风吹拂，伍千里曾经走过的那条乡间小路上，伍万里抱着伍千里的骨灰坛子缓缓走来，平静的湖面上，少年郎的水漂又画出一个又一个美丽的弧线。

这种历经了战火喧嚣的宁静，正是我们对英勇无畏的人民志愿军最真挚最崇高的纪念，他们永远都会是我们国家中最可爱的人，都值得被我们一代一代永远铭记！

一样的月光

——观《后来的我们》有感

《后来》成了刘若英在歌坛的招牌和保留曲。每次唱响，台上的和台下的都止不住会在荧光棒的挥舞间跳跃出不同味道的泪水，虽然很多人都会在含泪的灯影下与身边的"现在"相视，却都在各自的心路上，让心绪飞一般地在回忆与安慰之间东碰西撞。岁月真的是可以让我们感到身体上的"痛"。

你不承认还就真的不行，所有成为故事的很少不掺杂着悲剧的调音。那些在我们记忆中留痕的，心碎远远多于欢笑吧！说这是一种生活的惯性，是谁也脱不掉的成长标配，无论怎么叹息，怎样以泪洗面，恐怕都不过分。

看这个《后来的我们》，总是想到苏芮《一样的月光》，我们一样经历过绿皮车、方便面、小火锅，甚至还有计生委大妈关于安全套使用方法的唠叨，都在一样的月光里流淌着不一样你哭他笑的生活。电影用黑白和彩色来对应"千"与"千寻"的路径，是有些想讨巧，却也巧得能触及人心。其实，我们这些碌碌匆匆的行人，几十年之间，风霜粗粝了容颜，却总有一小点不带盔甲的柔嫩之地在内心深处，稍有微风吹拂，就心酸得不得了。然而虽然心酸极了，却还忍不住要把最美最好最疼的宝贝藏在里面，不肯与人分享。只当看到银幕上陌生人的故事，才开了闸似的触景生情。

问世间情为何物,直教人生死相许!我想,也就是静夜无人私语时,你才能放纵地听一听自己的心跳吧。我们这一代人、这一辈子,在醒的时候可以骗得了自己,在梦的时候,却总有着这样那样这些那些无缘无尽的后悔——都想不通,怎么就走过来这么长的一段路,而且,除了心,真还毫发无伤似的。

相较而言,我喜欢电影里黑白的部分。十年前的奋斗,虽然辛苦,苦得连个旧沙发都成了爱的抱抱。但,毕竟有最好的岁月,哭过笑过之间,有爱过恨过,都追到了地铁门口,却就差一口气!追是舍不得,是真舍不得,谁能舍得眼睁睁看着爱过的人今生永远不会再相见?开往苹果园的路不遥远,但就差了那口气,她不知道他心里想要的是什么,他却认为她知道——两个人,可以相拥相吻,却有了渐行渐远的心。黑白的部分是短,更有深深的怀念,可以把忧伤装点出永恒的模样。

最爱《半生缘》里顾曼桢与沈世均十八年后的不期而遇,那句感慨声犹在耳:"我们回不去了!"——我们何止回不去了,我们的余生里就此被扎下了一根刺。虽然说得很好,不是为了这个为了那个,那我们明明白白这样苦了自己,伤了对方,又都为的是什么?

生活真的如一溪流水、一夜月光,久别重逢的时候,赖有可人堪话旧,隔着遥远的微笑,也许会想起除夕夜的烟花,绚烂的模样无非瞬间,往事中那点点滴滴的伤害到了故事的结尾竟也渗出来一丝丝欣慰。我们都想留下来,然后又不约而同各自离开,虽然不过是两三站地铁路,其实却最终成了各自人生里的两条平行线。

我会祝你安好,你呢!

- 一方烟火 -

我们都走在爱情的道路上

"须知少时凌云志,曾许人间第一流。"司梦是《北辙南辕》中绝对与众不同的一个女人,人家在喝酒,而她还有心情念出艾略特和惠特曼的诗。在她的生活里,梦想与现实虽有波折,但终究和解。

冯小刚的都市爱情剧《北辙南辕》是近几年来值得多看几遍的好片子,看后就该专心致志去想一想我们这一生是不是应该给爱情这款几乎都快被遗忘的奢侈品留下一点点存念的空间。

《北辙南辕》的主题不是大团圆。五个性情禀赋各异的女性,在短短的一年时间里,建立友谊、打拼事业、收获爱情、保留遗憾,虽然描绘的是我们普通工薪阶层鲜见的"中产阶级"小资情调,但情感这"东西"真的是不需要水渠就可以充分汇聚,没有经历亦可以同感遐想,那些人与人关系中最亲密的部分,也是由细微冲突与彼此依赖构建在一起。

戴小雨是顶着光鲜亮丽婚纱首先出镜的一位,可惜围绕她的两段爱情,都不能算是很纯粹的爱情。跟彭湃相识时间很长,相爱经历却很短,初始的纠纠缠缠,根本源于国外那种"闻听乡音自然亲"的依靠感。彭湃一直以来都隐藏着深深的不安,对前妻的藕断丝连,对女儿的心有所欠,这也都是一个正常男人应有的思虑。说他心里没有戴小雨也是冤枉他,在戴小雨不辞而别的日子里,他是显而易见地憔悴和焦虑。当他再一次经历拥有和失去戴小雨的时候,他那种落寞和悲哀也不是伪装。爱情真的不是让一个人无所适从地等待,尤其是对男人,优柔寡断、瞻前顾后,最终只能是黯然神伤。彭湃离开的时候,尤珊珊正演奏着《别知己》。镜头里,北京的冬天好像突然就来了,灯火辉煌的天空上开始飘雪。说真的,彭湃的背影还挺让人伤感。

很多时候,爱情的开始都是各具特色,而每一次结束,往往极为相似。

戴小雨跟刘梁周的那一段,更多的是女方对男方的感激,感激刘梁周在她最无助的时候挺身而出。可惜,两个人都是在面对爱情时异常冷静的那种"狠"角色,刘梁周在提出分手的时候,紧紧抱住小雨说了一句:"我爱你。"我们看到的反而是戴小雨彻底放松自我之后的流泪。

张爱玲有段话是这么说的:有些事一别竟是一辈子,一直没机会做,等有机会了,却不想再做了。有些话埋藏在心中好久,没机会说,等有机会说的时候,却说不出口了。有些爱一直没机会爱,等有机会了,已经不爱了。

只有鲍雪跟俞颂阳的关系,才是我非常欣赏的爱情关系。就像初始偶遇吃那盘饺子一样,这是两个有性情、有恣意、有冰、有火的关联,当然也少不了透明,有话就说,有架就吵,没有相互的干涉,有的就像鲍雪说的那样:你劝不了我,我只能自己消化!

后来,鲍雪因为俞颂阳热衷的极限运动有了生命危险而不惜高调反对；俞颂阳则坚决制止鲍雪去拍裸戏，让她失去了一次追求多年为艺术"献身"的机会，双方这些有关生活和事业的限制，实则是因为彼此心中都有了牵挂。毕竟，爱情最幸福之处，是不让那个你深爱的人伤心。

司梦的文笔很好，更重要的她已经是两个孩子的妈妈，跟天底下太多的家庭主妇一样，她的生活里，充斥着柴米油盐。虽然她有想象力写出来很多美丽的童话，却始终不能摆脱那种有关爱情流逝的焦虑，丈夫的一点点风吹草动，她就提心吊胆，所以才能被一个有心机的人摆上一道。

在这部剧中，也只有司梦和杜世均还算是"修成正果"。印象很深的一个细节：司梦终于在写作上有所成就，应酬开始多了，过去是杜世均喝多了回来，司梦打理善后，如今扶着司梦到卫生间的成了杜世均。虽然只是端茶倒水的双方换了个位置，却把那种老夫老妻相依相携的感觉表现得自然并贴切。

无论爱情的风花雪月有多悠远，最终我们要面对的还应该是平淡如水的亲近感。

冯希这个角色是失败的。无论情节还是人设，有不少地方都可以感受到她跟司梦近似的影子。她遇到的渣男李响，也是多重人格的混合体。都已经是 21 世纪了，还在期待演绎皖南深山贞节牌坊的故事，怎么可能呢？这个过了时的角色都不如《梦华录》里的赵盼儿显得真实可爱。

五个女人中，尤珊珊是最清醒的。虽然剧本把她内涵成观音菩萨一样的救苦救难神仙，不缺钱不缺人，就是缺了一点烟火味，但是透过现象看本质，她始终是那个站在岸上不温不火的观望者。王珞丹的气质与角色吻合得十全十美，不像蓝盈盈的鲍雪，她就是把性格开朗跟缺根弦等同在了一起。一次失败的婚姻，给尤珊珊留下的并不是伤痕，反而更聪慧更善感地面对身边的众生。事业的成功，经历的丰富，让她有了非常超然的处世态度。最懂她的爱人，也是不得不离开她的人。黑哥选择在最繁华的时候与她不辞而别，就是不希望让她面对生死，面对流逝。

"北辙南辕"是剧名，也是"五美"合作经营的餐厅品牌。这个词的解释一个是想南却向北、所求和所做相悖；另一个含义才是剧作的想法：车来车往，人行随意，看上去熙熙攘攘，热热闹闹，可兜兜转转之下，擦肩而过的多是一面之缘的陌生人。或许，我们有过一样的体验，有过相同的经历，有过近似的收获。南辕北辙，沧海桑田，就算没有收获一份十分完美的爱情，也一定会有那么一段时间，我们都走在爱情的道路上！

香　消

　　孤岛时期的上海是各类小报文学最兴盛的日子，《紫罗兰》就是这样一本"盛开"在上海里弄里的杂志。晚年的周瘦鹃清晰地记得，他第一次在编辑部见到张爱玲时，很难把她同携来的裹在报纸包里的小说联系在一起，这个青春年纪，虽然个子是有些突如其来的高大，服饰衣裳也有些与众不同，但是不晓得她周遭那隐隐散发出来的腐旧气息是从哪里沾染的。

　　没有经历就没有伤害，说的真不假，同样的，没有过往云烟也就少了彼此之间的感慨万千。

　　"这世上，没有一种感情不是千疮百孔！"这句话出自张爱玲的成名之作《第一炉香》，1943年登在《紫罗兰》月刊上，2021年被第一次搬上了大银幕。

　　香港的诸多导演中，许鞍华应该是拍摄张爱玲作品最多的一位。早在1984年就执导了周润发、缪骞人主演的《倾城之恋》，这也是她的成名之作；1997年又拍摄了黎明、吴倩莲、梅艳芳主演的《半生缘》，如今已经成为经典；20多年之后，许鞍华又选择《第一炉香》作为致敬张爱玲百岁诞辰之作，光从影片的班底人选来看那是下尽了决心要有所作为。

都知道张爱玲的小说不好改编，那些意向性很浓的潜台词和象征性十足的即视感，只想通过镜头转换来表现，多多少少都会有力所不逮之感。

李安《色戒》的成功，源于颠覆性的剧情和突破性的表演，然而，那部片子里有很多已经不是属于张爱玲的东西了；《半生缘》要感谢那个多边爱情故事本身就是带有浓浓的世俗感，更有角色选择的恰到好处，黎明的书生气、吴倩莲的淑女范和梅艳芳的风尘感，都掌控得恰到好处。

一部好的电影，始终离不开这两个关键，改编和表演。

《第一炉香》的编剧是王安忆，摄影杜可风，服装师和田惠美，音乐坂本龙一，这几乎是一套华语片顶级的"卡司（阵容）"，几个配角从俞飞鸿、秦沛再到范伟，全是拿奖拿到手软的优秀演员，两位主演马思纯和彭于晏，颜值和名气都不缺，马思纯还和周冬雨一起拿过金马奖影后，可从这份名单一公布，就非常之不被看好。

《第一炉香》故事很简单。我们很多人都读过几百年前那一段关于杜十娘从良的艰辛故事，这一回，张爱玲是把一个旧话题拆开来，倒过来叙述：一个叫葛薇龙的上海女孩，究竟是如何心甘情愿地沦落进风尘。

若说到葛薇龙的单纯美丽、纤瘦小巧，马思纯的气质里原本就是个空缺，身材丰腴也就罢了，就连表情也是突兀地呆滞，小姐的气派甚至还不如张钧甯饰演的丫头睨儿，所以演出来，演员也的确辛苦，我们看得也直走神，那种感觉似乎是整部电影马思纯都在提醒着观众：我就是葛薇龙！

可观众看在眼里的一直都是马思纯。

许鞍华后来也在一个场合里含含糊糊地承认，角色选择的不妥是造成影片口碑与期待不尽如人意的一个不可回避的原因。

当然还有彭于晏，你怎么看他也看不出原著里苍白青涩、忧郁阴沉的世家公子，周吉婕刚点评完自己的哥哥"有丫头气"，紧接着他就阳光灿烂地展露着肱二头肌出现在了镜头前，唉！说他是给公子哥拉包月的车夫倒是有点像。

外形上的不合适，倒也不是不能靠演技来弥补，就比如俞飞鸿，她那种高冷孤傲的气质原本与欲望外放的梁太太相差甚远，但她就是凭着精准的演技把那份违和当作风情给扳了回来，以至于和马思纯饰演的葛薇龙站在一起的时候，梁太太倒是更显得光彩夺目，不知道葛薇龙的青春都到哪里去了。

还有范伟的司徒协，现在觉得范伟简直就没有什么驾驭不了的角色，有钱也好无钱也罢，他稍微摆出几个小动作一搭配，小眼睛左看看右瞅瞅，你就认可了这个色心大过年龄，有心机也有点滑稽的富商金主。

当然，我倒也不觉得《第一炉香》是部烂透了的电影。

这个关于"沦陷"的故事还是有很多地方吸引人的，导演选景很用心，梁太太府邸那巍巍的白房子，覆盖着绿色琉璃瓦，黄地红边的窗棂，透过落地窗一望无际的海色，很容易让我们接受并稍微理解一下葛薇龙那几分进入就舍不得离开的"眷恋"。编剧又很用心地把小说里不太容易视觉化的心理活动，用闪回、梦境和对话的方式，清晰而简洁地表现了出来。

张爱玲写作《第一炉香》的时候不过 23 岁，小说中那些关于情爱的蜕变、挣扎、执着和堕落，是随着葛薇龙慢慢地把简单的梦想，夹杂上占有的野心，最终半推半就把对爱情的寄望，同堕落之后不甘心却又不得不被同化融为一体。小说里越到末了，那种寂寞和苍凉的感觉就越清晰，很可惜，电影里，没有了。

没有了这点氛围，就很难接受电影的结尾那个刻意营造出来的伤感：除夕之夜，薇龙和乔琪乔两人逛庙会，身边不断有人在放烟花，乔琪乔突然喊："喂！你身上着火了！"薇龙道："又来骗人！"乔琪乔道："我几时骗过你来！快蹲下来，让我把它踩灭。"薇龙果然蹲在地上，乔琪乔也顾不得鞋底有灰，两三脚把她的旗袍下摆的火踩灭了，两个人笑了一会儿，上了车子。

当镜头一转，葛薇龙的情绪就突然低落起来，说了一句点题的话："我和那些站街女也没什么分别，硬要找出区别的话，她们是不得已的，我是自愿的。"

快乐和忧伤可以瞬间交替，可惜，电影里的这种转换有点莫名其妙，就像葛薇龙为什么就爱上了乔琪乔，以至于甘心为了他出卖自己的灵魂和肉体，小说里有很多层次递进的心理表述，电影里只是给了几个长镜头，对于没有看过小说的观众来说，真的没有什么说服力。

《第一炉香》是张爱玲的成名之作，小说中的那种情绪，在当时社会里依然存在着，葛薇龙的悲剧换句通俗的话来说，也就是坐在宝马车中哭还是自行车上笑的选择，我们的身边永远都不会缺乏这样的人。

为了所谓的爱情牺牲自我，到底值不值得呢？随着岁月流逝,又会有多少人还记得自己的初衷?

　　薇龙的一炉香烧完了,古旧斑驳的铜香炉像极了深埋在张爱玲心底的吸魂器,天阴有雨,天晴有风,时不时便会流溢出几缕记忆的尘土味,张爱玲笔下的没落贵族、倾城时光、寂寞青春,无一不带有那种埋没在历史中成百上千年之后又重见人间烟火时,无论你做什么样的彻底清扫,都掩饰不住尘埃感!

"爱"就一个字
——那些光影世界里的慈母

《野草闲花》是中国默片时代最伟大的作品之一。影片开始,从东北沦陷区逃难而来的母亲,病体难撑,怀抱着婴儿跌倒在雪地上奄奄一息。就在她濒死之际突然听到了女儿饥饿的啼哭声。然而,在这个时刻,母亲衰弱的身体里已经吸不出一滴乳汁了,只见她振作起最后一口力气,咬破了自己的一根手指,用生命中最后几滴温暖的鲜血延续了女儿生存的希望。

1930年拍摄这部影片的时候,阮玲玉只有20岁。孙瑜导演很担心她演不出那位母亲贫病交加又顾念女儿的复杂情绪,但阮玲玉却微笑着安慰导演说:"放心好了!"

拍摄当天,当阮玲玉化好妆伏在雪地上,整个人立刻就进入角色氛围中,尤其是最后雪中咬破手指的点睛之笔,完全是阮玲玉自己的设计,整个拍摄一气呵成,现场的工作人员都为阮玲玉精湛到位的表演所打动。等到关机清理现场的时候,孙瑜发现坐在一旁的阮玲玉满脸都是泪水。

阮玲玉父亲早逝,母亲是靠给有钱人家做保姆做洗衣妇赚钱把她供养成人。看过《野草闲花》剧本,她被剧中母亲的悲惨命运深深打动,联想到自己的童年往事,母亲做工的种种艰辛仿佛又重现眼前。这或许是中国电影史上最早最触动人心的母亲形象，在阮玲玉天才表演的加持之下，困境中依旧无私奉献的母爱被展示得淋漓尽致。《野草闲花》终成为那个时代左翼潮流的代表之作。

表现母亲的佳作，国外也不乏精品。我上小学时，曾经看过一部意大利的电影《母亲》。剧中的男主角生活在单亲家庭，但是他在母亲的倾心呵护下始终快乐地成长——学习优秀，社交丰富，大学毕业后顺风顺水当上了大律师，娶了一位富家之女，晋身于所谓的上流社会。可他那位做帮工的母亲，始终沉默寡言，埋头在做不完的脏活累活中。最触目惊心的是她只有一只眼睛，油腻蓬乱的头发永远都遮着她的半边脸。就是这样的一位母亲，尽可能地满足了儿子所有的需求，她最开心的事就是儿子每次放学回来，老远喊着"妈妈"，飞快跑到她身边，拥抱着她，亲吻着她的面颊。让她没有想到的是，儿子长大以后，却渐渐开始以母亲的身份和容貌为耻，除了偶尔给母亲寄上几个钱，他见都不想见到母亲。

母亲从此失去了生活下去的意念，迅速委顿下去。这个可怜的女人在临终前，最大的心愿就是能再见到儿子一面，可儿子总是百般推托。忍无可忍之下，守在母亲病榻前的一位至交好友，违背了多年前对母亲的承诺，找到了那个风光无限的儿子，告诉他，正是因为他婴儿时期的一次无意之错，将一把锋锐的甜品叉插进了正在喂他吃饭的母亲眼睛里，才造成了母亲后来命运的转折。母亲始终不愿意让儿子知道这件事，担心会给他一生带来挥不去的阴影，独自承担了离婚、失去体面工作、艰辛抚育儿子成长等等所有一切——她心里只有对儿子的惦记和关注，至于自己,则想得很少。

母亲的伟大,不仅仅是对儿女的奉献,她们很多的人生抉择对于儿女的影响也是巨大且深远的。

《闪闪的红星》里,潘东子在父母面前就是一个少年哪吒,充满了孩童的天真与灵气。对于艰苦的革命斗争,他更多的是好奇和憧憬,直到他目睹了母亲的壮烈牺牲。现在,只要听到《映山红》的旋律响起,我的眼前就会浮现出影片中母亲那面对危险却坦然镇定的容颜,还有那句对儿子最后的叮嘱:跟着党走!在敌人燃起的熊熊烈火中,母亲轻轻地拔下鬓边的发簪,挑亮了门旁边的油灯,仿佛是为了安全撤离的同志们最后照亮崎岖的山路,也仿佛牵挂着思念着的儿子能回头再看一眼温暖的家。失去母亲,让潘东子一夜之间从懵懂少年成长为一名红军战士。

更多的母亲则是平凡的。她们人生最大的梦想就是相夫教子,过一辈子安宁的生活。《漂亮妈妈》里的孙丽英,生了一个先天失聪的儿子,真到了需要面对生活中不可回避的困难的时候,母亲的肩膀往往比父亲更坚强。影片中不堪困扰的父亲离家出走,选择了逃避;孙丽英不得不辞去很不错的外企工作,就是为了能够长时间陪伴儿子。她不愿意让已经生活在寂静中的儿子再平添一份孤独。我们从很多不同角度的镜头中,看到年轻的母亲一边送报纸一边教着儿子从最简单的"妈妈"开始学说话。在个人幸福和儿子的未来之间,孙丽英选择了后者,主动关上了属于自己世界的那扇门。

影片中最感动人的一幕出现在剧终。少不更事的儿子因为外界的歧视而拒绝再佩戴助听器,也拒绝与母亲沟通。孙丽英始终压抑着的情绪终于喷薄而出——她第一次打了儿子,毫无余地地要求儿子马上、立刻、现在就戴上助听器。听着她把这些年想讲不敢讲的话都讲出来，在街上人来人往之间，母子俩终于可以同时坦然面对现实。生活虽然依旧艰难，但是快乐更多了。

不知道还有没有人记得那部近三百集的日本电视剧《阿信》。在这部描写佃农的女儿一步一步依靠勤劳和奋斗成为经营成功者的电视剧里，也有着一位含辛茹苦的母亲。有一段剧情是说，阿信在酒田帮佣的时候，无意中在节日的街头遇到正在陪侍酒客逛街的母亲。小小年纪的阿信，面对打扮得花枝招展正与客人嬉戏的母亲，感到无尽耻辱。本来是朝思暮想的亲人，真的就出现在眼前时，阿信却选择了转身离开。望着女儿的背影，母亲满脸都是失望、惭愧、自责和悲伤。

对阿信有知遇之恩的加贺家老祖母知道了这件事，对阿信说了一段话："你的母亲为了一个家，甘愿做任何事情。可无论她做了些什么，你都不能认为她不好。请尊重你的母亲吧！"

阿信在那一刻突然就明白很多：爱，永远都不会是一个简单的字，很多时候要为了这个承诺付出难以承受的艰辛、痛楚、忧伤和思念，但这些都值得。

当然，母亲的形象也不会永远都像康乃馨一样给人带来阳光下的温馨。就如《我的前半生》里罗子君的妈妈。她毫不掩饰地爱慕虚荣、崇尚金钱，面对生活琐事斤斤计较，甚至尖酸自私。透过她身上那些肆意挥发的小市民表象，疼爱儿女、关心老人、善良多情才是这位母亲人生的主线，这也是一种关于母亲多样性的表达。

生活本来就是多棱镜，多姿多彩才是我们最应该过的日子，就像我们歌颂母亲，也不仅仅只是点个"赞"而已，或许，我们也可以适当"转发"一下，哪怕仅仅只是为了一个简单的"爱"！

人间

第三辑

我倚在门口细细端详着这些历经风霜却始终心怀希望的亲人,眼睛里不知不觉就有了一些湿润的东西。

薄荷茶

与十几年前相比，申家浜几乎没什么变化，只是沿河的一些民居正在做商铺改造，围起了一人多高的防护网，而河边那条我曾经走过的青石板小路，在雨后依旧显得格外洁净。

早先我曾租住的那栋20世纪60年代的工字楼，除了显得更加陈旧，租客都不知道换了有几茬，谁也不知道顾家阿婆什么时候搬走的。算一算，我离开已经十五年了，那时她就有六十几岁的年纪，如今也该是八旬的老人了，而我更希望她像是自己经常说的那样被儿子接走去安享晚年了。

有些意外的是，我在楼东那片小花圃里，又看到一丛丛碧绿的薄荷草在恣意地生长着。口齿之间不知不觉又泛起那清凉的、略带点微甜的薄荷茶味道。

我已经很多年不曾喝到过了。

那年高考，我在很有把握的数学科目上失手，本来信誓旦旦跟娟子说好要报同一个学校继续朝夕相处，结果是我食言了。

青春时期的爱情，总是跟忙忙碌碌和紧紧张张牵挂在一起。我们那个北方小镇不大，就怕这样的消息会长了翅膀一样飞呀飞的飞到家长耳朵里。高中那段时间，娟子和我就像《红岩》里的地下党接头一样,平时就靠着几个互视的眼神来彼此关心,大多数是要等到晚自习之后,前后观察形势良久,才分别走出去,偷偷地在某个约定好的地点碰头。就是在这样有点"惊悚"味道的小聚中,我们一起咬过棒冰,分享糯米卷,牵着手沿着寂静的小路溜哇溜,可能就是短短的十几分钟,整个身心就会像重启的电脑一样又满血恢复了。

等高考揭榜,我们虽然都过线了,但是离当初共同的预期有着不小的差距。娟子看出我的失望,提出了要跟我一起复读一年,我知道她能够说到做到,却不希望因为自己的原因耽误她的青春时光,在极度自尊的驱使下,我还提出了分手,而且义无反顾地上了那个并不在计划内的学校,连声"再见"都没有跟她说就走了。

我们很久没有再联系,但是我知道我还会在她心里有影子,就像我没有一天不想她一样。爱情不爱情倒还是次要的,更多的是一种不甘和坚持,年轻时,我们最不相信的就是生活有多么艰难,总觉得世界再大,我们也会是主人。

再一次重逢,是四年之后。她考上了我所在城市里一所大学的研究生,拿到录取通知书后,她就来找我。记得那天也在下雨,我跑到校门口看到是她,真有种幻梦的感觉,生怕眼睛一眨,她就会不见了。

我们终于又在一起了!

那个假期,我也在准备考研。我们一起在学校附近租了一间小房子,为了节省开支,找到的是那种有着老式木地板的阁楼,窄窄的楼梯,虽然油光锃亮,但是每踏上一步都能听到上了年纪所特有的吱吱扭扭的声音。娟子很开心,经常我在看书,她就一个人坐在阁楼的天台上,看着四面人来人往,我有一次听到她在电话里跟闺密炫耀:"这里真的非常非常生活,有你喜欢的烟火气!"

我的考研很不顺利,最讨厌的就是那种感觉良好却莫名其妙失手的事情。安静下来的时候,我很清楚自己的倔强和暴躁与日俱增,大事小事,有事没事,哪怕是无意间偶然互相看了一眼,都会萌生出各种形式的争吵。终于有一天,我窥见她在天台上,流着眼泪,把我们之间的所有信件和学生时代的那些留言字条一张一张都焚烧掉了。

我在学校操场坐了一夜,第一次买了一包烟,一根接一根抽掉,眼泪鼻涕也不知道是烟草熏呛的结果,还是我为这场爱情长跑终于耗尽热情及坚持而感到悲伤。那个夜晚,我有着二十年中从未体会过的身心疲惫,我给她发了一条信息:幸福对于我们来讲,并不是自自然然放在阁楼里的,我们可能还没有做好迎接的准备,我希望你和我都可以过一段平静而又轻松的生活。

我坐了十多个小时的绿皮火车,转中巴,再花了近一个小时搭乘小渡船,才来到了浙江南边一个叫申家浜的小镇,这是我人生第一份正式的工作。

回想起那个时代,大学毕业更多的选择是出国深造或者考研,真愿意像我一样,选择来到小镇上一个不知名的民营企业工作的几乎没有,公司当初招聘我来的人事部主任,一直到我报了道,才拍拍胸口,如释重负。

公司给予了我最好的生活安排,在小镇的中心位置,离工厂不远的地方,提前给我租了一套一室一厅独卫带厨房的房子,人事部主任在跟我通话时,甚至还问到我喜欢的窗帘、床罩和枕套的颜色，所有这些都是崭新的，真真正正实现了所谓"拎包入住"。

我住的地方挨着一条小河，出门就是《祝福》电影里看到过的那种供洗衣淘米的河埠头和弯弯扭扭的石阶，沿着对岸的一条石板街走出去就是我上班的工厂。我总觉得，这个小镇有着不同寻常的安静，经常是我一个人在街上走去又走回，那种空寂的感受，甚至会让人感到旁边年深日久的白瓦灰檐都有着一种向你浸过来的张力。

公司的老板是弟兄两个，哥哥老实本分，个子不高，话也少，承担厂里的各种生产任务，从来就看不到他有闲着的时候，连中午吃饭休息也是跟工人们在一起。弟弟负责外销和联系业务，一年到头见不到他两次，每每来厂里，眼睛都不会往车间扫一秒，鼓捣完他的"要事"，瞬间消失。工厂职工除了我们三五个搞技术和设计的外，都是本地人，大伙把厂门关上，过着一成不变、朝九晚五的生活。

小镇上连个电影院也没有，更不用说书店，我又不喜欢闲聊或者打牌，所以，一周一天的休息，我睡醒之后就是留在房间里看书，不到半年，自己带来的几本小说和专业英语书都翻过了好几遍。晨昏之间，只会根据窗台上透过来的光线来判定，反正也没有需要遵守时间的必要，早早地枕着窗边的微风睡去也真的是一桩惬意的享受。

这天因为开会，下班回来的时候天都黑了，还下起了淅淅沥沥的小雨，我一路小跑进来，迎面差点撞上一人，对方"哎哟"一声。我定睛一看，是一位瘦瘦小小的老婆婆，我赶忙道歉，她上下打量着我说："侬就是那个刚刚来的大学生吧？"

- 人 间 -

我赶紧点点头,她微笑着侧身让我过去,和气亲切地说:"我们是邻居的哦!以后喊我顾阿婆就好的啦。"

江南的梅雨季节,一连十几天看不到阳光也是寻常事,长时间到处湿漉漉,心情都似乎可以萌发出厚厚的霉菌。记得那是个周末,我习惯性地一直睡到下午才醒转,闭着眼默默数着窗外淋漓缠绵的雨声,正犹豫着要不要起来搞点吃的,就听到轻轻的敲门声,不免有些奇怪,来了这段时间,还从来没有谁来宿舍找过我。

打开门,竟然是顾阿婆。

"阿婆,您好,找我有事?"

"这会子你得闲不得闲?"

"得闲!"

"麻烦你帮我换一只厨房的灯泡好吗?"

"没问题,我马上过来!"

顾阿婆住的地方就在我的楼下,门开着,我进来的时候,阿婆已经捧着一只新灯泡站在屋子中央,我踩着椅子把爆丝的旧灯泡拧下来,换上新的,按了一下开关,厨房亮堂起来。

"谢谢侬!"阿婆递给我湿毛巾擦手,"一岁年纪一岁腿脚,去年我还可以自己踩凳子擦擦灶台,这响就不灵光了,直发晕!"

"阿婆,这样的事还是喊我们年轻人做吧,当心跌着!"

我放下毛巾要走,阿婆拦着我,我看见她从厨房端出一个玻璃茶樽,里面放了一小把翠绿的叶子,她一边招呼我坐下,一边缓缓地把开水倒进去,那几片翠绿的叶子瞬间舒展开来,随着热气在透明的玻璃茶樽里轻盈翻转,只稍稍沉浸几秒钟,阿婆就倒出来了一杯递给我,一股清凉的气息扑鼻而来。

"我今天搞了两只小菜,侬就陪陪我这个老人家吃个便饭吧。"顾阿婆笑眯眯地看着我,这种亲切感真的是让人无法回绝。

"这是什么茶呀,味道好特别。"

"这是薄荷叶呀,侬没瞅见我在楼旁边种的吗?这个黄梅天喝上一点点,开胃祛湿,很好的!"

这是我第一次喝到薄荷茶,轻盈的叶子,翠绿的颜色,隔着明亮的玻璃杯显得干净透彻,清凉中夹杂一点点微甜的口感,让人备觉清爽提神。

从敞开的厨房门,看得到顾阿婆一个人手脚利落在忙活,炉子上的开水冒着白气,锅里的油发出时急时缓的吱吱声,香气弥漫在这个小小的空间里。

很快菜就上桌了,一碟四喜烤麸,一碟糖醋小排,一盘虾仁青豆,一盘酒香草头,清蒸了一尾半大的海鲈鱼,还有一只小砂锅,取掉盖子,原来是鸭汤炖的火腿豆腐,汤面还冒着泡,立马撒上葱花,顿时香气扑鼻。阿婆最后还端出来一小盏黄酒和两个白米粽子。

我真的忘了,今天是五月端午,团圆的日子。

自己已经离开家将近半年了,面对这满桌的菜和顾阿婆温暖的笑脸,我的心底里却陡然生出了几分惆怅。

饭桌上,我知道了顾阿婆的儿子是上海一家跨国公司的高管,经常国内国外飞来飞去,儿媳妇是美国人,他们在上海有套大房子,也曾接她去住过,可阿婆说不习惯,楼上楼下,天明天暗,二十四小时就她一个人,见了钟点工都会觉得亲人来了,连养过的一只猫,都觉得寂寞难耐,偶然开了一次门,瞬间跑得无影无踪,所以她要回老家来。

这一年，老家房子拆迁，儿子就给她在这边租了这个小套，说等再过几年，公司稳定了，不那么忙了，再接她到上海颐养天年。

阿婆说，她有一个孙子年龄跟我差不多，身材个头也差不多，第一次看到我，她差点以为是小孙子"从天而降"，真的是又惊又喜。

日子如门前的流水一样，潺潺不断地过去，我和阿婆的来往也是有一搭没一搭，每次听她说那些市井往事，也渐渐地把自己的经历流露一些，有了这些倾诉，即使没有什么合适的宽慰，心里的那些郁结也会慢慢稀释开了。

薄荷其实非常好生存，基本不需要多关照，就可以自由自在地长到接近一楼窗台那么高，蓬头发得也快，尽管天天都有过来过去的人掐上几片，也一点不妨碍它们始终都显得郁郁葱葱。

阿婆也给我拿过一小罐她用文火焙过的薄荷茶，叶子少了那种鲜亮的翠绿，焦焦的，发暗，可喝起来却有了另外一种鲜叶子缺少的烟火味。

秋天的时候，我接到了女友的电话，她从很拐弯的途径知道了我的落脚地，她说假期要去杭州参加学校的实践锻炼，想过来看看我。

我请了假去接她，本以为会有很多久别重逢的激动，但当她出现在面前时，涌上我心头的竟然是一丝陌生和尴尬。我们坐上渡船，看着沿岸的田野和村庄，除了刚见面聊了几句不咸不淡的问候，几乎一路无话可说，甚至连眼神都尽量回避。

我悲哀地明白，再多的思念，面对时间和距离，真的是毫无防御能力，我们即使可以面对面，却已经很难回到过去的那种

- 且将锦瑟忆流年 -

心境。

我们在外面一家小店吃的晚饭,精心点的几个很有特色的水乡小吃,我看到她也仅仅是沾了沾嘴唇。沿着河边的小道走回来,虽然也一路牵着手,却始终默默无言。

也许,这就是我们最终告别的时候了。

原本说好的待两天,她在晚上就告诉我临时有事,想提前到第二天中午。她坚持不让我送她走,我把顾阿婆给我的那小罐薄荷茶,默默地塞在她的包里。

在楼门口我们有一次紧紧的拥抱,那一刻我能感到她的手臂微微地颤抖。我们谁都明白,这一别,真的不知何年何月才会有彼此的消息。

冬至那天,我从公司离职,我还是实现了自己的梦想,第二次考研终于如愿。可很奇怪的是,接到通知,我有的却不是兴奋,而是疲惫。回来的路上,看着流水和小桥,竟然有一种茫然无措的感觉。

办好了离职手续,交接掉各种事务,我最后走的那天是个飘着雪花的清晨。开了门,却发现门口整整齐齐摆放着两个满是薄荷的玻璃瓶,经过烘焙的暗绿色叶子,一片一片密密实实地叠在一起。

我想最后跟顾阿婆打声招呼,不料敲门半天,却没有人应声。

接下来的故事,经常会像过电影一样在我安静的时候一帧一帧重现,我毕业以后的工作进展非常顺利,成家生子也是水到渠成,似乎在经历过那些青春的纠结和郁闷之后,整个人就突然地开朗起来。

- 人间 -

231

高中五十年校庆的时候，也见到了娟子，隔着几步远的距离，虽然彼此都有些不露声色的微笑，心里面却像隔了一段沉甸甸的人生。拿给她的那小瓶薄荷茶，恐怕早就是过眼云烟，可我的那个装薄荷的小瓶子依旧还在，就放在我书房的柜子里，夜半时分，在我阅读的间隙，偶然会盯着它看上一小会儿。

曾经有过一些温暖过我们生活的人，他们的存在对于我们来说，可能并不完美，或许还会与一些难言的伤感有很紧密的关联，可这丝毫不会影响你对他们的思念。我始终忘不了第一次看到顾阿婆冲泡薄荷茶的情景，在那透明的玻璃杯里，几片翠绿的叶子，在滚水的浸泡下，缓缓舒展开来，安静沉淀下去，真像极了我们一路行来所经历的风风雨雨。

也许，这才是我们相遇的真实人间。

恋恋风尘

辛晨最不愿意参与的事情就是同学聚会。尤其是对这种十几年不见，走在大街上对面相逢不相识，要靠人脑飞速"百度"，却还必须做出惦记对方几百年的痴心样子，她真觉得难为情。

前些天答应舒慧，也实在是午夜聊天聊到她眼睛都快睁不开了，满心就只想把电话挂断，临时口是心非含含糊糊"嗯"了一声，不承想对方就不依不饶起来。

在学校的时候，辛晨就是那种最"阳光普照"型的学生，既不优秀也不垫底，家长会永远安安静静听别人家孩子受到表扬抑或批评，父母也不是不着急，可着急久了，看她默默无语听若无闻的淡定样子，也就相对叹息，无能为力了。好在辛晨高中大学一路顺利，直到和卫子威结婚，千里迢迢从东北嫁到上海，这算是她生平做的最违拗母亲的事情，送她上车的时候，母亲一副哀其不幸、怒其不争的样子，她一辈子都忘不掉，那一句在她耳朵边咬牙切齿的叮咛："自己选的，好歹自己受着！"这几个字千斤坠一样沉在她心里。最近这几年仿佛是应验了母亲的话，那种"受"的滋味越来越清晰。

这回聚会舒慧是发起人，就安排在上海。一个电话一个电话地和她商议,她不能不给面子,他们两口子没离婚之前,没少麻烦人家,可现如今,麻烦到这份结果,她又觉得还不如当初不去麻烦。

那个时候,她是真的想要一个孩子。子威嘴上不说,可心里比她更急,两个人也不知道跑了多少家医院,西医中医老军医,喝的抹的闻的,整个人就像腌制在药水中,几年下来,子威都退却了,她还执着地向前冲,就是因为有那么一点点的不甘心。也是机缘巧合遇到了老同学舒慧在市里一家三甲医院妇产科。本来,已经跟过去的人和事了断得干干净净,舒慧的出现,等于又给辛晨续上了。一眨眼,女人四十,许鞍华电影里的女人都铅华洗尽,沉浸在相夫教子的平凡里,可她心里觉得希望似乎还在前面,可步子却开始迈不开了。

她家那点事,都不用辛晨张口,舒慧就清楚得不能再清楚。子威搬走后,舒慧赶过来送温暖,一开门见到她像见了鬼,那一声惊呼,反倒把辛晨吓了一哆嗦。她拖着她去做头发,进了千丝梦先问吧台小帅哥:"卫总 VIP 余额多少?"小哥哥稍稍迟疑,她一个电话打给子威,然后吆五喝六肆意安排,她不是看不出来辛晨眉梢眼角的纠结,只是悄悄告诉她:"志气不值钱,出气才刺激,你又不是小姑娘,也不想竖个牌坊,早该没有要死要活的滋味了吧!这是他对你自己放任生活的一种补偿,幸好你还有,我离婚的时候,除了一地鸡毛,屁也没有!"

两年来,辛晨不是没有察觉子威某些不对劲,可总是尽量往简单的去处想,商场男人应酬应酬,在所难免,靠的是自觉自爱,不能靠老婆,家里的女人,除了不可避免地长长岁数,还得少动点脑筋。好在,卫子威不想把事情做绝,他们青春期的那些爱情多少还是在心里留有几丝涟漪,当他把外室有孕的检查单子递过来的时候,还是有着几分不像伪装出来的沉痛和愧疚,仿佛是不小心摔碎玻璃盘子的好孩子。人走了,茶未凉,衣食供奉,一如旧日,只是心头的这道划痕,久久不愈。不育不孕是不需要再去消磨时光了,甚至某一个夜里,她突然想起自己还在舒慧那里存了几颗卵子,一连串想下来,仿佛又体会了一回取卵手术的异样酸爽,她都觉得自己快疯了。

本来是以为这样的雨天可以托个借口不去了,挡不住舒慧不停地催催催,最后抛出一个撒手锏:"我这里有一个劲爆消息,我一直犹豫告不告诉你,你今天捧我的场,我就豁出来不道德一回,告诉你!"再不答应,发疯的就有可能换人了。

她没开车,看发来的位置导航走过去离得也不甚远,也就半个多小时,拿了一把伞就出了门,可刚出来没多远,雨却越下越急,手里举着那一把伞,就跟举着一个筛子似的,瞅见路边有个花店,她赶紧拐进去,心想等雨歇一阵再走吧。

花店里没什么生意,一对俊男靓女蹲在角落里切鲜花,嘀嘀咕咕地说着悄悄话,那男生听见门响抬头看了一眼,招呼她:"阿姨,想选什么花?"辛晨有点尴尬,微笑一下:"我随便看看!"那女孩也抬头看了她一眼,两个人不再搭理她,继续说说笑笑,虽然知道他们不可能是在议论自己,辛晨也突然觉得自己站在这个狭隘空间里,突然格格不入起来,有些仓促地扭头出门继续走雨路,几乎一瞬间裙边就浸湿了,秋雨的凉气瞬间渗入脚踝,禁不住浑身一颤,秋风秋雨愁煞人,真的是一点不假。

子威家是苏州的,孤母独子,耐心细致,她的每一样家务活,都是跟他们娘两个学来的。老太太一直想抱个孙子,子威没让娘亲活着实现梦想，心里就算有所怨怼，辛晨也不意外。子威搬走之后，还是留有很多东西东放西放，在家里兜来转去，抬眉低眼都能看到原来属于他的那些物件。前些天，她在书架夹层里翻出一本日记，正巧是子威母亲生病住院那段时间，他断续记下来的，回忆小时候母亲抚养自己的不易，愧疚成人后，没能给母亲带来心理上的宽慰，文字写得很朴实，小细节写得很生动，可惜，这几十页文字中竟然没有一个地方提到她，连个想法的延伸都没有，就好似那段时间她不曾出现过一样。辛晨有口气堵在胸口，赶着翻开自己的抽屉，想找出恋爱的时候，子威写的那一沓"五彩斑斓"的情书，都把盒子端出来了，却突然泄了气似的没了掀开的勇气，就那样一动不动捧着盒子，呆呆地坐了半宿，看着自己的双手，婆婆生病的时候，为了煲一碗正正好好合适的乌鸡汤，她的手也不知道被烫出多少个水泡。原来人与人之间的喜欢竟然是这样轻易变成厌倦，但愿人长久的话都是骗人的罢了！

舒慧说的会所就该是在前面的巷子里，巷口发廊已经亮了灯，探探头望进去，小巷幽深僻静，树影重重，夹杂着斑驳的昏黄灯影，显得曲径通幽。她迟疑着，立在那个旋转的发廊灯箱广告牌后面，心底的犹豫感就像此刻身边的夜色，愈来愈浓。

舒慧的电话响了好几声，她才接通。

"你到了没有，我们已经等你好半天了！"

"到了，到了，就在巷口！"

"进来呀！一直走，右手边，门口有两盏小宫灯，你最喜欢的那种叠叠囍，叫作枕霞旧友，有味道吧！"

仿古门阁上的招牌她老远就看得见，两盏风雨中晃晃荡荡的小宫灯百无聊赖地注视着她踯躅了半晌，才一步一顿地站进门口的光线里。

"辛晨?"听到有人喊,她倒是愣住,瞅着黑影里慢慢踱出来的影子,借着些许的灯光,她也是认出是他,竟然还是那样瘦瘦高高的架势。

他帮她接过伞,撑到旁边,微笑着说:"刚才还在说你,真不知道这些年,你在上海,这么近!"最后的几个字只有他自己听得见,也许,是心里话,不小心走漏了嘴。本来,似乎很多年不见,两个人应该在楼厅里先来一点点客套,辛晨是这样准备,也就略略顿了一下,抬眼却看到对方已经舒展开手臂,绅士般地引导自己上楼,这一小举止,有点像她自作主张给人家的咖啡多加了点糖,失礼且不说了,倒是失态有点让她起了一点点无名火。

接下来,当着舒慧的面,两个人倒是保持了风度,有问有答没有冷场,周边几个似曾相识的过来招呼,她还得暗暗要求舒慧提示——表面上好像是做足了功课,背地里都是作弊的坏孩子。直到入了席,不用再照顾那么大的场面,她才稍稍松了口气,可以有心情看看菜式,品了品鲜榨玉米汁。

本来,隔了一个位置坐的是顾枫,可没等几回布菜敬酒,就乱了起来,夹在他们两人之间的似乎有些生意上的交道,其中一位,一次两次凑过去,各种表达方式都用上了,偏偏另一个喜欢应接,开头时候,顾枫微微侧侧身,腾腾路,到后来,他就干脆把另一位的碗筷换了地方,自己坐到辛晨这一畔,两个人这下挨得近了。

辛晨莞尔一笑,眼光不知往哪儿放,只说了一句:"还是这么直截了当!"

-人间-

顾枫没想到等来了这句话，有些进退失据，只好瞅着她笑问："这都半天了，你一点不饿吗？光喝水！"

他们之间源远流长，初中同校，高中同级，大学同班，父母辈也是同事，四年大学里，每每开学放假，辛晨是一点不用操心，所以赶到毕业时候，她和法律系的卫子威成了官宣的一对，简直就是新闻系中的大新闻，自那一别，有十八年了。

男人就这点好，要过了35岁，才会有气质出来，老是肯定要老一点，但是眼前的顾枫跟卫子威一样，腰身挺拔，眉眼温润，如果再花点时间做做护理，说年轻十岁也有人相信，可惜，如今这些好与歹，已经跟她扯不上什么关系了。

"我以前去苏州找过你，后来听说你们没有回苏州，最近才知道原来你一直在上海，我倒是留在苏州了。"

顾枫的声音低低的，一双白皙的手交叉摆在桌上，像极他小时候面对老师的乖样子。她脑子嗡地响了一下，当初她也不算是不辞而别吧，来来往往有十年，朝夕相见，是他从来没有对自己说过什么，和了威好也是第一个告诉他，看上去他也没有什么不寻常反应，也许，本来也就是没什么！

"你离婚了！"

肯定是舒慧说的。

她清了清嗓子："手续还没办结，他在外面有了人！"

"对面的马朝文你还记得吗？"

辛晨顺着他的目光看过去，刚才打招呼的时候，她就没有认出来，毕业的时候，马朝文和同班的女生张钰槿登记结婚，是他们那一届一个班级里唯一成就夫妻缘分的一对。

辛晨答："舒慧不提醒，我真没认出来，变化太大了，没看到张钰槿来呀！毕业之后，我和他们一直没有联系。"

"我是前两年才知道的，他们结婚没几年就离婚了。听说张钰槿的父母不喜欢老马。老马很早就辞职下海，开过饭店，跑过出租，离婚以后就去了安徽亳州搞药材生意，后来发了，听说盖了大楼。可张钰槿看不到了，他们两个人感情是很好的，离婚没多久就查出来乳腺癌，老马知道了，想回来看看，人家没愿意，一直到去世都没见到。对了，我也离了，有一个男孩，五岁了。"

"真没想到！可有个孩子也不错，不知不觉我们这一代人也开始日渐老去了。"

顾枫笑了："就像今天这样。当初我们不约而散，本来都没有想到还会有见面的这一天，即使想到了，恐怕也不会想到会经过这么多年。只是希望下次再见不用花费这么久吧。"

她听了这话有点意外，正不知道如何答复，舒慧嘬着一杯酒晃过来，她这一阵子没闲着喝，把手搭在顾枫肩膀上，说："新闻学院大教授，风采依旧，如今旧友重逢，感觉如何？"

顾枫冲着她笑："也就相信你会把这个重逢选在这么贴切的场所！"

舒慧笑得险些把手里的酒洒出来，辛晨扶她落座，听她敲着餐碟大声声明："咱好歹也是文化人，这么一个重要的夜晚，只有顾枫顾教授点赞了我选择的场所，为什么？因为他懂！枕霞旧友，出自哪里？可不是你们随手翻翻快乐文学里会有的，它是出自最伟大的文学名著《红楼梦》，大观园女儿联诗作画，个个都有笔名，这个枕霞旧友就是我最喜欢的一个美女史湘云的笔名，这个会所的水平可见一斑。史湘云的性格脾气好哇，她要是在当下，肯定也是会积极操持各种同学聚会！"

-人 间-

239

合影的时候，男同学一定要女同学坐在中间，所谓：众星捧月。

舒慧搂着辛晨，突然长叹一声："我们女人不年轻喽，可是我们一定要争取开心。"

辛晨惊讶地看到她眼睛里竟然有隐隐的泪光。

散席出来的时候，夜空已经月朗星稀，顾枫要送舒慧和辛晨，辛晨笑着推辞，说："几步路就到。"

顾枫塞给她一张名片："苏州离上海很近，这上有我的联系方式，有时间来体会一下慢生活，我刚才看到你浏览京东的图书网页，看来还是保留了旧习惯，苏州有诚品书店，好多年我都没去过，改天可以陪你去！"

辛晨帮他把舒慧扶进车坐好，冲他挥挥手，没有回复他的问话，心里却是明白，原来他一直盯着自己，可何必什么事情都赶得那么急呢！

到了半夜，舒慧就醒了，赶紧打过来电话："顾枫要来是临时的呀，我也事先不晓得，他有点跟你一样，前边几次聚会他都这推那推，这次听说你来了，主动过来的！"

"你多心了吧！"辛晨睡眠不好，这被吵醒，心里觉得怕是下半夜无眠了。

"谁多心谁自己晓得！"舒慧哧哧地笑了几声才继续，"我要说的是另外一件事，那才真是好笑的事情。"

"太好笑不要说，我怕睡不着了。"辛晨眯着眼应付着。

"是那个卫子威！"舒慧突然放慢了音调。

"他咋的？"

"他那个小老婆生了一个男孩子，七斤四两，白白胖胖！"

"你是要我明天一早去恭喜他吗?"辛晨已经老大不开心了。

"哈哈哈!"舒慧大笑起来,"你省省吧,不用你添乱,他们家自己在医院就打成一锅粥了!"

"那为了什么?他应该不是高兴疯了吧!如愿以偿,可以有脸见他祖宗和老娘了!"

"呵呵,你的这个腔调,卫子威听了可以跳楼谢罪!"舒慧神神秘秘起来,"你那个卫子威也不是简单人物,我猜你们两个人这些年查来看去,他始终坚持说你的问题,让他查,他就拿来一份香港的检查单,你是太相信他了,受了多少罪。我现在才听说,他这个老婆也是送到香港去做的人工,结果孩子生出来了,他又偷偷送去检测,才晓得用的不是他的精子,完全是被耍了,这样看,他对他自己的生育情况是一清二楚的,你说这是不是很搞笑的一件事!"

人　间

"你兆澜阿姨今年都 70 岁了！"

这个周末，我回家的时候，正在做饭的妈妈颇有些感慨地说了这么一句。

"怎么了？"已经很久没有听到这个曾经很熟悉的名字了，我犹疑了一下才确定。

"我刚在她朋友圈看到的，小娜和小琪给她过生日。你说说这日子过得可有多快！过几天，阿姨要回来给你张叔叔扫墓。唉！这宝昌一走都十年了，真是一眨眼工夫，我们这些人就都老了。"

兆澜阿姨，我很小的时候就认识。她那时是妈妈单位传达室的收发员，主要的工作就是每天上午溜溜达达给各个办公室送信送报纸，在那个电话尚不普及的年代，她还负责代传达电话，经常可以看到她在走来走去的时候，手里都攥着一个小小的来电记录本。

同我们那个草原小镇上很多人不一样的是兆澜阿姨说着一口好听的北京话，她身材高挑、白净漂亮，平时穿着打扮颇显得与众不同，很有点受人瞩目。我那时放学后经常去妈妈的医务室玩,大楼走廊里只要有她的声音,我一准能迅速分辨出来。

等我再大一些,就知道阿姨是满族人,而且还是北京知青。据说她一开始是在北大荒什么知青农场插队,后来转来转去才到了我们这个内蒙古大草原的小镇里结婚落户。

兆澜阿姨和我们家住的都是单位分的职工宿舍,而且还是前后排,打开我家后面的窗户就可以喊她出来聊天。那个时候,北方的冬天漫长且单调,父母食堂供应的菜从10月份开始就进入土豆白菜粉条"季",最多还有几块黑不拉几的冻豆腐。这些东西,再怎么变换花样也脱不了土豆白菜最原始的味道。但是环境总是可以激发出很多人的创造力,尤其是对于持家过日子的女人们。妈妈她们几个女同事,经常就是通过各种门口、窗口"会议"互通信息:哪个副食品商店今天有新鲜蔬菜了;哪个企业食堂开始对外供应平价牛羊肉了;甚至连几百里地之外的张家口菜市场菜价她们都知道得一清二楚。

兆澜阿姨的老公张宝昌叔叔是太仆寺旗一家外贸公司的小车司机,经常有跟着领导出差的机会,在物资采购上具有特殊的职业优势。记得很多次,我都睡下了,阿姨来敲响我家后窗户,神神秘秘递进来一袋什么东西,还做出保持安静的手势。第二天,我家的餐桌上就会多出一样两样罕见的鲜蔬。

妈妈是河北农村长大的,会制作很多种类的腌菜,冬天的时候,我家厨房的腌菜缸非常受欢迎,很多单身的职工动不动就大大咧咧过来,端着饭缸子,喊:"张大夫,给填个菜呗!"

妈妈就会端出一个罐子,夹出一大筷子青青的芹菜、白白的萝卜和红红的辣椒,堆放在他们的土豆白菜粉条上,当然经常是挑出最好的一罐头瓶子,让我从窗户跳出去,给兆澜阿姨送去。

-人间-

243

记得小时候每逢春节临近，各家各户就会忙得不可开交，我妈妈更是要请几天假在家洗洗涮涮切切炸炸，可我很少能看到兆澜阿姨忙乎这些，该上班上班，该回家回家，往往是一放假，她家就铁将军把门，什么时候过完节，才能见到她们家来人。

我问过妈妈："阿姨家过年怎么没人，我都不能去拜年!"

"你没去拜年也没少吃阿姨的糖啊!"

直到有一天我放学回家，进门就看到兆澜阿姨抱着一个三四岁大的小姑娘正在和妈妈聊天。见我进来，就把小姑娘放下来说："看看，姐姐回来了，不是一直想和姐姐玩吗?"

小姑娘笑眯眯地有点羞涩地跑到我跟前："姐姐好!"

她长得真好看，团团的脸，长长的睫毛，一双和兆澜阿姨一样的大眼睛。我拉着她的手，对妈妈说："好可爱的小姑娘啊，从哪儿来的呀?"

妈妈和阿姨都笑得前俯后仰。

这是我第一次见到娜娜，阿姨的女儿。

我后来知道，在20世纪70年代的时候，曾有个不成文的知青规则，如果下乡知青在当地成家落户，就不再给办理返城的手续，那意思就是真的扎根在广阔天地，与劳动人民亲密接触与生活。兆澜阿姨是家中长女，下面还有两个妹妹一个弟弟，初中毕业上山下乡时，一家必须要走一个子女，她义无反顾选择了让弟妹留在北京，自己一去东北就是五年。

有一次兆澜阿姨跟妈妈聊天说起东北插队的事，五年中只是在第四年秋天，因为家里来电报，说是父亲身体欠佳，还寄来了街道证明，农场才给了她两周的探亲假。当时她买了车票以后已经身无分文，可总得给父亲母亲带点什么，心里急得坐立不安。

同宿舍的姐妹们给她出了一个主意，偷偷带着她跑到无边无际的黑土地上，那里刚收过大豆，她们从收割后犁通的地坎两侧，低着头弯着腰一步一步从南边走到北头，再从北头走回南边，一边走一边一颗一颗捡拾收割机收割时候，干燥爆裂出来的大豆。

我记得我们家附近也有过很大一片大豆地，兆澜阿姨做的事，我们小时候也去凑过热闹，我们那个时候真的是为了玩，捡到几个豆子也都一扔了之，可阿姨那个时候心里惦记的是家里真真切切的生活。

在那段等待回北京的日子里，除了吃饭睡觉，兆澜阿姨就一直重复着这项"活动"。回到北京那天，小弟弟去车站接她，远远看到她拎着两个大号的长城旅行包，伸手去接时突然一坠，死沉死沉的两大包豆子将近二百斤。

"我都不知道哪来的那股子力气，一路上还转了三次车，就那样拎着！"兆澜阿姨说完还呵呵笑起来，"这袋豆子足足吃了一年，我妈妈专门去东安市场买了一个旧的小石磨，磨豆浆、做豆腐。那几年哪能吃得上肉，我父亲能恢复得那么好，东北大豆可是起到决定性作用了！"

回到家里，看见病弱的父亲和劳作的母亲，阿姨顿时觉得自己在农场的各种辛苦真算不得什么，身体上的艰辛感与内心的焦灼感是两种级别不同的痛感。作为长女，她想多为家里做些什么。她滞留家中，逾期未归。农场的电报一个又一个催她，口气也是越来越严厉。可她来不及考虑自己即将面临的困窘，一个月的时间里，她把父母的所有被褥清洗整理了一遍，衣服该缝补的缝补，该修改的修改，玻璃擦了，门窗洗了，弟弟妹妹也吃上了热乎乎的饭菜，穿上齐齐整整的衣服，冷清几年的一个小院子焕

- 人 间 -

然一新。当社区拿着农场的电报找上门来，限定她返回农场的时候，似乎天一下子暗了下来，一家人围坐在她的小小行李包周围，母亲握着她的手，两个妹妹一边一个抱着她，躺在床上的父亲一声接着一声叹气。

离开家的那天，蒙蒙亮的时候就开始下雪，火车傍晚出了山海关就行驶得越来越慢，最终也不知道是在一个什么偏僻的小站停下了，前面暴雪把路基掩埋，车窗都被冻得严严实实。最为难的是，她什么都带了，唯独没有带一点点干粮，一天下来，水米未进，那年不过19岁的兆澜在火车再次启动的瞬间晕了过去。

等她清醒过来时，是在餐车躺着，身边站着一个年轻小伙子。

缘分像火花，亮起来的一点点光，给人带来的温暖或许就是一辈子。张宝昌比兆澜大三岁，也是刚接父亲的班，从最基础的跑供销开始，他这第一次出差就遇到了返回农场的兆澜，姑娘醒来时看他的第一眼，小伙子心里就燃起了一团火，还没有说话，脸就羞得通红。

张宝昌一直把兆澜送回到农场。他却没有想到，还没有等他离开，农场对于兆澜违纪的处理就宣布了，她被开除了，坚持让她回来就是让她在处理决定上签字。

兆澜哭得上气不接下气，一五一十反复解释，坐在她对面的几个领导完全没有表情，只是当张宝昌推开门拉起眼泪稀里哗啦的兆澜扭头就走，反而给他们吓了一跳："干什么的？"

张宝昌用力把兆澜满脸的泪水擦掉，大声说："莫再哭了，冻了脸就不好看了！"

兆澜阿姨好几次说起这句话，每次都笑得哈哈的！就这样跟着张宝昌一路奔波,兆澜阿姨懵懵懂懂地在1975年的冬天来到了锡林郭勒盟草原。从河北坝上就开始刮起来的寒风,到了草原变得更加猛烈,漫天遍地白茫茫一片,他们两个人几乎是裹着一团雪跌跌撞撞回到家里。

"那个时候,宝昌的奶奶还在,一家人正在吃饭,我们就这么闯进去了。哎哟,这内蒙古的冷和东北的完全不一样,东北那边是干冷干冷,一寸一寸冻到肉里,咱这边是那种带着水汽的透心凉,凉到你骨头里,好像连血都结了冰。"

兆澜回忆起那天的情景,忘不掉奶奶用手拂去她满头的冰雪,一边吆喝着宝昌的妈妈:"赶紧去把奶茶烧开,多放点黄油,端过来让孩子暖和暖和!"

张宝昌先是在另外一间屋跟父亲说了事情的来龙去脉,爷儿俩一起过来的时候,老爷子对兆澜说:"得给你家发个电报,这马上过年了,可不能让家里人担心。"

思来想去,不能让家里人知道自己被农场开除,可也不能让父母担心自己无所居所。最后还是奶奶拿了主意,老太太年轻的时候是锡林郭勒草原有名的赤脚医生,不知道走过多少河淖和草场,还在人民大会堂参加过表彰会,见多识广,胆大心细,她仔仔细细问了兆澜很多事情,最后说:"丫头,你是打算回家呢,还是想留在外面找个生活,多给家里帮忙呢?"

在那个时代,没有农场介绍信,没有户口证明,即使回到北京,也根本留不住人,何况家里当时情况,弟弟妹妹都在上学,就靠母亲一个人在街道工厂的收入,她再回去,怕是连吃饭都成问题。可即使要留在草原,也不是一件简单的事。

张宝昌的父亲一等风雪减小,就匆匆忙忙出去。他二十多年前是在东北齐齐哈尔当过兵,很多战友就留在那边,有几位一直还在部队上,多多少少和那些知青农场能找到一些联系。眼看春节在即,电报也发了,关系也在找,春节也得过。奶奶看着兆澜天天跟在张妈妈身边忙来忙去,不多说话,眼里有活,渐渐地就把面子上的客气换成了不掩饰的心疼,让张宝昌帮着把一大包粉条、肉干和牛油炸果子寄到北京兆澜家里。

奶奶说:"这孩子在外不愁吃不愁喝,咋才能让家里人知道,那就是逢年过节你能给家里寄点个啥,这个比拍个电报,比写再多的信还实在。"

临近春节,必须要到公社里上个临时户口,奶奶亲自带着兆澜找到公社会计,当年是奶奶冒着风雪赶了几十里路在五星公社蒙古包里接生的他。

奶奶见面直接就说:"这是我才给你宝昌侄儿相中的媳妇,这过罢年就结婚,介绍信跟户口过了年一块给你带过来!"兆澜听了,羞红了脸,低着头不说话。旁边的张宝昌笑嘻嘻地给会计叔叔递过去一包烟,回过身就表决心似的攥住兆澜的手。

5月花开,冰雪消融。兆澜没有想到家里来了电报:父亲病危,速归!她跌跌撞撞赶回家,进门就看到父亲好端端地坐在床上。家庭会议上,母亲说什么也不同意她嫁给内蒙古当地的小工人。因为那时北京已经开始有消息,政府即将处理全国各地知青回城安置的事,但是也有另外的消息:如果某个知青在当地落户成家,那就不在返城安置的范围之内。

"你要是结了婚,就等于要在那个小地方待上一辈子,再也不要想回北京!"

兆澜生平第一次有了违拗母亲的想法,张宝昌在她最无助的时候给予的帮助，还有这几个月来，她在张家体会到的各种亲情温暖，才是她这四年来最最缺失的东西，她现在只想紧紧握住宝昌哥哥的手。母亲的哭闹和各种决绝的话，说了一天又一天，甚至从第一天起，她就没有让一同赶来的宝昌进门，更不允许兆澜出去见面。直到有一天傍晚，兆澜的弟弟放学回来，偷偷递给姐姐一张字条，是宝昌写的："不要太为难。我回去了，北京是个好地方，祝福你！"

张宝昌心灰意冷回到家，不用他说话，家里人就明白发生了什么事。人生遇到最难的事，唯有自己顶得住、扛过去才算了，很多宽慰的话往往能起到的作用只是火上浇油。没料到的是，仅仅隔了一天，奶奶就拉着兆澜推门进到他的屋子，他刚说一句："我再睡一会儿！"头一抬就愣住了。

1975年中秋节前，兆澜和张宝昌结了婚。他们给北京家里发了电报，但是家里没有来人，只有弟弟写过来一封信，和两个妹妹一起遥祝姐姐姐夫生活幸福。

奶奶再一次让宝昌把西乌旗的奶粉、东乌旗的奶糖、太仆寺旗的麻油月饼寄了一大包到北京，几天以后来了一份电报：收到。

1976年元旦，兆澜一个人回北京。在张爸爸战友的跑动下，东北农场那边松了口，撤销了兆澜的处分，改作调动处理，安排她春节之后到太仆寺旗一个叫千斤沟的农场去报到。她想趁着空闲的时间，回一趟家，正巧宝昌单位有车要去北京送货，她就跟回来了。

兆澜做好了母亲不让进门的准备。出门时候母亲的话犹在耳边："你不听我的话，走了就不要再回来！"是父亲送她到街口，给她把围巾整理好:"不要想那么多,没有哪个当妈的说狠话是当真的,无论什么时候,这里都是你的家。一个女孩在外,爸爸妈妈没啥能帮得上你的,你呀,就要多有点眼色,在人家家里,多吃点亏没啥大不了,好好过日子。有时间就回来看看我们吧。"

兆澜进家门的时候,一家人正在吃饭,她拎着包推开门,站在门外。先是弟弟大叫一声:"大姐!"两个妹妹丢下碗筷,跑过来围着她转。母亲先往她身后瞅,兆澜说:"就我自己!"父亲已经把碗筷摆出来:"来来来,快吃饭吧!"

晚上睡觉前,母亲灌了一个暖水袋塞给她,她伸手抱住母亲的腰,把头埋在了母亲的怀里,母亲看着她已经有些显怀的腰腹,低声问她:"有三个月了吧!"兆澜说:"快四个月了!""你太瘦了,得多吃点,他家里对你怎么样?""很好,就是我一直胃口不好,吃不下去东西!""那你这回多住些日子,过了春节再回去吧,妈来给你调理调理,你是在东北那边吃力太多,身子有些亏!"

兆澜没有想到这一住竟然就是半年。原计划春节之后张宝昌就来接她回家,不承想直到女儿张伊娜出生满月之后,她才回到农场。父亲的肝病又有反复,医院这段时间乱糟糟的,连个医生都找不到,各种大事小事接踵而至,不要说春节没过好,接下来几个月都是心急火燎的状况,加上,张宝昌打来电话说奶奶出门时候又摔伤了胯骨,需要卧床休养至少三个月。

兆澜阿姨不止一次念叨那段鸡飞狗跳的日子,总喜欢重复一句话:"那是谁说的话来着?祸不单行,一点不假。"好容易家里安静一点点,她想走,母亲不让了:"你这马上就临产了,怎么走?"果然,7月26日刚到预产期,女儿就降生了,七斤二两,白白胖胖。

张宝昌当天就赶来，一溜小跑来到产床前，昏昏沉沉的兆澜一抬眼，就看见他的嘴咧得老大，高兴得说不出什么开心的话，呵呵呵呵了小半天才突然拍了一下脑袋，想起来从家带来的半只羊落在搭的车里了。

孩子的名字是姥姥起的：张伊娜。她希望伊娜开端，接下来就是二小伙子。

两天之后的28号凌晨3点42分，正在给女儿喂奶的兆澜，突然感到身子底下的病床像是被突发的风暴吹动起来一样天旋地转，眼看着桌子上的暖水瓶、保温桶稀里哗啦碎落一地，窗户外面响起难以名状的各种嘈杂和闪电，惊醒的张宝昌稍稍愣了一下，就大喊一声："地震!"跳起来抱起兆澜和孩子冲出了房间。医院大院里此刻全是从四面八方跑出来的人，惊魂未定的时候，大伙能够清晰看到西边天际一道一道异样的光柱正在缓缓地弥散开来。

他们赶上的正是百年不遇的特大地震——唐山大地震。

兆澜的月子是在社区统一搭建的防震棚中度过的，一直到她返回太仆寺旗，各种防震棚还依旧存在。

在兆澜必须要返回农场的前一晚，姥姥在家庭会议上宣布："这个孩子留在北京，我来带。你们姐弟几个听好了，以后无论谁成家有孩子都要自己带，我只能带这一个，谁不要提我的意见。你爸爸身体不好，我的年纪也大了，但是你姐姐为了这个家是做出牺牲的，她学习成绩在咱们街道是数一数二地好，可那个时候，她要不去插队，你们三个就得去一个，她是姐姐，她该去不假，可你们也要知恩。小澜在东北四年过得很辛苦，你们是想

- 人 间 -

象不出来的，身体都垮了，为了照顾你爸爸，还差点把工作户口都丢了。张家于她有恩，我知道，我不同意她嫁过去，是不想她继续吃苦，那种地方，过去逃荒的人都不去。她现在一个人在内蒙古，过得好不好，咱都帮不上，但是有一条，亲姐弟要懂得把亲情看得重一点，再重一点，以后无论谁有能力了，都不能忘了你们有个姐姐，能帮多少帮多少吧。"

张宝昌很内疚的是，老奶奶去得突然，孩子那时候还不到一周岁，到底是没有见到。他和兆澜赶到床头时，老太太从枕头底下哆哆嗦嗦摸出一个手绢包包，就说了三个字："给娜娜！"里面是五块银圆，跟了她半辈子的宝贝。

张伊娜留在北京一直长到4岁才第一次回内蒙古见到爷爷奶奶。我见到这个小丫头时候，就是喜欢听她叽叽喳喳的北京话，与众不同。我跟着妈妈去兆澜阿姨家里玩，给伊娜带了很多内蒙古才有的小吃，奶豆腐、羊奶糖和沙果干，结果很丢面子的是，这小丫头什么都看不中，这也不好吃，那也不好看。妈妈逗她："还真是个北京来的大小姐，这么挑剔，你姐姐平时都舍不得吃，你还不当回事！"

"就是不好吃嘛！"伊娜摇着头往阿姨身上揉。

妈妈继续逗她："你赶紧离你妈妈远一点，你妈妈这会儿身上可有宝。等以后哇，你妈妈就不疼你喽，你想吃都吃不到！"

伊娜回北京没多久，我就知道兆澜阿姨又生了一个宝宝，没有像她外婆给予的希望，这次还是一个女孩，取的名字叫张伊琪。

伊琪满百天的时候，妈妈和几个同事去祝贺。回来吃晚饭的时候，我听见她和爸爸说："我今天去兆澜家看小孩了。"听她的语气明显有点不太对头，爸爸也觉察出来，抬头看着妈妈："怎么了？"妈妈一双筷子在碗里戳来捣去，犹豫了一会儿才说："我在她家里的时候没好说，可这回来路上越想越觉得不稳当。我当了这么些年医生，这样明显的症状应该不会看错。"

"到底怎么了，是孩子还是大人？"

"当然是孩子，大人能有什么事，吃得比我都胖！"妈妈有点生气，"小孩子嘴唇发紫，呼吸始终很快，我抱着她的时候，有意识听了一下她的胸口，有很明显的喘息音，这是先天性心脏病的症状啊！"

"啊！"我惊讶极了，插嘴问，"小妹妹活不了吗？"

"闭嘴！"妈妈伸出筷子敲了一下我的头，"你不要瞎说，更不能跑外面去瞎说！"

我翻着眼看她："谁瞎说了？要说也是你刚才瞎说！"

妈妈爸爸肯定是不希望给人家添丁的喜庆搞点啥不和谐，几天里一直犹犹豫豫，无可奈何得像自己家遇到什么麻烦似的。

事情该来还是要来。一个周末的中午，爸爸正巧有事不在家，我刚吃完饭，妈妈去厨房洗刷，就听到后窗户砰砰砰被砸得天响。宝昌叔叔一连声地喊："张大夫，张大夫，快来看看！"妈妈手都没来得及擦就跑过来，拉开窗户，扶着窗台跳了出去，跟着叔叔一溜小跑进了兆澜阿姨的家，没几分钟，我就看着叔叔抱着一个小婴儿的襁褓，兆澜阿姨和妈妈几个人慌慌张张跟在后面，妈妈扭头看到我趴在窗台上，还记得喊了一声："不要乱跑，看好咱家和阿姨家门哪！"

几年后，兆澜阿姨已经搬到宝昌叔叔单位分的楼房去住了，但还是隔三岔五来我家找妈妈聊天。有一天，我看书的时候，隐

- 人 间 -

隐约约听见外间里有低低的啜泣声,蹑手蹑脚走到门边,正好听到妈妈在劝兆澜阿姨:"比这难的事你都经过了,还有啥为难的,不要总纠结在自己心里,怎么说都是一家的人,过过就好了!"

"我就是不明白,怎么但凡我舒心几天就要来那么些窝心的事。就说琪琪吧,如果不是宝昌父亲天天给宝昌嘀咕,说我白白占个满族名分,明明能生两个偏偏不要。我是真不想要,您知道我家这情况,老大虽说姥姥带着,可这个开销哪一件我不得想到,我妈虽说是那样说了,可姊妹兄弟,都是儿女,我只能在经济上多付出,老爸看病营养费,我哪个月不寄过去百八十的,孩子吃的喝的穿的,我真没让妈妈爸爸花什么,我一个月才开几个钱哪!就我每次回去都得赔着笑脸。这不是琪琪要做手术嘛,您也给推荐了,我也前前后后问了不知多少,孩子在5岁左右做最合适,咱既然生了她就想让她好好活着不是,这笔钱,说什么我也得拿呀!"

家家有本难念的经。

几年里,为了给琪琪看病,我都能看得出阿姨脸上少有笑容,宝昌叔叔见得少了,但是每次见到都觉得他的头发越来越少,蛮帅的一个人转眼就成了一个白发小老头儿。因为不是独生子女,孩子的医药费不能报销,为了筹钱,阿姨想尽了办法,本来北京的姥姥答应拿一万块钱给她们,没想到这事弟弟妹妹知道后都有意见,本来嘛,一个大孩子已经在姥姥家养到上了学,他们不说不等于没有意见,这小孩子再增加支出,事就来了。弟弟是和弟媳妇一起找来,难听话都是弟媳妇说的,钱是拿来了,但是要阿姨写借条,承诺偿还时间。

"这一辈子快四十年了,头一张借条是写给自己亲弟弟的!"

兆澜阿姨无限感慨，"好像让最亲的人扇了一巴掌，这疼倒不疼，就是心里难受，我还不能在宝昌家里流露出来，那是我家里的人哪，说出去都脸红！"

琪琪的手术做了，听妈妈说还是比较成功，等我见到这个小丫头时，都上一年级了，欢欢实实，如果不是兆澜阿姨总是小心谨慎地前后看着，一点也看不出来这孩子经历过的风险。

这期间，娜娜偶尔在暑假的时候会回来住几天，本来小时候经常是我带着她疯跑，这长大了，也矜持起来，越来越有京味，我去过几次她家，跟她搭不上几句话。听说，她对爷爷奶奶也是一直客客气气，礼貌但冷淡。娜娜考上大学的时候，宝昌叔叔曾经想带父母去趟北京，一来祝贺，二来也逛逛北京，让老人见见从未谋面的亲家。阿姨跟北京家里商量，怎么接待一下，没想到最后坚决不愿意的人竟然是娜娜，她的意思是姥爷身体不好，又不能麻烦姥姥，而她自己计划跟同学就在那几天要一起去黄山玩，表明了不欢迎。后来好像就没去，只是开学的时候，叔叔阿姨去了一趟，原想带琪琪一起，这回是琪琪不乐意："不去，我考大学也不考北京的！"

开始那些年，每到春节，兆澜阿姨就提前几天一个人回北京，走的时候带一大堆东西，回来的时候人都会瘦一圈。我听妈妈悄悄说，回去的那些日子，她都要干许多活，弟弟妹妹见她回来，乐得把父母托付，拆洗被子、准备年货、各种应酬，甚至弟弟妹妹弟媳妹夫还有他们孩子的各种款式毛衣，都是阿姨一年四季的固定手工，她的腰也就是从四十多岁开始动不动就说"扭着了"，我都记不清有多少次，陪着妈妈去她家给她针灸和拔火罐。

- 人 间 -

255

转眼琪琪也长大了,我还当了她两年初中班主任,这孩子的健康虽说让家长提心吊胆十几年,但学习成绩真的还不错,在班级甚至年级里都是前三名。有时候我跟她聊天,问起娜娜的情况,她始终没什么兴趣,一问摇头三不知。那时候,娜娜大学都快毕业了。

妈妈 2003 年底退休。那年上半年正值非典闹得厉害,很长时间她们都没有像样地聚会一次,借着这个机会,兆澜阿姨和几个相处不错的姐妹张罗着,在民族饭店请妈妈吃一顿退休宴,正赶上那天雪下得很大,我开车送她们去的路上,阿姨兴致很高:"吃完饭,我们去山上拍雪景去,我回来让宝昌把单位的那个什么数码相机带过来!"没想到,那天晚上就出事了。

傍晚学校放学的时候,宝昌叔叔看到雪下得那么大,就想开车去接一下琪琪。因为路上积雪,车开得并不快,路边也是刚放学的几个小男孩就跟在车后,我们小时候叫"扒车",扣住汽车的后档栏杆,顺着地上的冰雪呲溜呲溜地滑行。叔叔感觉到车子后面有小动静,中间停了一次,下车把这些小东西轰开,那天可能也是因为琪琪在车上,父女两个聊得很开心,他后来就没太在意,结果快到他们家的一个拐弯路口,车子突然一个颠簸,他就听到外面有人惊呼:"压着人了!"

一个 9 岁的小男孩抓着后栏滑得太"嗨"了,可能是觉察到车子要拐弯,他松手的同时脚下没站住,顺势就溜到了车子底下。

一群人围上来,帮着抬起车一侧,把小孩子拉出来,虽然直接送到医院去了,但根本就没有抢救的机会,当时就碾压死了。

小孩子的亲属一大家子人蜂拥而至,阿姨匆匆忙忙赶回来时，中午的酒意还显在脸上。刚进门，那孩子的姑姑一头扑过去抓住阿姨的头发就打就骂："你们还有脸去喝酒，你们要偿命！"

妈妈几个人赶紧上去劝解，那情况已经乱得不成样子，家里被砸得完全没有立足之地，从来没有经历过的场面让阿姨手足无措，最后还是我爸爸找来在公安局上班的学生，带了两个民警过来，一边疏导事故家长一边宣讲政策，好容易才算稳定。

妈妈又陪着阿姨做了十几个人的饭，那一家人吃完喝完，又哭天抢地地闹了半夜，才一起撤了。爸爸妈妈也累得不轻，回家时，爸爸说："这也是这地方的风俗，都要闹一闹，出出气，毕竟一个小孩子说没就没了，也是让看看家族力量，重点在后面，要想想怎么谈赔偿！"

这件事最后是调解解决的。兆澜阿姨几乎是倾其所有给小男孩家里补偿，宝昌叔叔上班二十多年都是零事故，没想到一来就是一条命，这之后他有近十年不敢动车，直到调到北京之后，才又重操旧业。

说起他们夫妻调动工作，又是一段故事。兆澜阿姨在1990年40岁出头的时候转干，从厂收发室调到销售财务科，因为业务的来往，结识了张家口钢铁厂的一位销售领导，风言风语的时候，整个机械厂的职工和家属都在绘声绘色地议论，正赶上张宝昌低迷的那几年，我觉得连小孩子都会用同情的目光看着这个"不幸"的男人。

直到平地起风雷，兆澜夫妻神不知鬼不觉办好了调动手续，齐刷刷地回了北京，很多人才瞪大了眼，不明白到底发生了什么。

阿姨搬家的那天，因为宝昌叔带着车子和家具先走一天，她就带着琪琪在我家住了一夜。孩子睡着以后,她跟母亲聊了很多。为什么要回北京?一来那里是她的出生地,20世纪80年代改革开放以后,北京是眼见着越来越好,她希望自己的两个女儿有更好的生活环境。二来,这边宝昌叔叔经历一次事故,工作就一直停在那里,无论做什么都丢三落四,他才40多岁,再这样下去人就真的毁了,一定要改变一下。第三,她是争一口气。大女儿从小不在身边,隔着厚厚一层,眼里心里对父母小妹多少瞧不起,弟弟妹妹是自己用了心血呵护的,没想到真的遇到事情,还是那么明显地各人顾各人。如今,父亲病故,就剩下老母亲一个人,每次见到,都一汪汪的眼泪,她知道母亲过得辛苦,眼下弟弟妹妹又在算计老房子拆迁补偿,母亲悄悄告诉她,他们就根本不想打她的谱。那个气呀,就压在嗓子眼下面,可她不能发作,她要靠自己。

这两年,母亲从来没有问过阿姨那些传闻,阿姨这回也毫不隐瞒:"我是找人帮了大忙,不然,我在外面几十年,去哪里找北京的关系,弟弟妹妹不能指望,他们不添乱子就天地菩萨了。可是张大夫,我不会做对不住你们老张家的事,我怎么委曲求全都可以,我给人家洗衣服做饭打扫卫生伺候病人,这我都做了,李厂长老母亲癌症卧床大半年,那就是我一有机会就去伺候,送的终,我做得比她自己闺女媳妇都细心。您想,人心比心,说不知道是假的,他帮我也是情理之中的事!"

"宝昌从来没有不相信我,他就是觉得我辛苦!可不辛苦能行吗?我们在这里,他父母看着我们过得委屈也不痛快呀,所以,宝昌是独子,可老头儿老太太一直冲我说,要走赶紧走,趁着年轻。"兆澜阿姨一走就很少再回太仆寺旗,即使是过春节也是宝昌叔叔开车来接了父母去北京。

后来听说，回到北京以后，兆澜阿姨做的第一件事就是与弟弟妹妹对簿公堂，因为社区拆迁弟弟妹妹在没有征求她意见的前提下签字，一点点没有考虑她和两个女儿未来的生活所依。

兆澜阿姨老早就知道我有同学在北京做律师，很快就写信向我求助。官司的结果，当然是不好中的最好。因为户籍问题，她只是以赡养母亲的名义拿到了四份房产中的一份，在选择跟随子女方面，母亲投了她的赞成票，阿姨并不觉得失望，在信里感谢我及时相助，说："总归比一开始什么都没有我的份要强一百倍！"

这个家庭官司影响了很多年，虽然住北京同一个祥和小区，但据说直到阿姨母亲去世，她们姊妹兄弟四人才重新开始来往。

兆澜阿姨后来的生活因为联系渐少，我知道的都是跳跃式和点滴式。母亲她们偶尔有联系，在张宝昌父母先后去世的丧仪期间，也曾见过面，每次回来，肯定都会是满满的感慨和惆怅。阿姨的大女儿张伊娜，大学毕业去美国留学，其间与国内一家知名企业老板的儿子热恋，在国外结婚都没有通知阿姨，等回国买房定居才带着两个孩子回家，刚刚接受现实的老夫妻两个，不久又得知伊娜夫妻离婚的消息，阿姨跟我母亲说起来的时候，用了"气急败坏"的形容词，对于这个从小不在身边的女儿，一举一动她都没有办法跟上，伊娜总是东一招西一式地演绎着特立独行的生活方式。

宝昌叔叔去世得相当突然，也就是退休没几年，身体一直很棒的他，晨练的时候突发脑出血。兆澜阿姨一辈子没有离得开的依靠就这样没有了，她刚刚觉得生活安定下来一点点，就又一次摔得七零八落。还有张伊琪。阿姨最头疼的是1988年出生的她现在已经30多岁了，抱定不婚主义，有个很好的男朋友，跟她一样是做市场营销的，两个人收入不菲，地北天南地潇洒，楼上楼下的大房子里跑着四只猫两条狗，每个月算计着给猫猫狗狗打针溜圈，换着花样喂猫粮狗菜，就是没有过平淡生活的想法，说多了，也跟伊娜一样撇撇嘴，不反驳就是最大的礼貌和孝顺。

2020年3月，是张宝昌叔叔去世十周年纪念，伊娜就开车带着兆澜阿姨回到太仆寺旗，伊琪没有能同行，那是因为她和朋友春节前去意大利旅游，一直没有回家，前些日子，阿姨过70岁生日，她也只能是通过视频积极参与。

张宝昌叔叔和他的父母安葬在一起，很偏僻的小农场，那里是叔叔出生的地方，也成了他魂归之处。我很意外伊娜竟然还记得小时候跟在我后面到处跑着玩的情景，老一辈喝着奶茶叙旧的夜晚，我陪着她在小农场四下里走走，很长时间她都是默默地看着。

5月初的草原，夜晚还是有些寒意袭袭，我看她只是穿着一条短袖裙子，怕她受凉，要拉她进屋，她挽住我的胳膊，摇摇头说："我一点都不冷！"

伊娜露在外面的胳膊挨上去冰凉冰凉，我是穿着毛衣外套的，就回身把肩膀上的围巾给她披上，她也没有推辞，一边说"谢谢"，一边扬起手让我看她手腕上的一个老式银镯子："我用没有见过面的老奶奶给我留下的银圆打的。我小的时候就有个小心眼，害怕琪琪长大跟我抢，五个银圆分她两个，上初中的时候就让舅舅带着我去大栅栏银器店打了这个。"

"可我想多了，他们从来就没有问过！我很小的时候，老觉得我跟身边其他孩子很不一样,总是开心不起来,没有一分钟不想爸爸妈妈,可真的有机会见到,我又有种不知道什么地方跑出来的陌生感。我那时候回内蒙古特喜欢到你家里,我就愿意看着张阿姨和你一起的那种母女气氛,我和我妈就很少能聊聊天、逛逛街,她跟我在一起也不舒服。我知道她老人家一辈子艰苦,不容易,可这不是我造成的,我也是这样藏着掖着过来的,一个小孩子十几年里,动不动就要去看着身边人脸色行事,每一个小动作都要左顾右盼,可能更不容易呀!"

"那你为什么不跟姥姥妈妈说呢?我们那个时候都觉得你从小就能在首都北京上学生活,简直太幸福了!"

"姐姐你可真会形容啊!可真的有那么几年,我简直就是一个充满怨气的女人,有时候我是看着老妈气急败坏就心里舒坦,你不知道,我离婚的时候,老爸老妈那种崩溃的感觉让我有多过瘾,她嚷着闹着不同意,我就坐在窗台上,你再说一句我就跳下去,我都记得老爸说了一半的话噎在那里瞪着眼,他60多岁就走了,我好多次梦见他都是那样瞪着我,我知道,他担心我们两个对妈妈不好。其实不会的,时间可以稀释一切,我妈妈和姨妈、舅舅、舅妈闹到法院,现在不一样都可以坐在一起打麻将了?他们都能放下,我们是母女,还有什么耿耿于怀的呢?"

月光下,伊娜的大眼睛很像兆澜阿姨年轻的时候,阿姨刚到厂里上班的时候,很多小伙子都喜欢她,即使知道宝昌叔叔是她的对象,也不耽误有夺爱之想。我就听说过厂长秘书小赵叔叔,不知道多少次暗送秋波,还写过很多情书,有一次,阿姨看了以后没有藏好,被另外一个同事看到,其中有一句:"忘不了你在夜空中闪闪发亮的大眼睛!"成了很长一段时间食堂吃饭时候的最佳"段子",很是热闹了一阵子。

这个晚上聚会,赵叔叔和他媳妇也在,这个几十年前的段子又一次被他自己提及,一桌子的老人哈哈哈笑得极尽开心,兆澜阿姨挥着手笑着说:"宝昌就从来没说过这么好听的话,跟他一辈子最关心我的就是把我从东北救出来,说了一句不能哭,看把脸冻坏了,我要是真把脸冻坏了,恐怕就没人要了,再大的眼睛也白扯了!"

伊娜坐在角落里,用手机拍着视频,一段一段发给远在天边的伊琪,给我看伊琪的回复:"让老妈多住几天吧,看她这样开心真好!"

我倚在门口细细端详着这些历经风霜却能始终心怀希望的亲人,眼睛里不知不觉就有了一些湿润的东西。

工作群

组织部部长通知老张谈话，他心里就知道是为了退休的事。果然，部长先是称赞了他主政六年取得的成绩，把单位和个人的各种奖励娓娓道来，显然是做足了功课；接下来就把常委会免去他职务的决定宣读了一下，也不意外，毕竟年龄到了，因为新任局长党校学习没结束，所以已经延迟了将近两个月。

老张表态很干脆，马上就办理交接，他在心里对自己说："退也要退得潇潇洒洒！"

刚收拾完东西，秘书小王小心翼翼敲门进来，说："张局，人都到齐了，在会议室等您！"

老张一愣："做什么？"

"杨局长说欢送您！"

"形式主义嘛！"老张嘴上这样说，心里还是掠过一丝丝暖意，跟着小王下了楼，快到会议室门口的时候，小王紧走两步，把门拉开，说了一句："老局长来了！"

"一天之内，我竟然成了老局长喽！"老张不免唏嘘，脸上却保持着一贯祥和的微笑，在掌声中稳稳当当走了进去。

告别演讲，老张足足说了一个钟头，会场鸦雀无声，他依旧

-人 间-

263

能感觉到自己的思路还是那么清晰,情绪还是那么充沛,他的回顾和展望,还是那么张弛有度,坐在会议室主席台中央,有那么一瞬间,他感觉这就像是自己的就职演说。

不经意间,老张瞥见旁边的杨局长借着喝水的空,轻轻地瞄了瞄手表,他顿时回到了现实,有所感悟,办公室里自己刚收拾好的那几只箱子映入了脑海。

老张从来没有过地在公开讲话当中卡壳了。

杨局长带头鼓起掌来,老张顺势摆摆手,做出一副激动难抑的模样坐了下去。

杨局长做了最后总结:"张局长为了我们单位的发展做出了巨大的贡献,今后虽然不会再有时间和我们朝夕相处,但他依旧是我们的老领导、老朋友,是我们单位的宝贵财富,张局长还是会继续关心、关注我们,我们希望还能经常在工作群里听到您的声音!"

单位的工作群是老张刚担任局长时,为了响应无纸化办公和提高工作效率要求而组建的,单位很多走流程的工作,各科室的业务交流,都通过这个群快速便捷地落实,他也通过群动态很方便地了解单位各项工作的运行情况,并且可以及时督促和点评。

六年来,老张除了日常工作,最用心的事情就是打理这个微信群。每天晚上新闻联播之后,老张要首先把自己总结下来的当日国家大政要闻,用简洁的提要形式发布到群里,之后,就是结合单位当前的重点工作,@相关科室的负责人,做一些探讨、交流和部署,接下来,就是最热闹的群里发言时间。

"张局长对中央决策的领悟非常透彻。"

"领导的关注点凸显大局观!"

"必须跟张局好好学习，认真研究政策。"

"已经安排科室本周政治学习研讨，恳请张局长莅临指导。"

....

那些没有什么合适文字表达的，也会及时出来"冒冒泡"，发些"玫瑰花""鼓掌"或"竖大拇指"的表情，年复一年，日复一日，这成了老张的必修课。渐渐地，他对那些回复迅速、文字有水平有高度的科室人员就留意起来，会不由自主地增加一些交流和接触的机会，空闲的时候也会喊他们到办公室来聊聊天，进一步增进了解。当然，一旦单位里有了晋升和评优评先机会，他有所倾向也是很自然的事。

所以，工作群的重要性在单位里也是尽人皆知。

欢送会之后，老张回到家，吃完晚饭，先陪着老伴散步遛狗，赶着7点钟回来看新闻联播，天气预报之后，又像往常一样开始总结归纳当日要闻，然后随手发布到工作群里。这时候老伴在阳台喊他拿东西，他就把手机放在茶几上走了过去，等他忙好再回到客厅，第一件事就是去翻开手机看群里回复，然而这次却惊讶地发现，已经十几分钟过去了，工作群里还是静悄悄的，没有一个人回复和响应。接下来的两天，这样的情况依旧，老张就有些纳闷了，难道这几天单位里一点工作都没有开展？为什么连平时的科室工作动态都没有人发布了？

一晃到了周末，司机和秘书小王过来，把他前几天收拾好的几箱私人物品送了过来，小王解释说："车子随杨局长出差才回来，所以送晚了两天！"

两个小伙子忙着从楼下往上搬东西。其间，小王接了一个电话后，顺势把手机放在了门口鞋柜上，老张站在门口等他们的空,正好听到了微信群的提示音,扭头一看,小王手机屏幕上显示"工作群有新消息",可老张自己的手机却没有反应,他有些纳闷,忍不住伸手去划拉小王的手机,微信工作群页面瞬间展开,是一个明天下午的会议通知,再仔细一看,老张愕然发现,原来这是一个新组建的单位工作群,群成员里面已经没有了自己。

小王在群的备注信息上标注的是:工作群(新)。

第二天晚上,看完天气预报,老张招呼老伴:"走,去看看小孙子吧,马上要期末考试了,咱买点他爱吃的东西去慰问慰问!"

老伴很诧异:"你天天这个点不是还要写东西、发东西吗?"

老张呵呵一笑:"那些都已经不是我该关心的事情喽!我要开始享受退休生活了!"

昨天晚上,一直睡眠很好的老张翻来覆去怎么也睡不着,到了半夜,他坐起来,拿过手机,打开工作群翻着以前的聊天记录看了半天,最后轻轻叹了一口气,点了一下群设置里的删除并退出,再放下手机后,他一觉睡到了大天亮。

酒过三巡

老周用了一整天的时间，把办公室收拾得干净利落。

这间办公室他整整用了二十年，如今退休了，心里突然有种空落落的感觉。领导找他谈话的时候，他脸上还基本保持平静，心里却开始翻江倒海，明知道这一天终究会到来，却没有想到真的来了会有这么伤神的反应。

同事们谁也没打扰他，尽管都知道他在办公室。一天下来，门都没有被敲响一次，这在以前是不可想象的，作为机关办公室主任，老周始终认为自己就是局机关的中枢神经，私下里，他在老伴跟前不止一次说过：这个单位一旦没有他，就会停滞不动！

如今，单位的确没有了他，可偌大一座楼里却什么异样反应都没有。

老周静静地坐在窗前，等着人生最后一次下班时刻的到来，直到几下敲门声把他从沉沉的回忆中唤醒。

站在门口的是局工会秘书小李。平时这些小伙子见了老周都会欠个身，喊上一声"周主任"，可今天打开门的时候，老周清晰地听见小李轻轻地喊了一声"老周主任"。

虽然只是多了一个字，但是听在耳朵里却像急刹车的声音一样那么刺耳。

昨天下午新任的办公室主任已经宣布了,就是跟在老周屁股后面跑来跑去七八年的小林。张局长找老周谈话的时候,还重点表扬了小林,说这些年是老周带得好,一个将军带出好的士兵,那绝对是将军的光荣,领导同时也"征求"他的意见,今年的年终考核优秀是不是可以考虑给小林,一来借这个"优秀"树立一下小林的威信,二来这一年来,领导安排的各项工作,小林鞍前马后的的确干得不错。本来也有考虑想给老周,以示对退休老干部的肯定,但是考虑到工作的衔接和对年轻人的培养,最后领导班子还是决定给小林。

"想听听你对这件事的意见哪!"领导微笑着,殷切地望着老周。

"我尊重领导班子的意见!"

老周说完站起来走了,关门的瞬间,他似乎听到张局长轻轻叹息了一声,心里不由得悸动了一下。他相信这二十年的工作,领导和同事对自己是有感情的,只是,只是,只是什么,他也没想出个所以然。

"有什么事吗?"老周看着站在门外有些犹豫的小李。

"张局长安排我们工会今晚在御景楼饭庄为您退休举行一个欢送会,我们王主席在市里开会,刚给我打电话,说是一定要请您参加!"

"不是不让搞迎来送往的事情吗?"老周有点惊讶。

小李说:"王主席让给您汇报,这也不是特意搞什么退休仪式。马上就是五一劳动节了,工会每年都要组织一下职工互动活动,今年就提前安排在今天,这样的工作餐是可以的,而且张局长也要参加,张局长还说酒水由他亲自带来。"

"那好吧!"老周应承下来。

下班的时候,是小林开车带老周来到了饭店。局机关的同事除了生病请假的都已经到了,王主席是散会后直接来到,他跟第一次见到老周似的,老远就伸出双手握住老周,大声说:"祝贺您功成身退,从此潇潇洒洒!"

在其他人的掌声中,老周觉得很不自在,只能一再拱手:"谢谢啦!"

王主席招呼大伙入席,一边又解释说:"张局长本来是要亲自过来的,这临时来了检查任务,他让我代替他主持,他让驾驶员把酒都送来了,这可是张局长的私人珍藏,让我们大伙陪着老周主任好好喝几杯!"

老周心里一怔,搞了半天,张局长还是虚晃了一招。

王主任把酒打开,先给老周满上,回首给自己倒了四分之三杯,然后把酒瓶交给小林,让他顺序倒酒。老周冷眼看着,一圈人除了打字室的王师傅没有推辞,满满倒了一杯,其余几个都端出不同的借口,有感冒在吃药的,有眼睛不好戒酒的,就连小林自己都嘻嘻笑着说正在备孕二胎,十几个人一圈下来,八两的酒瓶里晃晃荡荡还有一半。

开始喝了,王主席调和着不同的话题活跃气氛,老周则时不时夹几口转到自己跟前的菜,很少开口接话,几杯酒下肚,他都不知道吃了点什么,心里一阵阵后悔,不该来这个局。

快到散席的时候,包间的门突然打开,张局长的驾驶员先进来说:"张局长来了!"

所有人都先是一愣,随后不用提醒地先后起身,老周犹豫一

- 人间 -

269

下,刚想随众,就被快步走进来的张局长按住。

"老主任,抱歉,临时有任务,但是我说什么都要来跟您喝一杯!"

老周真的有点感动:"这多不好意思,我又不是什么重要人物,怎么能耽误局长时间!"

"今天,您就是最重要的人物,光荣退休,又给我们机关留下这么好的局面,我们都得感谢您!"

重新坐定,张局长马上就看出饭桌上酒杯里的奥秘,他先把自己跟前的酒杯倒满,然后把酒瓶交给王主席,说:"今天每个人都得在酒里表现表现,都得为老主任光荣退休表达表达心意!"

"好!"王主席大声回答,立刻把自己的酒杯倒满,接下来这酒倒得就比刚才利索多了,眼看着开了一瓶又开了一瓶,那感冒的人说话声音里似乎也少了鼻音,戒酒的人也全然忘了刚才的信誓旦旦,就连小林也似乎把他的二胎计划搁置了,一杯又一杯开怀畅饮起来。

老周跟张局长喝了两杯,就成了局外人一样,看着那一圈的人挨个举着酒杯从自己身边走过去,一边说着各种各样的理由向张局长敬酒,一边对今晚的酒赞不绝口,张局长的脸色渐渐红润起来,嗓门也提高了很多。

酒过三巡,谁也没有注意到老周悄悄离席,那屋子里的喧哗声渐行渐远,老周有那么一瞬间的恍惚,好像看到二十年前,大学刚毕业的张局长背着一个挎包,清清秀秀地拿着介绍信来报道,那个时候,自己也刚从部队回来,还是单位的副主任,看着这个年轻人,就好像看到了自己的青春。

一盒茶叶

"侯总，那茶叶款什么时候能给妹妹安排一下呀！都好长时间了！"听着微信语音里，刘莉莉甜得发腻的声音，侯勇瞬间气就不打一处来，低低地骂道："还茶叶钱！给老子捅了这么大一个篓子，还想要钱！"

中秋节前，侯勇安排财务，按照往年的惯例，从刘莉莉富丽华公司采购了一批月饼和茶叶。

公司开业以来，年年都是如此，对那些有业务往来的单位、潜在关系客户和个人都要略微有些表示，虽然说上上下下三令五申禁止送礼，但是场面上的事，只要不太过分，仅仅是一个"情"字，那也就没人多计较，睁一眼闭一眼罢了。想想近几年，又是疫情，又是经济下行，公司的运转艰难维持，倘若没有这么多"人情"在里面起作用，帮了很多忙，那作为一个外来户，想在当地物业服务领域这块蛋糕上切下哪怕一小块，都会比登天还难。幸好，遇到了赵镇长。

赵镇长也不是本地人，退伍军人出身，因为爱情，千里迢迢来到本地，军人作风，直爽豪迈，头一次相遇，听侯勇说话里的山东腔，就有了几分天然亲。侯勇在一次列席全区经济形势分析会时，亲耳听到他的发言，没有一句虚话、套话，干脆利索：招商引资，不但要看你招来几个，更要看你招来以后做得咋样。税收，就业，社会服务，这些都是硬道理！

侯勇的物业公司税收上不能跟那些工业园区的工业企业比，可就业指标完成得不差。尤其是侯勇把安置重点搁在辖区内退伍军人身上，不但替退役局解决掉相当多的难题，而且，退伍军人训练有素，听指挥，服务安排，又是一般社会青年所不能比的，哪怕是用人费用稍稍高一点，也是很受周边企业和学校欢迎。

当然万事开头难，尤其是园区，侯勇通过一点关系，首先去找的就是分管园区工作的赵镇长。找赵镇长的物业不止一家，他有个习惯就是凡事要让"眼睛"说话，没打招呼就找了一个时间来到诚安服务有限公司。等侯勇从物业现场赶回来的时候，赵镇长刚从他的党建会议室出来，听说他每天必要去服务现场巡视的做法，脸上不知不觉就带出了几分笑容。

事后听说，园区管委会招标的时候，赵镇长人没去，打了个电话，说：四家公司我都看了，诚安是唯一有党建工作布置的公司，而且党建活动搞得很有特色；同时，诚安的侯勇也是唯一一个天天到服务现场巡查的老总，有管理有责任有目标，值得信赖！

拿下园区几十家企业的物业管理权，是诚安最重要的一次业务拓展。为了确保服务，侯勇想了很多办法，当然有好的也有"奸"的，本来合同上规定了上岗人员的各种要求，可实际上公司拿不出那么多年轻有过专业培训的人员，他就想点子，硬件不够软件凑。几年里，各企业的后勤他没少走动，用人情铺路，用活动拓展，帮着很多企业做了正规企业管理所很难做妥帖的事，只要有一回,那之后就可以躺平了。

赵镇长那里,他也去过,倒是被堵回去了。赵镇长说:在不违规的情况下,我们掼个蛋,三五人喝个小酒都可以,但是我不能收你红包,你要好好经营你的企业,搞好服务,那才是硬道理。

后来,侯勇想了个办法,他选了一盒包装简易、内容很棒的茶叶,大大咧咧直接拿到赵镇长办公室,说是自己出差回来路边买的,尝尝还可以,请领导品鉴一下。这回,赵镇长倒是没推辞。

可是过了一段时间,赵镇长见到侯勇,拍着他的肩膀说:你那茶叶肯定不是路边买的哦,侯总是个有心人哪!侯勇呵呵一笑,说:谢谢领导!

之后几年里,侯勇还是每年两个节各送一盒茶叶,至于茶叶盒里的内容,就无须细细品鉴了!甚至有两回,赵镇长直接打电话过来:有招商任务,你帮我买两盒茶叶,你识货!

如此,"茶叶"成了诚安公司的对外品牌。刘莉莉就是这个时候找上门来,她的茶叶经念得更好,什么人配喝什么茶,什么茶适合什么样,包装怎样才能既体面又不奢华,她嘴里的那些话,一不小心,都装进了侯勇的肚子里。这不,今年中秋,刘莉莉又送来一批货,侯勇正打算分配的时候,突然听到了一个爆炸性的消息:因为园区某个企业环保出了严重问题,省里巡视组约谈了分管领导,赵镇长的乌纱帽有可能要被摘掉!这可怎么办?愁了两天也没有确切消息,看区里日常工作一切正常,他又稍稍放下心,但是这个时候去办公室送盒茶叶,很显然不适合。

侯勇咬咬牙,拎了两盒新款茶叶放在自己办公室沙发旁边,

- 人间 -

然后给赵镇长的驾驶员小张师傅打电话,请他有空来一趟。小张师傅当天傍晚下班后就过来,侯勇把茶叶拎给他放车上,叮嘱他:一盒自用,一盒转给赵镇长。虽然多发了一盒茶叶,心里有点肉疼,但毕竟事情办妥了,侯勇也就松了口气。

可没有想到,隔了一天,刘莉莉就跑来了,问他茶叶呢。然后就在剩下的几盒里翻来翻去。侯勇问她:翻啥?你魂掉进去了?

刘莉莉拍着手:我那天正装货,来了客户电话,我就边说边装,一打岔搞乱了,有一个茶叶空盒子被当成成品盒塞进包装袋。那批货一共销售出去八家,我跑了七家都没错,那就只有你这里有一盒是错的——有个袋子里面是空盒子!

"那你快看看哪!"侯勇有点蒙。

"我看了,这剩下几盒的都对,就少了两盒,你放哪里了!"

"我的妈呀!"侯勇又想哭又想笑,不会就有那么巧的事吧?他立即拿起电话打给小张。还没等他问,小张就说了,茶叶已经转给了赵镇长,自己那盒也送了老岳父,老岳父尝了,说品质真的很好!谢谢侯总啦!

侯勇和刘莉莉面面相觑。过了几分钟,刘莉莉好像突然回过味来:"啥?给的是赵镇长?哈哈哈!"

侯勇莫名其妙地盯着她。

刘莉莉神秘兮兮地跑过去先把门关上,然后压低声音说:"他被免职了!"

"什么时候?你咋知道?"

"就是今天上午的事,这两天就会公布!"

侯勇惊讶地张大嘴,几秒钟以后又长出了一口气。

刘莉莉没有想到的是，侯勇的放松心情还没两天，纪委就找到了他。原因很简单，赵镇长因为涉嫌受贿被留置，在他的办公室里检查人员发现有一盒新的茶叶礼盒。令人生疑的是，完美的包装盒里面却是空的。从司机小张嘴里检查人员知道了这盒茶叶的来历。

现在，面对着那两个摆在面前的空茶叶盒，侯勇有种百口莫辩的尴尬！

跋·随遇而安
——从任先生说起

认识任先生很久了，但熟悉起来不过是最近两三年的事。

我们刚相识的时候，我还是政府机关中人，经常跟着各级别领导与方方面面的人来来往往，彼此打个招呼混个脸熟均是日常。就在前不久，偶然翻看手机云相册，我还发现了数张几年前在任先生经营的养殖场湖畔，不知道是在一场什么活动当中拍下来的合影。我微信转给他，他则很快回复我：这也是我头一回看到。

想想今年4月份的时候，任先生从埃及金字塔旁发给我几帧异国风景照，不过数年光景，如今的他调度起智能手机里的各项功能，显然已经非常熟悉而且适应。

说起来，我们的熟悉与智能手机的推广使用还是有一点点关系。那应该是在六年前，有一次组织部门举办非公企业家党务培训，因为工作职务和性质，我是那次培训活动的班级负责人。按照惯例，三十多人的培训队伍在出发前要组建一个微信群，我得到的消息是：唯一一位没有加入培训群里的学员就是任先生。

2017年的时候，没有开通微信且对参与各种形式社会活动比较热心的中年人，任先生是我知道的唯一一位。

出发前,我们集体在火车站候车,任先生很客气地解释,他没有开通微信,一个是因为自己的老款手机不支持智能功能,而且他用习惯了,暂时还不想换新的;另一个原因,是觉得身边很多人用了智能手机之后,刷手机各种游戏和信息占去了每天太多的时间,他有点抗拒。

几句很简单的交流,我能感觉出任先生随和谦虚的表象之下,对自己固有平静的生活方式有着很认真的坚持。

在这个浮躁的时代,能够清晰知道自己需要一种什么样的生活,尽量不去受外在环境所干扰,心平气和,随遇而安,保持住一份淡泊和规律,耐得住些许寂寞,这也是任先生让我很受启发的地方。

当然,一年之后,任先生还是换了一部智能手机。

机缘使然,我们又一次在外出学习中相逢。依旧是在火车站候车的时候,他过来笑着告诉我,他换了新手机,问我微信的使用方式。我接过他的那款当时最先进的智能手机,就在站台上,利用那几分钟空闲时间,帮他下载和开通了微信,也顺理成章地成了他微信通讯录里第一批好友。

这之后,我刊发出来的很多作品,任先生都是最早点赞和阅读的那一"期"朋友。

时间一晃就到了2020年。在那个最紧张的时期,我和很多朋友,包括任先生,在大半年时间里,互相联系也都是通过线上。中间有一次,我们在采购物资的时候,出现资金困难,找任先生帮忙前也是犹豫了好久,毕竟相识尚浅,觉得不足以烦扰人家。后来思虑再三,还是发了一条微信给他,说明缘由。我心里想:如果他有困难,即使不回复或者婉拒,我也是可以接受。然而,任先生很快就有了回复,迅速帮我们解决了难题。至今回忆起来,那种感激和温暖之情尤在心头。

2020年10月,我办了提前退休手续。身边的很多朋友不太理解,说什么的都有。但我是一个对未来想好就不回头的人。我在这个"圈子"里"逆流顺流"浮沉了三十年,如今有了一个可以让自己毫无负担做自己喜欢做的事的机会,何乐不为?

任先生对我的选择,自始至终没有一个字的疑问。再见面时候,跟从前是一个感觉,甚至比从前还要随意亲和,聊的话题反而更宽泛。

人这一辈子,能有几个"懂"自己的朋友,那就是摊上了好运气。

任先生对我写的文章,始终是鼓励的。但我自己知道自己的水平,与他热情的肯定还是有很大的差距。然而,每一个写文章的人,恐怕没有谁不愿意听到来自周边的赞美,远一点的就如张爱玲,当初,傅雷先生不过是批评了她的《连环套》有些陈腐气,她都要赶忙发表一篇《自己的文章》,兜来转去给自己弥补一下。

眼前的我也一样,漫长的三十年公文写作生涯,笔下的文字早已避不开那所谓的"公式"风格,有些遣词造句是藏在心底下的"宝贝",自己得意扬扬写出来,都意识不到其间的生硬与无聊,宛若《聊斋·画壁》,书生风流之后,梦醒回转,虽知道那是虚幻,那是烟尘,却依旧握在心里,舍不得松手。

《丽江之恋》本来是一个中午的急就章,稿成之后,随手投稿出去——实际上这些年里,断断续续很多文章投稿之后,都随手"丢弃"不知所踪。

我没有整理和保存自己文章的习惯，所以当《丽江之恋》出乎意料地刊发出来，随后又在《丽江日报》上再次刊登，我就有些受宠若惊。那几日，忙着翻查自己还有没有留存的旧作，《一样的月光》《红尘滚滚舞天涯》就是这样被重新"发掘"出来。这当中，很感谢"书香怡苑"文学公众号的蔡芳芳编辑，对我的那几篇旧作，给予了积极的关注和评价。如今回首清点一下，这三年来发表的文章，绝大部分都是首刊在"书香怡苑"上。

选编文集这件事也同任先生的一再督促有关。他不止一次"启发"我：出书要趁早。要趁着自己对文学的"热度"还没有完全"冷却"或"沉淀"下来，细细地总结一下阶段性的收获，也是对未来的一个交代。

他说的话很对，只是我很懒。尤其是2020年以后，整个人的精神似乎都提振不起来，有很多想法在临睡前慢慢地溢出来，随着太阳升起，就又好似雨雾一样蒸发掉了。倘若不是任先生每次见我都要追问上几句，这几十篇文章想收集整理起来，还不知道要等到什么地久天长的未来。

如今，虽然费了一些精力和时间，可真的面对起来，还是颇有些成就感。短短的三年时间里，我在各种媒体刊发的散文和小说竟然有了三十万字。重读这些文章的过程真的就是对生活的回味和对未来的欣喜。当然，肯定也会有些文字上的遗憾，每一篇改动的地方都不少，这也应了那句话：好文章真的是改出来的！

我当然不敢说自己的文章有多"好"，如何评价那是读者的事。但无论如何，我还是有些勇气来面对这些作品，毕竟那其中的每一个字都是我脑海里的一颗星，都在我生命中有过清晰的痕迹！